亨利 · 戴维 · 梭罗
（1817—1862）

19世纪美国超验主义作家、哲学家。1837年毕业于哈佛大学，回到家乡以教书为业，1841年后转为写作。曾协助爱默生编辑评论季刊《日晷》，一生支持废奴运动。他选择了心灵的自由和闲适，强调亲近自然，追求“简单些，再简单些”的质朴生活，提倡短暂人生因思想丰盈而臻于完美。著作包括《瓦尔登湖》《非暴力抵制》《河上一周》等。

木 刻 插 图 本

夜色和月光

梭 罗 散 文 选

[美国] 亨利·戴维·梭罗 著
仲泽 译

译林出版社

图书在版编目（CIP）数据
夜色和月光：梭罗散文选 /（美）亨利·戴维·梭罗（Henry David Thoreau）著；仲泽译.—南京：译林出版社，2020.10
（梭罗文集）
ISBN 978-7-5447-7285-3

I.①夜… II.①亨… ②仲… III.①散文集－美国－近代 IV.①I712.64

中国版本图书馆 CIP 数据核字（2020）第 048553 号

夜色和月光：梭罗散文选［美国］亨利·戴维·梭罗／著　仲泽／译

责任编辑　刘　静
装帧设计　韦　枫
校　　对　王　敏
责任印制　单　莉

出版发行　译林出版社
地　　址　南京市湖南路 1 号 A 楼
邮　　箱　yilin@yilin.com
网　　址　www.yilin.com
市场热线　025-86633278
排　　版　南京展望文化发展有限公司
印　　刷　苏州市越洋印刷有限公司
开　　本　880 毫米 ×1240 毫米　1/32
印　　张　11.375
插　　页　4
版　　次　2020 年 10 月第 1 版
印　　次　2020 年 10 月第 1 次印刷
书　　号　ISBN 978-7-5447-7285-3
定　　价　75.00 元

导　言

亨利·赛德尔·坎比

好多文学人物执着于唯愿所为的梦想，梭罗是美国的典型代表，或许在全世界也是如此。他才华出众，建树颇多。钱宁将他誉为富于诗意的博物学家，在世界文学中，他可能也是翘楚；他的举止有悖流俗，是新英格兰精英的典范；爱默生又将他称作新教徒的极致；他是大自然的挚友、美国生态的最佳书记员、出色的植物学家、兴趣游移不定的鸟类学家和优秀的史学家；他还是臻于巅峰境界的散文作家。今天，他的作品声誉日隆，人们也日渐相信，他该归于为数不多的美国伟人之列，也该属于读者钟爱的文学家阵营。但是，除了散文家这一称谓，上述种种身份都难以解释他在今日的影响和地位。他的好多手稿尚未整理，这使热爱他的读者无由做深入的了解，不过，他们认为，梭罗充满了现代气息，相形之下，他的同仁却属于过去。这种感觉见于他的观念，也见于他的文风。虽然“经典”一词屡遭滥用，但他的作品无愧于这一称谓。

然而，时至今日，依然有一种观念颇为流行，有人将他视为专事描摹自然的作家，这有损于他的文学声誉。洛威尔[1]和史蒂文森[2]对他的批评未得要领，可是这些谬见却大行其道，连今日文学指南一类的书籍都打上了这种烙印。在他们的笔下，梭罗因遭受挫折而畏世远遁，最终沉入了伪科学观察的泥淖。我还没有见过像梭罗那样生活幸福的人，他的一生就是淋漓尽致的见证。他是新教徒的极致，但是，如果将他视为作家中专事自然题材的极致，如果觉得他因为博涉广求而自取其咎，如果带着这类印象翻开他的作品，则会大谬不然。

世人坚信，个人应该跟风习同步同趋，对成规墨守奉行，要不，他若非逃世者或异端，则必愤世者或蠢人。从耶稣时代的犹太人以讫《巴比特》[3]一书中的美国人，均是如此，梭罗处身的社会亦然。容我再次重复，尽管不无过度简化之虞，梭罗却是执着于自我念想的人物，堪称空前

---

1 詹姆斯·拉塞尔·洛威尔（1819—1891），美国浪漫主义诗人和富有影响的批评家，他跟爱默生对梭罗的批评导致了很大的负面影响。——译注（本书脚注若无特殊说明，均为译注）

2 罗伯特·路易斯·史蒂文森（1850—1894），英国名作家，著有《金银岛》、《化身博士》、《绑架》等小说。关于梭罗执意离群索居，崇尚质朴简约，远离现代社会，史蒂文森批评他浑似妇人，缺乏男子气概，鬼鬼祟祟，自我放任，乃至认为梭罗“才智有限，惯于发论却拙于匠思”。

3 《巴比特》为美国作家辛克莱·刘易斯的小说，作者因此书而获得1930年的诺贝尔文学奖。

绝后，古今独步。

十九世纪四五十年代可谓如火如荼，人们既倾心于实务，又热衷于文化，梭罗跟他的同仁都是激进的先锋人物。这时，多数人心怀切愿与时俱进。路易莎[1]的父亲奥尔科特欲将世界导向乌托邦，人们的粗鄙本能一如日光下的黄油，会在那里消失得影踪全无；爱默生在宣说他的新式教派；傅里叶及其同道为共产主义构想的经济秩序有望成功。这些先驱跟开发土地的人们一道由东方而来，他们蜂拥而至，渴望财富。彩虹近在眼前，触手可及。

同为激进的先驱，梭罗却是个异数。他也拥有一笔“资金”，却专为自己的理想追求和冒险计划而备。他无意离开新英格兰去寻找乌托邦，他自主营划，自度收支，只知道世上有一种宗教，即，“人与自然默然相契，融洽和睦地相处”。有康科德，他便有了天国，那是理想主义者的天堂，那是世界的缩影却胜于整个世界，因为它更小而易于认识和把握。他只想干自己想干的事情，并证明它有益有利，而且最终能够获得人生的升华和生命的幸福。

这种态度看似天真烂漫，实则不然。因为当世的各种思潮纷歧百出，梭罗希望摆脱这些干扰而感悟，而思考，

1 路易莎·奥尔科特（1832—1888），美国作家，代表作为《小妇人》。

而工作。他是纯正高尚的清教徒，他渴望自己的作为和快乐能够不折不扣地推衍开来，发扬光大，豁然醒目，得到升华。可是，世人溺于实务，耽于贪欲，更要命的是受制于成规和先例，这一切恰好让所有的人步履维艰，满怀创造的才智之士尤其难以施展。这时，工业革命的浪潮无所不及，逐利已经成了社会的主流，唯有成功才能自主自立，而成功意味着挣钱。人们一旦发现自己处身这样的时代，则唯愿所为的朴素愿望就会给现代文明社会提出一个世界性的问题——机器对人的压迫，机器一般的生活对人的制约，以及现有生活状态对人的束缚。

现实如此，旧世界又求助无门。梭罗的时代尚无献身于自然的僧侣，而专事科学研究的群体日后才出现于剑桥，即使当时见于康科德，对充满创造、富于诗性的心灵，科学这件夹克还是显得太紧。康科德的农夫依旧努力在土地上寻求供养，梭罗热爱他们，可是，新的时代却在农业之外寻找机会。现在，从事农耕就意味着受制于某种模式，因之无暇获取其他感受和体验。在科南图姆种地自然比在制桶厂做工要好，因为这样既能贴近自然，健康的万物又触手可及，可是，这两种工作都会约束求索的大脑，照样会压制自由的灵魂。那么，如果这位热衷求索的人跟梭罗一样敏于识断，富有远见，则在这个有两千居民的镇子里，在这片仅有数平方英里的原野上，要想过自己的生活，要想在这里营谋生活给养，个中窘境一目了然——康科德就是伦敦，其森林和原野就成了一片大陆。因此，这位挚爱自然的乡村哲人转向了深远的探究，“没有原则的生活”及“非暴力抵制”这类牵涉更广的问题在叩问他的大脑，因为至诚至真的人总会向凌虐人类的极权政府和独裁体制发起挑战，而他本该在封冻的湿地寻找他的新地岛，在电报线路的嗡嗡中聆听他的歌剧，本该浸淫于自己的钟爱，去记录康科德的花蕾何时绽放，因为他笃信，在女神的眼中这桩举动跟出售房产同样重要。所以，他限于康科德一域的探究却富有更为深广的意义，这重意义在我们的时代更为分明。

虽然人们认为梭罗跟爱默生相似，但他并非爱默生的信徒。他面对的是大地和泥土，而非概而论之的完美理想，他的超验倡导常常基于新英格兰人的体验和经历。他是个机敏的作家，却非俏皮的写手。他性情寡合，脾气不佳，既是坚守信念的哲学家，又是精明机智的美国佬。他的康科德虽然萃集了诸如霍桑、爱默生、钱宁和奥尔科特这样的精英，以及风骚稍逊的一批文人，却也是最有新英格兰气息的小镇，甚至，最具美国色彩的地方。这里有来自异国的爱尔兰人，悭吝贪鄙的资本家，意有所图的慈善者，以及热情洋溢的建设者和僵化顽固的保守分子。这里既有世故圆滑的信条，也不无喋喋不休的感伤人物。不论是酒吧的买醉者，还是浸水草甸的猎户和渔人，根深蒂固的罪恶人性随处可见。康科德就处在这样的扰攘之中，但它依旧富于人性，与俄亥俄的温斯堡[1]十分相似，也跟哈克贝利·费恩[2]的家乡没有不同。梭罗并没有像其他新英格兰人那样对世界宣说并提供疗救，却锁定了美国这个世界的缩影，在这里做他心仪的事情，而没有将宝贵的光阴和精力浪掷于挣钱之类的事情。换句话，如何不跟康科德人竞争攀比，却能保证吃穿用度，保证阅读写作，还能摆脱家人邻里的压力与责求，得以保持自我，保持独立——任何人，要想远离流俗，要想独立生活，都会面临这些问题。梭罗很清楚这些千丝万缕的干系，但他在自己的人生中开辟了一条道路。《瓦尔登湖》旨在陈示如何最大限度地简化生活，该书以“穷学生”为读者，因为家居的人们肯定会以其他方式践行书中的信条。他留下了卷帙浩繁的《日记》，对于在熙熙攘攘的社会中如何按照自己的意愿生活，其中留下了周详的记录。《非暴力抵制》也是相同的探索，

1　温斯堡为美国作家安德森为其名作《小城畸人》构拟的故事场景。

2　哈克贝利·费恩为美国作家马克·吐温同名小说的主人公，故事场景在密西西比河畔。

即人为了尊严该如何跟政府展开抗争。

梭罗唯愿所为的生活方式极具个人色彩，只能通过一部传记加以说明，而非篇幅如此短小的导言所能承载。本文意欲选取另一个角度解释他杰作中卓尔不群的执着和坚守，而他的守望实则涵盖极广，纵然时光逝去已近一个世纪，人们差不多可以断言：在美国作家中，他是最能经受岁月和时光淘洗的人物。

他渴望彻底全面地融入身边的大自然。他意欲使自己的生命延及树木、花朵、海龟和风暴，也融于旱獭、河流、松鼠和湿地，以求像蒙田洞悉人性那样认识它们。切勿认为他对人类比较淡漠。虽然在他的笔下自己的交游显得模糊朦胧，虽然他会从墙垣和树林抄道以避开镇上的街巷，虽然他珍爱离群索居的环境，但所有这些并不意味着他待人冷漠，只是他对身边男性的感情时而有悖常情（对女性谅非如此），事涉友情他辄为所困便系明证。与其说他对人类情感淡漠，不如说他更加热爱自然，在他眼中，人类，尤其他本人，只是大自然性灵的一个部分。日落现象实为光的衍射，海龟产卵只是个生理机制，但他几乎视而不见，所以，要想成为优秀的科学家，他确实过于主观。可是，康科德这片天地是他为作品着色的背景，而落日跟海龟又是这方天地的一个要素，所以，它们一旦进入敏感心灵点化而成的那个世界，自然会染上相应的色彩。在他看来，自然最值得探究，他都为了大自然而将自己钟爱的经典弃置一旁，因为他觉得自然是人们知之甚少而又在日常生活中忽略最多的因素。他喜欢康科德的农夫，因为他们至少了解大地，了解天空，也了解天地间的自然现象。但是，他并非一看了之，他的使命是认识，真切地认识他生活其中的康科德这个小天地，做到分毫不爽，尘纤不遗。在他看来，河流、湖泊、野草、鸟雀、走兽、树木，以及天空和风雨，都无法探索穷尽。因为他相信，人已经成了某种被机器同化的生命，所以对于生他养他的大自然已经丧失了敏感，这给他心灵中某些不可或缺的东西带来了毁灭。在这一点上，堪称最为现代的人物 D. H. 劳伦斯也有过描述，两人可谓异曲同工，这一看法也得到了好多心理学家的支持和认同。

梭罗热爱自然到了痴迷的程度，所以也被人们渲染夸大了，恰好因为这个原因，他本人成了人类这种性情和气质的代表，成了一个典型的符号。人类历史上始终有梭罗这样的人物，他们对野性充满了炽热的迷恋。这些人，有的在打猎，有的在打鱼，有的在从事科学研究，不过，绝大部分是普通的男男女女，他们由于接近旷野森林与江河湖泊而获得了心灵的康复。他们在文学界有好多代言者：

跟梭罗性情相像的维吉尔和乔叟，他无比景仰的莎士比亚，以及赫伯特[1]、华兹华斯、柯尔律治和杰弗雷斯[2]等人，这份名单难以穷尽。我想强调的是，在这些作家中，梭罗其人至纯至坚，矢志不移，其作干净明澈，无出其右。正如蒙田是人道主义者的代表，佩皮斯[3]是搜奇辑佚的样板，弥尔顿是清教徒的标准，莎士比亚和莱昂纳多·达·芬奇是通人的别名，梭罗则是自然诗人的典范。这是他用文字铸就的卓越声誉，恰如他矢志不移地探究心仪的一切而成就了他“现代观察家”和“朴素哲学家”的美名。

梭罗的行止和愿望微有出入。我认为他会欣然认同我的如下论断（尤其在他生命的后期）：他一生都在漫步，都在深入地研究百草、松林、月光和康科德的河流，很多时候，他从中汲取了莫大的乐趣，他也兴味盎然地浸淫其中。这便是他的愿望所系，如果笔之于书的念想不曾占据他的大脑，则他会全力而赴，终生以之。

细读他的《日记》就会发现，他对自己的旨趣益发执

1 乔治·赫伯特（1593—1633），英国宗教诗人，因遣词造句的精纯而知名。

2 约翰·理查德·杰弗雷斯（1848—1887），英国博物学家、小说家和随笔作家，其作品以虚构的情节跟专业的自然观察相结合而见称。代表作有《威尔特郡的乡野生灵》、《霍奇和主人》及《伦敦劫后》。

3 萨缪尔·佩皮斯（1633—1703），英国作家和政治家，写有著名的《佩皮斯日记》，其中周详地记录了那个时代的一切，尤其保留了关于伦敦大火和大瘟疫的详细信息，成了17世纪最丰富的生活文献。

着，也越加自觉，这一旨趣首先使他成了大自然的挚友，然后促使他将“大自然跟人类完美的感通”笔之文字。他虽然被自然美景慑服且为之狂喜，他的讲述却毫不矫情。他手中只有粗陋的工具和残缺的文献，因为不愿伤害生命而获知有限，但他付出了艰辛的劳作，最终在植物学方面做出了惊人的成就。他发现了林木的衍生之道，为特定区域制订了或许堪称完美的节候行程，并且，为康科德的人类自然史搜罗了丰富的资料，可惜英年早逝而未能结撰成书——尽管如此，他的讲述却毫无科学式的板滞和典重。

他的成果汇成了两部作品，《河上一周》与《瓦尔登湖》，他的天才和智识在第二本书中展现无遗，第一本书尽管被编得很糟，却足以成就一位作家的声誉。此外，他还为三本纪行之作准备了资料，只是最终未能付梓。他最后还从自己的《日记》中撷取了若干材料以为演讲的素材，这些文字后来集结为随笔和个别说理的作品，其中《非暴力抵制》流淌着他的哲学血液，《野苹果》充溢着他热爱自然的激情和审慎气质。这些作品早已为世人所传诵。

《瓦尔登湖》姑不置论，可惜他最后的计划成了未竟之愿。这部作品我曾谓以《康科德的人类自然史》，名之《康科德岁月》或许更为相宜，至今尚未从他两百万言的《日记》中辑出。他认为，既然诗人会为自己立传勒铭，则一部上乘的日记也足以成就他的毕生之功。只是，《日记》的材料繁复浩瀚，而其记述又不无辗转重复，甚或每每参差交错，他的宏愿因之被掩。要从这些材料中辑出他留名青史的巨作，非大手笔难以胜任。

梭罗的素材如此丰富，他常常在探索一种方式加以安排。我在别处曾经提到，梭罗以句段的写作为思考方式，这些句子和段落又以日记的形式加以充实和完善。他的《日记》并非新近感受的记录，而是早前提要的丰富和展开。他将自己关于简约生活的感想加以整合，就形成了一部作品，这便是他创造的写作方法，这部作品就是《瓦尔登湖》。即便是这部作品，也填满了观察心得与记录，唯有虑及他宏大的著述计划，这样安排材料的用意才会显豁明了。他打算以康科德的大自然为背景撰写该地的人类史，也想从人的角度撰写康科德的自然史。可是，他最缺的是时间。他的著述方式极端艰辛，他的时间安排足以让纽约的律师惭愧，所以，他远非史蒂文森眼中的闲人。他得制造铅笔，丈量土地，从事家务，而家务却不能等闲视之，试想家里需要修筑园子，或者，提笔之际会想到家里的猪等等情况。此外，他每天有大约四个小时的计划需要尽可能精神饱满地执行，那就是野外漫步，或是河上巡游，不时还要加上黎明或午夜的出行。他的实验就在这些行动中展开，报告也在这时形成，通常在荒野拟就，有时还在夜晚。因为追求科学的严谨和辞藻的完美，他还得通过《日记》加以完善扩充，所有这一切都说明他每天的写作任务有多繁重。这还不算，因为他还有大量的阅读和学习任务。而为了写书，他还得挤出更多的时间，当然，在瓦尔登湖畔逗留的时候他算是获得了良机。这些作品跟爱默生的著作一样，都是日记的辑录。所需的句子和段落常常散见于不同的年份，需要整理、缀合、布局和协调，最终才能形成首尾一贯、意旨分明的作品。就著作的整理出版而言，我无法想象还有比这更为艰辛，也更加耗时的情形。

我们交代了梭罗的文学声誉，细数了他既已完成且体现他主导风格的作品，相形之下，两者之间并不相称的情况也算是得到了如实的说明。《瓦尔登湖》出版之后，他再没有书籍面世，仅仅为散文和纪行之作留下了丰富的素材，这些材料只需别人整理即可。他在四十四岁那年去世，临终还在为康科德的文化事业做艰苦的奠基工作。但求这部新的总集能够理想地展示他取得的所有成就。

他不惜耗费时间和精力就写作风格做过探索，他的著作因为打理段落而被搁置延误了下来。梭罗对辞令风格故作不屑，因为他相信，如果作品远离生活，则辞句一文不值。我之所以说他故作姿态，乃是因为，如果他的风格真有不足，则是辞藻失之朴野，这种感觉在他申发新颖的切身感受时尤为分明。他喜欢粗豪奔放的风格，乃至对语言中的粗鄙要素情有所钟。然而，他有美国佬的感受，毕竟也详读过经典，这些都使他的文字呈现出率性真挚的面貌。梭罗最好的散文可以跟十九世纪的任何作品媲美。他语句精悍，声韵铿锵，命意机敏警悟，炼字异彩纷呈，他真率的措辞时而朴质，时而雄辩，所有这些，都使他的作品成了美国有史以来最为上乘的散文，非但十分出色，也是地道的美国作品。他质朴的智慧浓缩在字里行间，随着讲述而源源流出，使得表达效果更为强烈集中。在美国，这已经成了传统，它依然活在卡尔·桑德堡一九三六年出版的《人们，好样的！》之中。他会讲述故事，也会营造警句，取譬设喻出人意表，安排节奏颇具匠心，让人觉得作品的乐感源自思想而非辞句。可是，他最漂亮的特征见于诗化散文，见于隐约朦胧却又豪纵无礼的段落，他将奔放的激情和冷酷的现实融入了文句，这种辞令只能是充满信心的十九世纪居民的手笔，只能是上帝治下的新英格兰土人的手笔，也只能是自由独立的美国佬的手笔，但是，通常只有梭罗本人才可以写出。这一风格见于《瓦尔登湖》中这段著名的文字：

> 如果你端庄正立，直面逼真的事实，你就会看到太阳的两面都在放光，像一把月形的东方短刀，在它将你从心脏到髓脑分做两半的时候，感受它那华美的锋刃，此时，你就会欣然地结束尘世的旅程。不管是生是死，我们只求真实，如果我们正处在弥留之际，就让我们谛听喉头急促的喘息，感受大限来临的幽冷；如果我们活着，好，继续我们的事业吧。

这里呈现了一种世界情怀，它强劲有力，生气灌注，是纯粹根据自身律法塑造的结果；它清晰醒目，显豁分明，又完全是康科德这座小城孕育的果实。

目录

Contents

马萨诸塞自然史[1]

冬日的读物，要数自然史方面的著作最有意思。窗外雪满大地，我正在读奥杜邦[2]。这书让人非常兴奋。他写到了木兰花、佛罗里达的礁群与和煦的海风，也写到了篱栅、木棉树和食米鸟的迁徙，另外，他还写到拉布拉多[3]冬去的海滨，以及密苏里河支流春来的融雪。这书不仅再现了异彩纷呈的大自然，真该感谢，它也让我更加健康。

生活沉闷，往复回环
蓦然闪过几抹蔚蓝
好似紫罗兰光艳洁净
又如银莲花尘纤不染

1　本文系调查报告，涉及马萨诸塞境内的鱼类、鸟类、草本植物、植物害虫、爬行动物、四足动物和无脊椎动物。欣获本州议会允可，由马萨诸塞动植物调查委员会出版刊行。——作者原注

2　奥杜邦（1785—1851），美国鸟类学家、画家和博物学家。

3　拉布拉多位于加拿大东北部省份纽芬兰和拉布拉多的北端。

只等春天撒入小溪
在潺潺细流中随波蜿蜒
高明的哲学顿然失色
居然想安慰人间的忧烦

心头浮现出冬的身影
斗室巍巍，午夜沉沉
寒霜从天而降
月华露出了恬静的笑容
嫩枝，栏杆，突兀的檐口
挺出了寒栗的冰枪
欲与阿波罗的金箭争锋
又怎能忘了夏日的明艳
山间的草场阳光漫射
金丝桃舒展着腰身

耳边传来蜜蜂闷闷的哼唱
它蓝翼微展巡游在草场
又飞进我绿意葱茏的心房
也传来细流淙淙的歌声
可如今它一言不发

封入了记忆的长廊
想当初流过山坡，走进草场
直到投入低处的静水
才会陷入沉默，告别青春的激扬

眼前又浮现出炫目的田畴
不久便会翻成犁沟
鸫鸟也会跟着守候
田野四望一片茫茫
披上了厚厚的银裘
我将重启冬日的旅程
因为上帝略施恩惠
就能让我获得丰收

冬天，一听到唐棣、杜松和美洲商陆的名字，我就会格外来劲。这些质朴的夏日光彩难道不就是天堂的要素？拉布拉多和东缅因，多么生机奔腾的辞藻，联邦休想与之比肩！消极的人却置若罔闻。即便盛衰消长只见于四季轮替，我们也绝不会兴趣索然。世上有好多事正在发生，议会又知道多少？柿子树和七叶树都在写怎样的日记？还有条纹鹰呢？卡罗来纳、大松林和莫霍克河谷经冬历夏都在透露些什么讯息？一味限于政治圈子毫无乐趣可言，人一旦被视为政治团体的一员就会掉价。如此看来，限于一隅便意味着退化沦落。邦克山和新新监狱之间的往来渠道就不多，哥伦比亚特区跟沙利文岛也是一样。除了一阵东风而或南风疾扫而过，那里的一切都无足轻重。

社交圈子里找不到健康，健康在大自然之中。除非我们走进自然，哪怕就那么一瞬，要不，我们就会面色苍白，暗淡无光。社交圈子向来有病，声望越高则状况越糟。那里没有松林中有益身心的气息，也没有高山牧场上常青草木沁人心脾、颐养健康的芬芳。我身边常常会带些自然史方面的书籍，那是灵药，翻开阅读就能让人恢复健康。在病人眼里，自然肯定有病，而在好人看来，它却是健康的源泉。人的心里只要有一抹自然的美景，则危害难以近身，而沮丧也会远离。人在领受过自然的静穆和恬适之后，绝对不会宣说绝望的教义，也不会在精神或是政治方面鼓吹奴性和暴行。只要跟“皮毛诸邦”[1]毗邻，身处大西洋侧畔的我们就不会锐气消减，连它的名字都能随时让人意气昂扬。云杉、铁杉和松树会让人远离绝望。在我看来，不论是牧师宣讲的信条，还是教徒笃信的教义，都忽略了大奴

1 “皮毛诸邦”系指加拿大，因丰富的皮草而得名。

湖[1]畔身裹毛皮的猎人，遗漏了爱斯基摩人坐着狗拉的雪橇，也忘却了在北方晨昏莫辨的夜晚，咬住海豹与海象穷追不舍的猎逐场景。有人常常为世人过早地敲响了丧钟，他们不是身染疾病，就是被疾病的幻象所困。除了为忙碌的活人置办丧衣，撰写墓志外，这些坐而布道的教士难道就无事可做？人们践行的信条会使教士的安慰显得荒谬可笑。如果说辞不像蟋蟀的叫声那样让人顿感快乐安恬，那么任是谁在宣讲，对我又有什么意义？只要林间有蟋蟀的鸣叫，树木肯定会迎着天空茁壮拔节。光彩熠熠的溪流总会给我送上问候，让我清爽，如果人们不是这个样子，我就会觉得乏味。没有欢乐谈何生命？且看，鱼苗在池塘里跳跃，昆虫应夏夜之邀大量涌现，雨蛙高歌不止，让春日的森林替它伴唱，蝴蝶不动声色，而五彩斑斓的翅膀上却记录着多少意外和变故，还有那小河中的米诺鱼，果敢地逆流而上，鳞片被河水磨得光彩闪闪，映上了河岸。

宗教、文学和哲学的叫嚷从讲坛、学苑和客厅里传了过来，我们居然认为这些嚷嚷会震彻寰宇，跟地轴的吱呀一样无所不在。但是，人如果睡得很沉，那么，从黄昏到黎明，自然会将这些声音置诸脑后。倒是那表盘上的钟摆，

1　大奴湖为加拿大第二大湖，位于该国西北部。

在它三英寸的摆幅之内，大自然每一瞬的伟大脉动都尽显无遗。一旦我们抬起眼睑，打开耳郭，这般嚷嚷就会消失，像行进的火车在一阵烟雾和咔嗒之中无影无踪。每当在大自然的角隅里探察美景，心中的宁谧释然促人沉思默想，我便会神往一种无可名状的幽僻生活——多么静穆，又多么恬淡。要玩味苔藓之美，就得去极端神圣僻静的角落。对格外主动的生命搏击而言，科学研究是何其壮美的训练！科学研究所示的勇气无可匹敌，远比四方传扬的斗士之勇让人难忘。我欣然得知，泰勒斯[1]在夜间激动不已地起床并非偶然，这可以从他的天文学发现得到印证。林奈[2]在动身前往拉普兰时，检查了一遍“梳子、换洗的衬衫、皮马裤和防虫网罩”，志得意满，神气活现，俨然拿破仑在检阅远征俄罗斯的炮兵。此人的沉静勇气让人钦佩，他那双眼睛将要注视鱼儿、花朵、鸟雀、四足和两足动物。科学女神向来充满勇气，因为她拒绝一知半解，因为她的眼中没有含混和风险。她会从容地检查懦夫仓皇遗漏的东西，会为以她为前导而诞生的一系列学科破土拓荒。懦夫与科学无缘，因为世上没有关于无知的科学。或许该有一门研

1　泰勒斯为公元前6世纪古希腊科学家和哲学家，米利都学派的创始者。

2　林奈（1707—1778），瑞典博物学家，植物双名命名法的创始者，有著作《自然系统》、《植物属志》和《植物种志》行世。

究勇气的学科，因为勇气总在前行却拙于倒退。果真如此，它就会直面各种情况有序前行。

还是让我们切近拟定的话题吧。昆虫学在一个新的领域拓展了研究对象，所以，我走近大自然的时候也让自己更加开放，更加自由。该学科的研究还表明，宇宙的创造并非提供了一个框架，而是巨细无遗，无微不至。大自然经得起贴近入微的审视，欢迎我们观察极小的叶片，像虫子那样面对寻常的存在。它没有留下任何空白，它让生命无所不在。因此，我也会来一番探究。夏日的午间，林林总总的叫声不绝于耳，好像构成宇宙的质料和沙粒，让我饶有兴致地打探其来源。谁会忘记尖利清亮、反反复复的蝉鸣？早在古希腊时期，人们就在侧耳聆听，一如阿那克里翁[1]的颂歌所示：

蝉儿，轻盈，飘然，
啜饮清露，遥居树端。
宛如帝王放开歌喉，
举目所有为你所占：
田野的收获，

1 阿那克里翁是公元前6世纪的希腊抒情诗人。

森林的奉献。
你，农夫的良友，
永远与人为善。
你受到人们的称颂，
为夏日做清新的预言。
缪斯喜欢你，
福玻斯[1]也喜欢你，
让你的歌喉清亮婉转。
远离岁月的侵蚀，
你就是神灵：
来自泥土，技艺不凡，
喜欢唱歌，远离忧烦。
你，这不动声色的鸣蝉。

秋日的中午，到处传来蟋蟀的鸣叫。不过，它们跟夏天时一样，主要在黄昏放歌，于是，岁月的黄昏也让这漫无休止的歌声请到了人间。夜晚的脚步按部就班，折磨世人的野心家也休想让它改变分毫。夜的脉动，蟋蟀的吟唱，以及临终守望时壁间钟声的滴答，一切相应相符，毫厘不

1　福玻斯，即阿波罗，为希腊神话中司预言、诗歌、音乐和康复的神灵，是宙斯和勒托的儿子，跟月神阿耳特弥斯孪生。

爽。请你竭尽所能，与它同步。

马萨诸塞的鸟儿大概有两百八十种，有些在这里常驻，有些只在这里避暑，或是顺路来访。跟我们一起过冬的鸟儿同我们惺惺相惜。五子雀和山雀在林间幽谷中结伴而飞，面对冒失的不速之客，一位会严辞责骂，另一位则会语焉不详地来上一番蛊惑。松鸦在果园里尖叫，乌鸦在风暴中啼鸣。山鹑用自己褐黄的身影充当着由秋至春的过渡，让夏日的纽带保持不断。老鹰顶着冬日的疾风，坚如勇士。百灵和知更鸟[1]藏在林间的泉边。雪鸟大大咧咧，要么面对花园的几粒种子挑三拣四，要么在院子的一点面包渣中挑肥拣瘦。偶尔会传来伯劳的歌声，那旋律舒展自如，温暖热情，于是又把夏天给唱了回来：

他沉着坚定地扬帆
这帆儿他常年不卷
如今落上冬的发丝
送哨音到他的耳边

1　白色的知更鸟和鹌鹑偶尔可见。奥杜邦特别指出，知更鸟的窝居然能在地上看到。不过，就选择筑巢地点而言，知更鸟并不比其他大部分鸟儿特殊。我曾在废弃仓房的茅草顶上见过知更鸟窝，还有一次是在锯木厂阁楼的板子尽头，旁边还有两个东菲比霸鹟的窝，可能是周边原野上几乎没树的缘故。这个窝离锯子只有几英尺远，锯子开动后会在几英寸的范围内跟着震颤。——作者原注春天举步前行，河冰开始消融，我们最早的访客也稀稀拉拉地显出了身影。古老的特俄斯歌手[1]又展开了歌喉，他既为希腊吟咏，又替新英格兰放歌：

春归来

瞧，春天已经返回，
美惠女神怎样绽放了玫瑰。
瞧，曾经暴怒的海涛，
如何接受和风的抚慰。
瞧，野鸭怎样入水；
瞧，苍鹭怎样回飞；
提坦[2]又如何放射出永恒的光辉。
云影在地上飘动；
人们在田间干得起劲；
大地献上了各色果品；
橄榄的果子挂上了枝头，
巴克斯[3]的杯子也举过了头顶；

1 特俄斯歌手系指阿那克里翁，因为他的生地在特俄斯。

2 提坦即太阳神。

3 巴克斯，酒神。

从叶子到枝条，从枝条到叶子，

果实累累，缀弯了树身。

这时，野鸭会飞落到宁静的水面，鸥鹭与它同行，乘着掠过草场的东风。它们三三两两在水面游弋，不时梳理羽毛，不时没入水中，啄食百合的根柢以及被寒霜抓紧的越橘。雁阵在天空首次出现，它们奋翼北去，状如长耙，又似水波。歌雀在灌木和篱笆间泠泠放歌，向我们致意，百灵的歌声从草场传来，忧郁哀怨，清新悦耳。蓝知更鸟活似一束天蓝的光线，在我们散步的时候一闪而过。这时，也能偶见鱼鹰在水面威严地驶过。无论是谁，但凡看过它一眼，就很难忘记那翱翔的雄姿。它在天空展翅，好像一艘破浪的船只，足以搏击凌厉的风暴，又不时转身，活似即将倾覆而一侧竖起。它钩爪紧握，如控弦待发，有国士之风；它傲然飞临，简直是森林跟江河的主宰；它双眼威逼土地的主人，让对方觉得是自己贸然闯入了这片天地；它返飞时也从容镇静，依旧在搏击开进。有一对鱼鹰常年在附近捕鱼，我在近旁的湖上猎杀了一只，长逾两英尺，翼展达六英尺。纳托尔[1]说："古人，尤其是亚里士多德，声

1　纳托尔（1786—1859），英国植物学家和动物学家，1808年到1841年在美国从事研究工作。

称鱼鹰会教幼鸟凝视太阳，学不会便要杀死。连林奈也因为崇古而认为，鱼鹰的一个爪子脚趾相分，另一个则部分相连，所以一个爪子用来游水，另一个爪子则用以捕鱼。”可是现在，它那受训的双眼已经暗淡无光，而林奈提到的双爪也已然无力。不过，它依旧叫声尖厉，鲠结在喉，双翼带风，犹似海啸。朱庇特的凌虐横暴见于它的利爪，而其狂怒又见于那倒竖的颈羽。它让我想起阿尔戈号[1]的远征，即使委顿慵懒的人也会为它所激，前赴帕纳塞斯[2]上空巡游。

戈尔斯密和纳托尔描绘过麻鸦的声音。现在，不管早晨还是夜晚，这低沉的声音往往从池沼里传来，像是水泵抽水，又如霜冻的早晨远处农家院落在劈柴。麻鸦怎么会发出这种声音，我没在任何地方见过交代。有一次，邻居见它将喙插入水中，吸足之后挺身昂头，脖颈一胀一胀，如此四五番，将水呕出，喷到两三英尺开外，每次伴有低沉的声音。

不久，扑动鴷会在山间的橡树林中嘎嘎而鸣，如同声

1　阿尔戈号为希腊神话中的船只，由希腊英雄受助于雅典娜而建成，然后他们乘坐该船夺取了金羊毛。

2　希腊圣山，位于科林斯海湾之北，相传为缪斯的家园，阿波罗和众仙子也常会聚于此，所以成了文苑和诗坛的代称。

声召唤。漫长的夏日终于应召而至，一个新的时代平静而沉稳地拉开了序幕。

五六月间，林中的合唱便到了高潮。林地寥廓如许，人耳锐敏如斯，试想，还能如何使这里歌声盈耳，无所不在？

夏日放声歌唱，
总会响彻全场。

季节继续推进，顺路来访的鸟儿相继离去，森林又恢复了宁静，只剩下为数不多的鸟儿点缀沉闷的气氛。可是，在林子深处，漫步独行依旧能为各种心境找到回应和表白。

偶有松鸦躁急刺耳的喇叭，
而或威尔逊鸫[1]吹响的号角。
密林幽深，
山雀唱着似有若无的曲调。

1 虽然纳托尔曾对威尔逊鸫有详尽的描述，但显然对它所知不多。这种鸟儿在本地极其常见，我在剑桥的时候就听到它的啼啭在院子里回荡。它会突然从林间的草丛跃起，掠过行人，声声啼鸣，好似泄愤又如责詈，故而被孩子们称作“约立刻”。奥杜邦提到，它的窝里有时会发现燕八哥蛋。——作者原注

那是献给英雄的颂歌，

也在向美德永远示好。

天气湿热难耐，东菲比霸鹟仍旧在湖边忘情地歌唱。午间的热浪足以将一切搅混，镇子里依然少不了歌手。

榆树高，

婆娑弄妖娆。

千回百转，

绿鹃声声娇。

市井长夏浑无赖，

引我逸兴上碧霄。

秋光苒苒，有时略似阳春，干枯的草场高空传来鸻鸟的哨音，燕雀在林间穿行，食米鸟和扑动鴷成群出动。疾风刚起，金翅雀便御风而飞，活似雨蛙生有双翼，在树叶的飒飒中窥探。鸦群也在天空出现，它们在低空栖迟流连的时候，站在地上就能点出数目，或一只，或三两只，相距半英里。一会儿就有上百只飞出视野。

记得有人说过，乌鸦是白人带来的，如果这样，我倒更愿意相信这里的松树和铁杉是白人栽的。乌鸦并非跟在人后的西班牙猎犬，倒是空地上盘旋的印第安幽灵，我一看到它，就会想起菲利普和帕沃坦[1]，而不是温斯洛和史密斯[2]。它是黑暗时代的孑遗。妄诞的观念经不起推敲，却又长久地抓着世人，只要这样，则秃鼻乌鸦属于英格兰，而普通乌鸦属于新英格兰。

你，幽暗的林间精灵，
来自洪荒的古老种群，
你寂寞地飞翔，
一颗夏日的流星。
穿过森林来到森林，
越过丘陵来到丘陵，
贴近林木和荒野，
又掠过细流的淙淙。
你想说什么要人倾听？
你为什么要在白日显身？
是谁让你盘桓栖迟，
这样地忧郁伤恸？
什么勇气涌在你的喉咙，

1 菲利普和帕沃坦均为北美的印第安酋长。

2 温斯洛和史密斯都是英国在北美殖民地的总督。

将你送上高高的层云？
远远地，下方人头攒动，
沮丧倦怠，心灰意冷，
他们在驱除你这幽灵。

十月的夜晚，晚归的行人或水手会听到鹬鸟咕哝不清的哀鸣，缭绕在草场上方，幽怨声声酷似鬼魂。秋意渐深，霜染树叶，便会有一只孤零零的潜鸟来到幽僻的湖上，用狂野的鸣叫激荡山林。它会静静地伏在水下，直到过了换毛的季节。这只鸟儿享有“北方潜水高手”的美誉，可谓实至名归。你若驾船追逐，它便会没入水中，像鱼儿一样在水下游上六十杆甚至更远，速度极快，须拼力追赶。你如果再想找到它，就得将耳朵贴在水面，判断它会在哪里出现。它浮出水面就会拍击双翅抖去湖水，然后在湖面从容地游弋，直至再次受到惊扰。

一年之中，我们最常看到、最常听见的就是这些。不过，有时候会有一种极其陌生的曲调传来，跟卡罗来纳和墨西哥的环境相符，而与书本的交代大相径庭，这时你才会明白自己的鸟类学知识毫无用处。

据《报告》称，本州大概有四十种四足兽，其中人们喜闻乐见的是些熊、狼、猞猁和野猫。

春天来了，河水漫过岸堤，一阵风从草场吹来，带着浓浓的麝香气息，清纯盎然，使人心动，向往某种尚待探究的野趣。麝鼠出没的荒郊并不算远，它们的小居让人一瞥便难以忘怀。这些居室由泥巴和牧草筑就，沿河岸散去，高三四英尺，好似从书上看到的亚洲坟包。麝鼠便是东部数州的河狸，本地的河狸居然在数年之内有所增加。船夫都清楚，在梅里马克河的支流中，康科德河无法行船。据说印第安人称它为马斯盖得奎河，即大草原河，这条河跟其他河流相比，水流极缓且相当混浊，因此鱼类和猎物也相对丰富。据本地志书记载："毛皮生意在这里曾经相当重要。早在一六四一年，殖民地就成立了一家贸易公司，由康科德的威拉德少校主管。他拥有跟印第安人进行毛皮和其他商品交易的特权，相应的义务则是将所购皮货的二十分之一上交公库。"现在，除了遥远的西部，我们这里也有人依旧用机关捕猎，到了晚上和早晨，他们会去查看一番而不用提防印第安人。一个人每年捕获的麝鼠在一百五到两百之间，而每天击杀的数目甚至高达三十六只。毛皮的价值今不如昔，数冬春两季品质最好。每年冰雪消融的时候，麝鼠会因为涨水而被逐离洞穴，要么在河里游动，要么依着河边的残株断桩，甚至是不胜其重的草叶和芦苇。这时，大批麝鼠会在船上遭到猎杀。虽然麝鼠大多时候非常狡猾，却容易落入机关，机关只需设在洞口，或是它们常常出没的地方，无需放置诱饵，有时涂点麝香即可。冬天，猎人会在冰上凿眼，等它们浮出水面便开枪击杀。它们的洞穴常常在岸上，洞口则在水下，入洞后渐渐升高，高于河流的最高水位。麝鼠用枯干的牧草和菖蒲垫窝，有时在河岸低而松软的地方，一脚踩下就会暴露。它们春天产崽，少则三只，多则七八只。

在早晨或者夜晚，平静的水面会屡屡出现长长的波痕，那就是麝鼠在过河。这时，它只将鼻子露出水面，有时还衔着一段用来筑巢的绿枝。发觉暴露它便没入水里，游出五六杆之远，最后躲进芦苇或洞府之中。麝鼠在水下一次能待上十分钟。有一回，它没有被惊动，我发现它在冰下吹出了一个气泡，随着呼吸时大时小。一旦在岸上察觉到危险，它会像松鼠那样立直身子，打探四周的动静，好几分钟一动不动。

到了秋天，河流的水位开始下降，如果在洞穴跟河水之间出现一片草甸，麝鼠就会用泥巴和牧草在旁边建起三四英尺高的小屋。它不会在这里育崽，不过往后河水猛涨时这里偶尔会出现幼崽的身影。这是它捕猎的营地，冬天用来储粮，也用以庇身。菖蒲和淡水贝类是麝鼠的主食，春天，营地周围会留有大量的贝壳。

佩诺布斯科特印第安人会穿戴麝鼠全皮，让四肢和尾巴耷拉在身上，而将头束在腰带下面当作口袋，盛放渔具和设置机关的药饵。

现在，熊、狼、鹿、猞猁、野猫、河狸和貂鼠在我们这里已经没有了踪影，水獭即便偶尔显身也相当罕见，水貂也不像以前那么常见了。

在所有未经驯服的野兽中，可能唯有狐狸享有家喻户晓的盛名，从皮尔佩[1]和伊索直到今天，从来如此。它留下不久的踪迹让冬日漫步别有意味。一次，我跟上了狐狸几个小时前留下的脚踪，举步之际期望满怀，但愿能够发现林间精灵的蛛丝马迹，恨不得一下子将它按在窝里。我真想知道，是谁赋予它那优雅的曲线，而这线条又何以跟诡异的念头丝丝相扣？从眼前的足迹就能知道，它经由哪条路线回家，它面对的是哪个方向，而通过步幅大小和步调变化，又能知道它是在飞奔，还是在慢行，因为，即使最轻捷的脚步，也会留下一时难以消失的踪迹。有时候，你会发现有好多脚踪混在一起，那是蹦跳嬉闹花样百变的结果，由此可见，它骨子里是多么地百无聊赖，任乎情性。

每当看到狐狸无忧无虑地穿过湖上的冰雪，间或循着

1　皮尔佩是古印度寓言作家，被誉为“印度的伊索”。

它的踪迹在阳光明媚的山梁上追寻，我最终只能放手，将它让给太阳和大地，一似将太阳和大地让给它这位真正的主人。它并非在日光下奔走，反倒像是太阳在伴它而行，显然相互之间恰然相契，灵犀暗通。如果雪很薄，只有五六英寸，就可以跟着踪迹追上它。这时候，它会执意寻找最为安全的路径，就算最终无路可走，依旧镇静得让人吃惊。即便恐惧不安，它也不会惊慌失措，有失风度。狐狸的步态略似豹子慢跑，积雪似乎根本奈何它不得，而它也会一路调节体能，量力处之。地面不平的时候，它会因地制宜，跑出一连串优美的曲线。它跑姿轻软，背上简直没长骨头似的。有时候，它会鼻子贴地嗅上一两杆，对脚下的路放心之后，便把头高高抬起。遇到斜坡，它就前足相并，推着积雪灵巧地滑下去。它步履轻盈，离得多近都很难听出动静，灵妙如许，无论远近都捕捉不了它的响动。

《报告》提及的鱼类有七十五类一百零七种。本州所有内陆村镇的河流湖泊所生的鱼类只有十来种，而它们的生活习性我们几乎一无所知，渔夫得知这一情况肯定会大吃一惊。人们喜欢鱼类无非因其名称和产地，但我甚至很想知道它们的鳍条数目，以及侧线鳞片有多少。得知小溪中有米诺鱼之后，我认为知识有了长进，也觉得比别人更加走运。我想，我几乎得到了它们的眷顾，在某种程度上也加入了它们那个部类。

垂钓和打猎这种小事可能会激发荷马与莎士比亚的创作灵感，以前，我享受过这些简单的乐趣，现在，翻开《渔翁的纪念品》，盯着整版的插图，我都高兴得想喊：

> 难道会有这种事，
> 像夏日的阴云压向我们？[1]

人跟自然毗邻，所以行止举动似乎最有自然意味，于是跟她步调一致，自然而然。河水清澈浅亮，一张小小的亚麻渔网铺在上面，跟阳光下的蛛网透亮无二。我将船儿停在中流，俯视日光下的水面，想看看人们编成的那些网眼，转而纳闷，镇子上那些风风火火的人怎么能弄出如此淘气的精灵。这些麻线像一种新的河草，成了人们出现在大自然中的美好留念。它静静地铺在那里，灵妙轻盈，浑如留在沙上的脚印。

当河冰为雪所覆，我很清楚自己的脚下有什么财富——步履所至都是富矿。重载的车马从冰上驶过，而远在下方，有多少梭鱼轻曳鳍尾，悬在水中。节候转换这种

1 见《麦克白》第三幕第四场。

现象绝对让它们感到纳闷，和风暖日最终会替它们掀起帘幕，让它们再次看到天空。

早春时节，冰雪消融，正是挥动鱼叉的时候。春风乍起，自东北和东边吹向西边和南边。牧草上的冰晶泠然作响已经好久，这时，水滴从冰柱嘀嗒而下，跟它无数的兄弟找准了自己的位置。房顶和篱笆上水汽氤氲，缭绕而上。

太阳，款款地为大地擦拭眼泪，
谁知越流越快，那激动的泪水。

碎冰在小溪中相互摩擦，窸窣有声。它们漂在水面，或缓缓流动，或急速而下，显得心满意足，饱含期待。只要水流在天然的冰桥下汩汩作响，就能听到这些躁急的小舟在喁喁低语。条条小溪都淌着草场的汁液。湖面上冰块爆裂，一片喧腾，让人振奋。不久前，河面还是樵夫车马和狐狸往来的大道，间或还有溜冰者刚刚留下的印迹和捕捞梭鱼时凿开的冰眼，而现在，冰块在其中飞旋而下，霍霍作响，横冲直撞，逐流而去。镇上的委员们在迫不及待地查看桥梁和道路，好像看上一眼就能让冰块留情而免于损失。

河水，涨了又涨，
如同温暖的希望，
悄悄消融着城里的冰霜。
每一处草丛都是小岛，
都像阿勒山[1]那样友善，
疲惫的麝鼠偎依在一旁。

康科德河上微波不兴，
水流却在暗暗涌动。
深沉的人面色淡然，
胸膛里却狂想浪涌。
即使夏日的干旱来临，
它也会涟漪微泛波涛阵阵。
此刻却从纳舍图克一路睡到克利夫，
未见扁舟来访，由它如如不动。
可是，遥远的山中，
无数的细流却在淙淙，
还有多少泉眼沉默无语，
又有多少河流安然无声。

1　阿勒山是大洪水后诺亚方舟停靠的地方。

它们表面上悄无声息，
下面却涌得更急流得更猛。
乡间威尼斯就是我们的小镇，
那边的湿地就是泻湖的风景，
橡树围成了小小的水湾，
像那不勒斯湾那样动人。
在邻居的玉米地里，
我还认出了金角湾[1]的面容。

大自然每年都在这里授艺，
却只有印第安人前来学习。
正是在这所艺苑，得道者
该是威尼斯和那不勒斯。
在我看来，它们的老师，
把年轻的门徒留在了这里。

渔人现在要打理小船准备出行。春天为使用鱼叉提供了良机，因为河草这时尚未长高，鱼儿也在水浅的地方，而夏天它们会喜欢冰凉的深水，秋天则差不多依旧会藏在

---

1 金角湾位于土耳其的伊斯坦布尔，是博斯普鲁斯海峡南口西岸的狭长海湾。

草中。要想出行，先得备办燃料，油松的树根通常能满足这个条件，在树木已经砍倒八年或十年的地方，树桩下面就能找到。

一个柳筐或篝灯，用铁皮箍好，用来生火；一把十四英尺长的七齿鱼叉，固定在船头大约距水面三英尺的上方；一个大筐或手推车，去时盛燃料，回来装鱼；一件厚外套——准备齐全，就可以去河上巡游了。当然，你得选个温暖宁静的夜晚。且看，船头的火堆烧得正旺，噼啪作响，你划桨开船，就像一只萤火虫钻进了夜色。了无意趣的人如果没点冒险精神断不会这样出行，对他来说，不啻偷了卡戎[1]的渡船，然后在午夜驶向冥河进入冥界。沉思的夜行者看到你这颗游星就会反复揣摩，忖度再三后，以为那是草场上的鬼火。如果他机敏一点，就会发挥想象借以自娱：午夜沉沉，人的生命一闪而过，宛若蛾子绕着烛火翻飞。巡游者驱动小船，缓缓前行，他默然无语，一种因施惠而升起的骄傲却在心中暗暗涌动。世界一片漆黑，他好像一颗启明星或发光体，甚至类似月亮，将光明赐予了这方天地。两侧的河水宽一两杆，深几英尺，因火堆的光亮而历历在目，胜似午间。另一座城市的天空就此撑起，

1　卡戎，冥河的摆渡者。

他享有好多人艳羡的机会，得以俯瞰鱼类世界的午夜情景。它们在水中千姿百态：有些沉在水底，肚皮泛白；有些悬在半空；有些鱼鳍微动，恍似梦境；有些则相当活跃，极为警醒——跟人类的城市景象无所二致。偶尔之间，他还会碰上栖身丛草的麝鼠，或挑选美食的海龟。如果机会合适，就可以拿稍远处的活泼鱼儿一试身手，或是从船里刺中就近的鱼儿，就像抓起锅里的土豆，乃至，还能直接用手捞起睡熟的鱼儿。不过，他很快就明白该放过那些熟睡的鱼儿，因为那不是此行的目标，何况还能找到别的补偿：四周美景在目，新奇景象层出不穷。河畔的松树如同长在大火的光焰里，让人耳目一新。船火从垂柳下漂过，栖居的歌雀再也不会入梦，而在午夜唱起准备给清晨的歌谣。事情办完后，他可能只有借北斗的指引在黑夜中摸回家，而一旦在地上迷路，天上的这颗星星便会让他倍感亲近。

这样捕获的鱼儿通常有梭鱼、鲈鱼、鳝鱼、条鳕、亚口鱼、太阳鱼和小银鱼，一个晚上的收获在三十到六十韦特[1]之间。有些鱼在火光下不好辨认，尤其是鲈鱼，由于身上的暗纹在夜里格外醒目而显得极度凶猛。《报告》所称的鲈鱼有七条横纹，其实数目不定，本地湖泊的鲈鱼就有九

1　韦特系重量单位，数值屡有变更，向无定准。

条，甚至十条。

我们的邻居似乎还有八种龟，十二种蛇（一种有毒），九种青蛙（蟾蜍），以及九种蝾螈和一种蜥蜴。

蛇的运动让我极为上心。跟它相比，我们的手足，以及鸟翼和鱼鳍似乎都显得多余，好像上天只在造它的时候放纵了一下想象。黑蛇被追的时候会突然飘进灌木丛，有时会距地五六英尺，在没有叶子的细嫩枝条间蜿蜒盘旋，行动自如优美，就像鸟儿在树枝间飞来飞去，有时则会在枝杈间缀成一个花结。低等如许的生命，其弹性和灵巧却可以跟生有四肢的高等生命媲美。我们要想不用手脚的粗笨之助展示高难技艺，只能像蛇那样诡谲，那样狡狯。

到了五月，在草场跟河里常常都能抓到鳄龟（Emysaurus serpentina）。渔人在平静的河面巡视一番，就能发现十几米开外它伸出水面的长鼻子，并且，这只猎物能够轻易到手，因为鳄龟不想匆匆游走而打破河水的宁静，所以，就在它慢吞吞地缩回脖子的时候，身子还贴着草丛或茎秆。鳄龟将蛋埋在水边松软的地方，好像鸽窝，却常常会让臭鼬吃光。它在白天捕鱼，手法如同蟾蜍捕蝇，据说，它会从嘴里喷出一种透明液体引鱼儿“上钩”。

父母在施教修身方面对孩子用心再多，也难以跟大自然的付出相比。想想花朵那无言的力量吧，它生在草场，对沟渠倾注的功夫毫不亚于闺中女子的用心。步入森林，我就知道有位充满智慧的勤务人员早已先我而至，已经为我提供了精致无比的范式。树上的苔藓状似树叶，大自然如此悦人的友情与和谐让人感动。不管风景多么壮丽，依然能够见出精致纤巧的一面，水汽的圆环似有若无，露珠的轮廓小巧精美，细嫩的枝条婆娑如烟，一切都似乎显示出某种崇高的超越、高贵的出身和卓越的成长。要想指出精灵和仙子的栖身之所并非难事，因为，他们已经化为眼前轻盈优雅的情韵和飘逸静穆的风致。如果从树林里撷取一段嫩枝，或从小溪中采来一块冰晶，放在壁炉架上，那绰约风姿和超拔仪态会让旁边的装饰显得粗鄙不堪。它优越尊贵，似乎曾经拥有极富教养的环境。只要你充满热情和勇气，它总会向你奉上敬意，给予回应。

冬天，目睹沿途的树木生在当下，而无意未来的时日和境况，我便会驻足片刻，奉上礼敬。它们不会像人类那样等待，眼下就是幼苗生长的黄金时节。泥土、空气、阳光和雨水，它们别无所求，时在太古也莫过于此。“人类抱怨的冬天”永远不会出现。请看本地的杨树，尽管寒霜裹严了幼枝，快乐的芽苞却仍旧挺在枝头，一派自信。果真能够见到柳絮桤花，即便身在荒野，你都会满怀欢欣，甘愿居留。我从极北探险者的行记获悉，巴芬湾[1]和马更些河[2]侧畔也有柳絮和桤花，我便清楚，纵使那里也能供我生存定居。微不足道的植物，却为我们挽回了信心。我想，待它们再度漫天飞舞，我们仍该保全节操，美德不失。造化之手堪称智过密涅瓦，而德逾刻瑞斯[3]。哪位女神慈悲如许，将它们赐给了人类？

自然总是充满神话色彩，富于神秘气息，她是奔放不羁、泼辣豪纵的天才手笔。她不但拥有技艺，还创造了富丽堂皇、光彩炫目的风格。她为了加工一尊朝圣之杯而巨细不遗，杯脚、杯腹、杯柄和杯口一应俱全。这是一个奇幻的造型，好似神话中海洋神祇的车驾，如涅柔斯和特里同[4]。

尽管在冬天，植物学家也不能囿于书本和标本册页而中断了户外探索，而该研究植物生理学的一个新领域，不妨称之“晶体植物学”吧。一八三七年的冬天为这一研究提供了绝佳时机。那年十二月的夜晚，草木的守护神似乎依然示现于他在夏日常去的地方，一如既往，决不含混。

1　巴芬湾为北冰洋属海，位于北美洲东北，介于巴芬岛、埃尔斯米尔岛和格陵兰岛之间，因英国航海家巴芬入湾考察而得名。

2　马更些河为加拿大第一长河，源出加拿大落基山脉东麓，取道西北注入北冰洋。

3　在罗马神话中，密涅瓦为智慧女神，刻瑞斯系谷神。

4　涅柔斯和特里同皆为希腊神话的海神。

有一种冰霜在这一年出现了好多次，不仅在本地极为罕见，在全世界也非常少有，那番景象在日出之后便不复完整。一个有霜的清晨，相当安静，我很早就出了门，只见树木周身一片绒绒，好似黑暗世界的虚幻生灵。它们在这一侧聚为一团，灰色的发丝参差披拂，另一侧则蓬乱不堪，好像一个印第安队列，沿着小河一线排去。太阳尚未照临这个河谷，灌木和丛草宛如暗夜的精灵和仙子，意欲将无力的头颅藏进雪中。从高高的岸上望去，翠绿的河水黄色微泛，在白茫茫的天地间流淌。每一棵树，每一株灌木，每一个草尖，只要能在积雪中挺起头颅，都似乎遵照它们夏装的款式换上了银装，每片叶子都是如此。连篱笆也在夜间抽出了叶子，那些叶片从中间分叉，小小的叶纹纤毫毕现，叶缘则长成了规则的锯齿。这些叶子长在篱杆或残茎迎着太阳的一侧，大部分跟阳光形成了直角，还有叶片蔓生其上，或相互叠加，形状各异，姿态万千。太阳将第一缕光线斜投在这里的时候，就在草叶上挂了无数的珠宝，穿行其间则泠泠有声，清脆悦耳，晃动身子，它们便会射出五彩的虹光。这些诡异的叶片让我讶然，居然长成了绿叶的模样，跟它们遵从同一条规则：一边，生命的汁液输向灿灿的绿叶，源源不断，另一边，晶莹的微粒犹如兵士向旗下汇聚，整饬有序。质料相异似为表相，无所更易的同一法则才是本质。所以，每一株植物都在春天拔节，形就一个永恒的模具，留待夏天和冬日将它注满。

叶子的结构见于珊瑚和羽毛，而世间有多少生物和没有生命的存在也体现了这一特征。考察好多例证，在好像了不相干的地方，比如天然的韵律之中，都能发现这一特征。好多动物在体态、色彩或气味方面都跟植物相辅相应。天地间的所有律动绝对吟唱着永恒的旋律，不受任何特例的支配。

草木无非一种晶化的存在，明白这一事实，则看到窗边渐渐融去的冰霜，人们就会发现，这些微粒丛聚如针，个中原因如同麦浪翻滚，也无异于在农田残茎上随处而立的禾束。同理，一边是热带植物，棕榈高耸如塔，榕树四向铺张，凡此种种见于东方的风景画作，另一边则是极地劲松，在冰天雪地中枝柯低垂，劲直坚挺。

草木为万物的生长提供了范式，其中蕴含的规律在晶体中更加一目了然，正因为这样，所以它们的用材更为简单，好多时候甚至是存留片刻、转瞬即逝的东西。如此，观察万物的生长岂不既简易方便，又直逼本质：它们都在完成上天命定的形态，无非一个迟速不同的结晶过程。

基于这一原因，在河流的高岸一侧，不管因河水侵蚀还是其他原因，只要形成一个空洞，则其外缘和稍里一点就会蒙上一层状如棘刺、晶莹闪亮的冰甲，浑似城堡的入口。有些像小小的鸵鸟羽毛，宛如列队入城的勇士冠羽飘扬，有些像小人国的部队，打出不太规整的扇形战旗，还有些丛聚如针，又似松叶，一眼看去，会当成一个持枪方阵。在河冰的背面，因为大块的结晶而附了一层更厚的冰霜，足有四五英寸，形似棱柱，倒悬其上。如果将冰块倒置，则像哥特式城市的屋顶和尖塔，又像船舶密集、帆布覆盖的港口。在冰块消融的路上，烂泥会随着深直的辙迹凝冻，而在车辙内侧，冻住的泥巴跟针芒遍布的石棉几无区别。在作物残茎和花梗底部，寒霜会结成一个不规则的锥形小盖，像是仙人圈[1]。有些地方，冰晶会结在花岗岩表面，恰好位于石英的晶体之上——石英，更为漫长的寒夜霜花，经历了更为漫长的结晶过程，在生命短促却摆脱成见的人眼里，它也会融化，其速如冰。

“切莫忽视海贝的分布，它跟地质现象价值无二。科德角长约五六十英里，成了联邦伸入大洋的右臂。自始至终，它狭长如一，可是，大陆的这点狭长地带形成之后，就成了阻止好多软体动物迁徙的屏障。虽然仅有数十英里，不少类属和种群却被隔开，因科德角之阻而无法混居，难以

1　仙人圈，蘑菇的一种，即可食小皮伞。

游至另一侧水域……本地的海洋动物计为一百九十七种，有八十三种无法游到科德角南岸，而有五十种在北岸找不到踪迹。”这一特殊现象见于《无脊椎动物考查报告》，让我们重估时空的意义和价值。

春天来了，麝鼠会在岩石和树桩上留下好多贝壳。这都是些常见的贻贝（Unio complanatus），准确言之，是河蚌，似乎曾是印第安人的重要食品。据称麝鼠曾在一个地方享受过饕餮大餐，那里的贻贝非常多。该地高出河水达三十英尺，一英尺厚的土中全是贻贝，跟印第安人的余烬遗骸混在一起。

本文置于篇首的那些著作是任意挑选的结果，好似牧师择选布道的经文，凝聚于这些作品的与其说是热情，莫如说是辛劳。州政府需要一份关于本地自然财富的完整名录，还需附上仅有直接参考价值的这类信息。

不过，关于鱼类、爬行动物、昆虫和无脊椎动物的报告却是付出劳动，开展研究的结果，所以，除了满足政府之需，这些《报告》自具独立价值。

只要比奇洛和纳托尔的作品可供利用，则本《报告》关于草本植物和鸟类的部分就不会有太大的价值。不过，我们竭尽所能，以求准确地说明本地的相关物种。我们校订了若干错误，高明之士肯定会扩充这份目录。

《报告》中关于四足动物的内容尚需进一步完善，以便更具参考价值。

这份《报告》更多涉及物种观测与细小分类，普通读者不会产生兴趣，因而，文中不时点缀了一些着色的句子，好似密林中有叶无花的植物。相对而言，自然史这个领域尚未拓荒，如果先驱的第一份辛劳没有开花，我们不能责怪他们。切勿低估现象的价值，终有一天它会揭示真相。可是，一个世纪以来，在自然史的写作方面，关于动物的信息几乎没有获得实质性完善，事涉人类的内容却在按部就班地进行。人们满足于遵照自己的方式认识一切。所有的乡下人和牛奶女工都知道，牛犊第四个胃的外皮可以用来凝结牛奶，以及哪种蘑菇无毒可食。只要走进原野或森林，你总觉得每块石头似乎都被翻过，所有树皮似乎都被剥过。可是，话说回来，一知半解自然比获悉实质轻松容易。人们总会轻易出口，"该调查存在偏颇"。真知在于观察而非调查，观察许久才能有所洞见，揭示基本原理都需要一个缓慢的过程。如果能够洞悉规律，或抛开现象认识本质，人们就会耽溺痴迷，为之发狂。可以设想，将来的学校可能会教授学生"水流下山坡"这样的内容。真正有科学精神的人会通过出色的整合更为深入地认识自然，他的嗅觉、味觉、视觉、听觉和感觉较常人出色，他的体验更为深入，更为精到。不论是推论和演绎，还是将数学方法用于哲学，都不能让人获得真知，只有直接接触和感同身受才会奏效。科学和伦理学的研究有相通之处，指望发明，依靠成规都得不到真相。培根的信徒会跟常人一样犯错，尽管机械和工艺可以为人提供便利，但是，笃信科学的人依然最为健康，最为友善，也终会拥有圆满无双的印第安式智慧。

华楚塞特山漫步

康科德一八四二年七月十九日

所有的松针

都西向而倾

不管冬夏，我们都会眺望天边的群山，那苍茫的身影，因为距离所致的朦胧而越发壮观，我们因此也理解了诗人笔下的象征，以及旅人口中的比喻。所以，我们可以在春日的清晨跟荷马坐在群峰耸峙的奥林匹斯山上，与维吉尔及其同仁做伴，在伊特鲁里亚[1]和赛塞利[2]的山间徜徉，也可以跟洪堡[3]一道，去测量今日的安第斯和特内里费山脉。于是，我们站在康科德的山崖上，向它们倾诉心声：

1　伊特鲁里亚在意大利中部。

2　赛塞利系塞萨利的古称，位于希腊东部，在希腊的黑暗时代又名伊奥利亚，见于荷马的《奥德赛》。

3　洪堡（1769—1859），普鲁士地理学家、博物学家和探险家。

你巍峨矗立，镇守边疆
你横亘绵延，睥睨苍茫
你将所有的扰嚷化为静穆
你承载着万千沟壑
莫纳德诺克峰，彼得伯勒山岗
你像浩大的舰队
在风霜雨雪中行进
在寒冬酷暑中出航
矢志不移，坚守方向
直至在天宇中抵港
你不会偷偷摸摸地靠岸
似乎满载违禁货品
因为送你启程的主人
早已将质朴的坦荡
亮给了太阳
每一艘舰只都西向而去
总是在暴风中满帆飙扬
你沉雄得好似满载钢铁
从脚下的大地就能知道你的分量
你货仓深巨，船梁廓大
张帆的绳索长得无法想象

你在奇幻的西部优游安闲
想必快乐得不知道忧烦
你眉宇庄重，蔚蓝如洗
让岁月的沧桑一筹莫展
你苍茫浑成，元气淋漓
尽情地伸展绵延
你朴野的材质来自太古
堪为坚挺的肘板，坚韧的桅杆
这是构建新世界的用材
我们为它要跟西部交易
终究会有这么一天
它足以撑起一方世界
从浩瀚的洋面上赫然出现

在我们为一抹余晖啧啧之际
你依旧在西方的天空俯视
像一堆堆密实的干草
在神的领地上安然休憩
那里的云霞好似打褶的锦匹
镶边的都是银线和金丝
华美的光线如同琥珀

将西方的天空渲染装饰
那边还射来一缕光芒
仅此足矣
浪费整个天空显得有点奢侈
群山和林木站在天际
好似塑像雕进了大气
又如舰船泊在港口
只等早晨的风儿吹起
我甚至幻想
你的阵列里会有道路蜿蜒到天堂
尽管历史的册页已经翻过
那里还有鸿蒙初开的气象
一阵狂风威猛雄壮
在你最遥远的山谷飙扬
它捎着未来世纪的讯息
也送来了新时代的思想

可我将你特别铭记
华楚塞特，我像是你
你没有交游，也茕茕独处
你淡蓝的双眼

是湛蓝天空的印迹
透过峡谷，透过空地
或透过熔炉的窗户
为看到的一切赋予了生机
除却我跟你坦诚相对
还有什么可靠真实?
你这西部的先驱
秉承开拓的勇气
立在苍天的屋檐之下
从那里延宕开去
恣意地呼吸着空气
你难道不会羞赧恐惧?
从诞生之日你就在嬉戏
擎起苍天，镇住大地
无需庇佑，也无需依托
但愿我能成为你中意的兄弟

瞭望如许之久，我们最终决定像拉瑟兰斯[1]和欢乐谷里

1 拉瑟兰斯为英国大诗人约翰逊同名长篇小说的主人公。他是阿比西尼亚的王子，因感到生活乏味而携其妹和诗人伊姆拉克离开欢乐谷去四方巡游，以寻找理想的生活。这部作品是作者对其长诗《人类念想之虚妄》所做的诠释。

的众人一样，去攀登西边天际那蓝色的墙垣，尽管我们不无隐忧，因为去过之后眼前的仙境便会消失不再。目标虽然不远，我们却没有迫不及待地赶到那里。荷马也一样，他将读者引至旷野，引至波涛轰鸣的海边，其实无非要将他们带入阿喀琉斯的营帐。人们往来的河流山川都能被思想所穷尽。心灵的景致寥廓绵延，美丽动人，深沉的思想者走得最远。

七月的早晨清爽宜人，还有点冷清，我跟旅伴早早动身，匆匆穿过了阿克顿和斯托。路过斯托时，我们在小河边休息了一阵，那是阿萨布河的一条支流。阿克顿一带是清幽的森林，我们手执结实的行杖穿过林区，红眼绿鹃、画眉、东菲比霸鹟和布谷鸟在为我们助兴。走过旷野，每一片田地都散发出清新的气息，让人心旷神怡。四周冷冷清清，一片沉寂。围栏和农舍在晨曦中影影绰绰，清脆的声响点缀着一派宁静。我们满怀欢欣，走在阴湿的路上，享受着心田的澄澈和身外的寂静，那并非白昼离去之后的遗留，而是尚未遭它亵渎的一切。微光渲染着一片幽静，恬然沉寂，胜似黑夜。可是，田野上不久便传来割草人的枪声，伴着黄牛的哞哞。

有段路穿过长满啤酒花的田野，这种植物或许弥补了美国田园没有葡萄的缺憾。田野上一片幽深的葱茏，漂亮的花穗垂在植株间，清凉的快风从垄间扑面而来，给旅人送上阵阵清爽；到了九月，女人和孩子不分远近都会聚在这里，将花朵采进槽中；再过一个阶段，田间或路旁就会出现大堆的茎秆。不论什么时候，行人只要经过这里，都会想起意大利和法国南部。

啤酒花跟葡萄不仅功用无异，连种植采摘、窖藏风干及包装上市也十分相似，所以，往后可能也会成为诗人吟咏的主题。

我们坐在一条小河边休息，近旁草场的割草人却叫不上它的名字，或者，连是否有名字也不得而知。不过，他年幼的伴儿，兴许是他弟弟，却告诉我们它名叫“大河”。他们在地里并肩干活，知道的东西却相去甚远，直待路人搭腔，两人才为对方的见识感到意外。经过博尔顿，我们靠在一间小屋的篱笆上休息。一曲旋律飘了出来，或许在向我们这两位旅客问候致意，我们这才发现，这里居然也在用习见的方式寻找乐趣。与此同时，身为旅人我们也渐渐明白，人们都在纠缠那点相同的东西，到处都是那些简单的需求，所以，无需徒然出行寻求新的生活方式。与人相比，花朵倒是千姿百态。前行不远是块高地，一派山脉气象，我们想，即便只是从山民的舌尖上听到它更真更野的名字，我们也算不虚此行。它不叫“怀特狄格”和“怀楚塞特”，而是“霍特狄格”和“霍楚塞特”。我们为自己雅驯秀气的发音感到惭愧，羡慕他们生得更西，长得更西。与我们相比，他们的口音更加舒展，好像动起舌头来更加省劲。一如乡下人，平素沉默寡言，有时却会说个不停，好像他的妻子端给你的奶酪和奶油有点多了。不到中午，我们就登上了这块高地，从这里可以俯视兰开斯特河谷，西边开阔宜人的景致一下子呈现眼前。天很热，我们钻进一个小丘顶上的橡树荫中休息，近处有股泉水从铅管中汩汩涌出。我们一边读维吉尔，一边欣赏景致。这个地方好像在大地之外，因为从这里多少可以看到地球的外形和结构。华楚塞特山就坐落在前方，那是我们此行的目的。它矗立在我们面前，依然那么巍峨，只是少了点早晨的飘渺气息，而在更远的北边，群山绵绵，沉沉地横在地平线上。

有时候，我们不得不思考，一部天才之作要经受多少磨砺和考验，若非如此，我们对《埃涅阿斯纪》的理解就会限于

——atque altae moenia Romae

——伟大的罗马，那城墙啊

所以说，维吉尔尽管遥在罗马，远在两千年之前，如果他

去新英格兰的群山朝圣，想必也会让得自意大利山谷的灵感奔涌而出。我们的生活如此粗鄙，如此现代，他的生活却那样文明，那样古老。不过，我们阅读维吉尔旨在提醒自己：人性古今无二，亘古不易。从诗人之口可见，我们都是孩子，只是生在一个晚来的时代，不过照样活在朱庇特治下。

他从花草中摇蜜，又熄灭了大火
将河流中的美酒蓄了下来
从这些举止可以渐渐悟出好多手艺
比如，怎么在田垄里弄出玉米
又怎么从燧石的纹理中打出藏着的火焰

古老的世界默立在新世界之后，好像那边的山脉在群山之后巍巍耸立，更朦胧，更遥远。身为后裔，我们仍旧无法摆脱罗马历史的强劲影响。我们早上遇到的那些学童尚未听说身边的兰开斯特之战，便已经温习过她的战争，背会了她的训诫。游弋的双眼终会落在她的山间，她依旧是那边天空的极限，让往事显得沧桑而邈远。

周边的地形非常值得旅人关注。我们休息的这座小山属于一个绵长的山脉，从西南延至东北，穿过旷野，成了纳舒厄河跟我们早上走过的康科德河的分水岭。只要这一地形了然于心，我们就能轻易判定路上遇到的每条河会是什么流向。向西十五英里开外是个深广的河谷，坐落着格罗顿、雪莉、兰开斯特和博伊尔斯顿，河谷那边，华楚塞特山沿着大致相同的方向横亘绵延。靠纳舒厄这边进入河谷的下坡极其陡峭，走上两英里，前面就是纳舒厄河南端的一条支流，水浅流急，在布满碎石的高岸间流去。不过我们很快明白，下了陡坡后来到这段河谷并不合适，并且，早晨的凉爽已经过去，恐怕太阳要在我们身上施展威风了。

灼热的太阳占据了中天
附近没有一棵树，一株草

我们忧欣交加，意下怏怏，念叨着我们的同道，旅人哈桑在沙漠中动听的哀叹：

自打出行，跨出舍拉兹[1]的城门
每一天都倒霉，每一刻都伤心

1　舍拉兹，又译设拉子，波斯古城，大诗人哈菲兹的故乡。

空气像在沸腾的大锅中一样凝滞在山间，树叶纹丝不动。青草和苜蓿的清香，我们早前还在贪婪地享受，现在已经不复存在，这里只有干燥的草叶气息，好像仅有治病的价值。我们向闷热低头，溜进了森林，沿着一条小河游荡，顺便看看这陌生地带的草木。这个季节，只要穿过这里的林间小道，就会记住夹竹桃那纤细的红色茎干，和它低低下垂、宛如铃铛的小花，以及商陆的粗糙茎干和浆果——常见于僻远荒野的两种植物。因为，如果攀爬光秃秃的山丘，像初临此地的人诉苦那样，“油绿的蕨草反射的太阳热量”会让人热晕，可是，一旦进入山间，这抹本该生在湿地的淡红芬芳四溢，清凉宜人，又会使他神清气爽。

午后我们继续前行，一路上遇到小溪随即洗脚休息，很快就走进了华楚塞特的阴影，又像早上那样精神饱满，活力十足。我们穿过斯特灵镇继续西行，傍晚时分，到了静水的岸边，这里有个小村庄。我们沉醉于四周已有的某种西部意味，松枝传香，流水咆哮。这是堤坝最近拦截的河水，此时奔涌而下，跟“静水”这个名字并不相符，不过，这里却让人格外兴奋。一旦人类侵入，少许地皮就会铲平，几间房屋接着出现，使森林显得更有野性。如果没有人类活动，大自然就会透出一点秀气，显得精致而优雅。可是，只要林边亮出斧斤，掩蔽于层层葱茏的丑陋枯枝就

会暴露在眼前。这个村庄还没有邮局，也没有固定的名字。我们走进之后，村民就开始打量，眼神中透出优越却不无同情，好像我们来到人间比他们晚了一步似的。看那神态，他们像是在说，“没关系，过来看看，也就知道怎么做人，怎么生活了”。如此看来，人的世界无非一片林间空地，拓展了空间却受限于一隅。店主和雇工还没有从地上回来，牛奶也还没挤。不过，我们记得瑞典客栈墙上的提示，“特洛尔汉特肉好酒好面包好，只要你自己随身带来”，想到这里，我们也就没什么想法了。可是，我不得不承认有点扫兴，在如此偏远的地方，主人居然将我们镇上的报纸递到了我们手里，好像对旅人而言，这里的迷人魅力就是跟镇子便于联系。青山常在，你还是依山而居，不要登上山顶在天边遥望什么可怜的波士顿，或是纽约了。

整个晚上，不时传来流水的喁喁絮语，以及蟋蟀吟唱的眠曲。次日清晨，曙色朦朦，我们起身离开小店。夜的氛围滤去了扰攘和不洁，可惜只有敦厚的奶牛开始了折腾，让人不免意下怏怏。此间去华楚塞特只有四英里，可是风景已经如诗如画了。我们沿静水前行，它在一个深谷中奔腾，那里松树蔽野，岩石遍布。洁净的水流从山上跌落，顷刻而至，开始它造福布惠的征程。刚开始，山顶被一片阴云所蔽，不过云朵很快就被山风吹走。路旁遍地是覆盆子，我们一边采集，一边为此寻找理由：来到山上就该节俭用度，量力而为。好像只要攀到山上，每登一步，在纵情享受格外灵妙、清纯无比的空气时，就该吃山间如此轻灵的美味，喝山边奔泻而下的泉水，用以增加体能，武装自己，也好为山间的神灵奉上他自己的果实，以为告慰，以求宽恕。生在平原和谷地的人只好吃些粗滥的野果，相形之下我们认为，眼前浆果的汁液跟山顶的稀薄空气大有关系。

开始登山的时间刚好合适。我们先穿过一片很大的糖枫林，这里留有螺旋钻的痕迹，接下来林子更密，但树也渐渐变矮，山顶则不见树的踪影。终于，我们在山顶撑起了帐篷。这里高出普林斯顿镇只有一千九百英尺，距海平面三千英尺，可是，就这么一点高度，却足以遥居平原之上。登顶后，我们觉得远离了世界，好像走进了遥远的国度，不是远东，就是曾为罗马统辖的阿拉伯。一只知更鸟落在帐篷的杆子上，成了我们眼中的最高点。燕子在我们头顶飞旋，唧鹀和布谷就在身边啼鸣。山顶几英亩大小，不见树木，被光秃秃的岩石所覆，间或生有灌木，如越橘，以及覆盆子、醋栗、草莓和苔藓，此外，还有一种细如发丝、非常好看的野草。石缝中长满了常见的黄百合与低矮的山茱萸。这片山顶空地微呈圆形，往下几英尺就被密密的矮栎所围，其间混生枫树、山杨、山毛榉和樱桃树，花楸也偶尔可见。我们在这片树丛中发现了黄精鲜亮的蓝色浆果，也找到了鹿蹄草的果实。山顶最高处有个木头架起的瞭望台，基座是用石头草草搭成的空架，直径十几英尺，五六英尺高。站在上面，朝西北望去，莫纳德诺克山映入了眼帘，质朴壮观，高近一千英尺，尽管因角度变换呈为侧影，却依旧是“莽莽苍苍的蓝色山脉”。第一天就遇上了朦朦的天气，任凭竭力眺望，想看清远处的一切也无济于事。我们好像又在仰望天空，片片林木成了掠过低空的云朵。位于大洋的波利尼西亚岛是那样飘渺，所以，在那里的航海者眼中，地球浑如浮在苍穹的一个大岛。就连在我们如此之低的去处，天空都从四方合围，成了一个其深难测的深渊。它拢着大地，像围着硕大的太平洋岛屿，但不知那里住着怎样的岛民？待我们驶向岸边，才看到阵阵林涛，听见声声牛叫。

我们在帐篷里欣赏维吉尔和华兹华斯，别有一番乐趣。我们一边读书一边等待天气好转。尽管天气不佳，却没有影响我们阅读《彼得·贝尔》[1]，领略那质朴的真理，欣赏那诗篇的魅力：

---

1 《彼得·贝尔》为华兹华斯的叙事长诗，作于1798年，在1819年发表。

在高高的切维厄特山上，
他躺在驴子近旁。

他跋涉在约克夏的山间，
巉岩垒垒，险道弯弯。
幽深的谷底有些村落，
上方的天空夹在峭壁之中，
稀疏的星光一点半点。

难保终有一天，这山会成为赫尔韦林[1]，甚至帕尔纳索斯[2]，缪斯会驾临此地，而后世的荷马也会光顾附近的原野？

华楚塞特心有所思，头颅高扬，
俯瞰着原野，将在天地间独擅胜场，
它和缓不迫，眉宇紧锁，
好似在阅读人类历史的编年篇章。

1　赫尔韦林山，英格兰第三高峰，位于湖区，因大诗人华兹华斯常来这里而更加知名。

2　帕尔纳索斯山，希腊神话中阿波罗和缪斯的居地，因而成了诗坛的别称。

山上提供了越橘，自己又带着牛奶，所以我们就有了经济的晚饭。画眉在四周做起了晚课，为我们佐餐。我们没有寻找绘彩的屋顶，也不会留意铺有地毯的寝室，却盯着经大自然装饰的天空，和由她点染的群山与森林。日落前，我们沿着灌木丛向北边走去，一只山鹰还在我们头顶盘旋。这里可能是神灵徜徉的天地，人迹不至，庄重肃穆，远离平原上的一切玷染。夜晚将至，暮霭因水汽而渐浓渐沉，眼前的风景越发醒目，地上显出了无数的水洼。

Et jam summa procul villarum culmina fumant,

Majoresque cadunt altis de montibus umbrae.

这时，庄园顶上轻烟排空

群山巍巍，影子越来越长

就在我们站在石塔上的时候，太阳落下去了，夜色在东边的山谷里匍匐前行。人们走进屋子，关上了房门，而月亮却悄悄地升了起来，占据了那边的领地。接着，同样的场面在西边又重复了一次，远远地蔓延到了康涅狄格和大青山。这时的新英格兰，沐浴阳光的只有我们两人。

再过一天刚好迎来满月。月光皎洁，都能趁着月色看书，虽然是晚上，在山顶上四处走动却没有任何危险。那天夜晚，莫纳德诺克山上碰巧腾起了火光，映亮了整个西边的地平线，我们才发现大地上群山绵绵，连为一体，这让我们的华楚塞特山也不显得那么寂寥孤单。最后，山风把我们追进了帐篷，我们关门睡了。

晚上越来越冷，风越来越大，几番醒来，都能听到山风在岩石上刺耳的吼声。荒凉如斯，夜将万有聚而为一，简约朴质又庄严大气——一缕皎洁的月光，一股刺骨的山风。帐篷的夜晚始终昏暗朦明，通过透亮的顶篷，躺着就能看到月亮。月亮还在头顶，木星和土星分列左右，俯视着华楚塞特。得悉有它们陪着继续旅行，我们非常满意，只是它们高悬在天，一如我们的归宿遥不可及。星辰的确是赐予人类的安慰。我们切莫觉得人生注定永远俯首帖耳，须知，我们可以仰望星辰，生命理应有个美好的归宿。我们看到了永恒的法则，无法想象它可能失效。星辰不仅在白昼大放光明，在夜晚也会点亮灯烛。大自然慷慨地奉献了光明，辉煌灿烂，阔绰大方。

月亮刚落，天边就显出了晨曦。我们起来生了火，方圆三十英里都有可能看到火光。天刚刚放亮，山风居然就即刻停了。山顶不见露水，寒冷取代了它的位置。天已破晓，地平线清晰悦目，我们都觉得身在海上，天边的群山宛如海涛，好似甲板上看到的风光。雪松太平鸟在我们身边飞来飞去，灌木丛中传来五子雀和扑动鴷的鸣叫，山雀就栖息在几英尺远的地方，画眉又在四周开始了早课。太阳终于跃出海面，把光线洒向了马萨诸塞，从这一刻到我们离开，空气变得越来越清澈。我们这才清楚自己的视野何其辽阔，大地绵延开去，好像回应着天空，白色的村落似乎跟天上的星座遥遥相应。群山再不见庄严崇高的气象，只是托着夏日的辽阔大地。我们方才发现，天地是多么廓大，多么浩瀚。穷目所及，大地上几乎没有生命迹象，偶尔飞过的鸟儿也形单影只。遥远的地方，大路纵横交错，行人在孤零零地赶路，前后几英里再不见有人。环视四周，村镇好像葡萄园中的梯田，由近及远层层叠叠，绵绵相续，渐渐消失在天边。华楚塞特山实际上成了本州的瞭望台，马萨诸塞尽收眼底，像一幅地图纵横绵延。东边和南边的天际水平如线，说明那边靠海，北边是人尽皆知的新罕布什尔群山，胡萨克山和大青山云遮雾罩，横亘在西边和西北，我们第一次看到是在前一天的黄昏，现在那里一片蓝色，朦胧飘渺，像是晨风行将驱散的云团。大青山让人百看不厌，北端巉岩兀立，越过康涅狄格南向而去，隐隐约约突起三四个高峰。莫纳德诺克山在西北方傲然挺胸，无比壮观。审视之下，我们发现它是两道河谷间最高的地方，一边是梅里马克河，一边是康涅狄格河。蓝色的波涛使空中一片朦胧，莫纳德诺克也在其间微微晃动。两道河谷平行而去，岸边密密麻麻，挤满了美国人，谁知道他们面临着怎样的命运？怀特狄格山及周边群山横在马萨诸塞和新罕布什尔之间，也属于我们脚下山体的余脉。它在新罕布什尔那边是险峻的峭壁，好似它的一个岬角，然后向马萨诸塞渐伸渐降。它伸展在白昼，绵延在黑夜，将永远萦绕在我们的梦中。

我们终于明白，山脉在大地上处于怎样的位置，它又如何融入了宇宙这个综合体系。起初，我们爬上山顶看到那里相对规整，并不觉得智慧圆满的造化之手成就了什么杰作，可是，随后从地平线上看到群山的轮廓，我们才不得不承认，这双手塑成了相向的山坡以求平衡，它围绕一个深邃的核心展开，却将宇宙的蓝图隐匿于心。因此，大自然微不足道的一面也跟周围的一切息息相关。阿勒格尼山系和其他相对较小的山脉都从东北纵贯西南，跟奔涌的河流并向而行，又和海滨——那宏伟洋流的岸际——相辅相成。连天上的云彩也因为偏好，向那个方向显出了纤细隐微的条纹，甚至连盛行的风向，以及人群和飞鸟的迁徙方向也概莫能外。好多事情，是山脉为政治家和哲人做了决断。文明会顺着山形演进，而不会跨过山顶蔓延，多少年来，山脉也成了偏见和盲从难以逾越的屏障！只要越过这些大地的绝顶，穿过那里的稀薄空气，平原上的蠢举妄念都会得到净化而获得升华。好多植物无法攀到阿勒格尼的高度，所以很多蠢举也休想越过它的峰峦。只有强悍的山间树木才能越过山脊，向另一侧的山谷生长。

因为这次登山，我们对鸟类的迁徙也有了粗浅的认识，尤其那些在天空高翔的飞禽。我们现在明白：山脉对它的迁徙充当了何种标识；就在华楚塞特和莫纳德诺克为它敞开东北通道的时候，它何以不会漠视卡茨基尔[1]跟海兰兹[2]；它何以在迁徙途中同样接受河流与山谷的导引；又有谁知道，它除了得益于山脉，还会参考星辰，而对人类可怜的地标却置之不理。鸟儿，在一侧将大青山收于眼底，在另一侧又让大洋呈于目前，自然不会在迁徙途中迷失方向。

我们中午开始下山，重见村落便折转东行。一路上，我们一次次观察飘渺的山色计算行程。我们好像被一股力量推着，很快便穿过静水和斯特灵来到兰开斯特。走进这里葱茏的草场后，我们突然有种回家的感觉。这里跟康科德很像，因为都有两条河流，并且在镇子附近汇合，更不必说还有好多相同的其他特征。这里的景色透出一种不可

1 卡茨基尔山区位于美国纽约州东南，距纽约市一百英里左右。

2 海兰兹指哈得孙海兰兹，系纽约—新泽西海兰兹的北段。

思议的超然气质，草原平坦旷远，榆树、啤酒花田地和小树林星星点点，散发出一种古典韵味。眼前的景色让人难忘，跟罗兰森夫人[1]被俘的情景相似，也有印第安战争中某些事件的场景意味，不过，这是七月的午后，周围如此祥和，那些事件好似哥特人入侵那样遥远。那是新英格兰的黑暗时代。画家曾经再现那时的新英格兰村镇，阳光照耀着树木与河流，好似灿烂的正午，景色宜人，光明大方。但是，我们觉得那个时代天上没有太阳，人们的生活里没有灿烂的阳光。我们难以想象，在菲利普战争[2]期间，太阳居然会照临山岗，照临河谷。谈到包古斯、斯坦迪什、丘奇或洛弗尔前往战场的时候，我们的眼前不是静谧恬适的夏日，而是黯淡无光的黄昏或夜晚。他们想必是在自己幽暗尸身的阴影里参战。

最后，我们走在满是尘土的路上，步履沉沉也思想混沌。所有的思维均已停滞，所有的念头支离破碎，要不思绪纷乱，不由自主，各种想法搅成一团。我们和着脚步，

1 罗兰森夫人（1637—1711），英国殖民者，在菲利普战争期间为北美原住民虏获后羁押十一个星期，被赎后写有关于该段经历的自传《神的统御和恩惠：玛丽·罗兰森夫人遭拘和获释的前因后果》。

2 菲利普战争亦称第一次印第安战争，在1675年至1678年之间发生，系北美原住民跟英国殖民者在新英格兰的武装冲突。印第安部落首领梅塔科米特有菲利普王之誉，战争因此而得名。

机械地重复着某种熟悉的节奏，比如，罗宾汉的某些谣曲，就可以推荐给旅人伴行：

梦跑来跑去，小约翰说
就像山风在山梁上吹过
如果今晚它不疯狂
明天它就不再发作

思绪也是这个样子，翻山越岭，四处游弋，突然有块石头拦在路上，又会跳出这么几句：

别看他在随便射箭
他的箭却不会射空
他射倒过大老爷的手下
也让威廉·特伦特丢了性命

尽管旅途尘土飞扬，疲惫至极的旅人却能得到安慰。他迈开双脚踩出了道路，这条路成了人生的完美写照：时而登上山峰，时而进入山谷；或在山巅注目天空和天际，或在山间仰望高处。他依旧在重历昔日的教训，虽然因此劳累不堪，但那是真切的体验。

我们离开纳舒厄后微微调整了一下行程，走到哈佛西边的静水村时，太阳刚刚落山。这个村庄北向而建，坐落于山丘的一片西坡，而前一天中午我们还在它毗邻的镇上。从这里望去，眼前是一片宜人的景色，群山的轮廓气象宏伟，壮丽无比。此刻，这里一派恬适宁静，就连山坡似乎也沉浸在风景之中。我们满怀流连，慢慢离去，回头张望这片走过的原野，耳边传来知更鸟的晚歌，此时此刻，我们不禁拿大自然的宁静跟人类的喧哗躁动做了一番对照：看人类的言行，好像危机始终迫在眉睫，她却永远静默无语，本色天真。

现在，既然我们已经重归琐碎的平原生活，那就尽力为它输入一点山脉的伟岸气质。切记我们身在怎样的墙垣之中，也须明白，这沉寂似水的生活也自有波澜。要不，从山巅望去，何以连低洼的山谷也微染蓝色？何以再低的地方都能看到天空？所以，我们每一刻都有高地，只需登上那里就能将绵绵不绝的地平线收入眼底。

我们当晚住在了哈佛。次日清晨，一人举步前往近处的村庄格罗顿，一人走另一条路只身前往平静的康科德草场。不过，请他不要忘了一位农民跟他妻子大方的好客之情，他们慷慨地招待了他餐饭，虽然疲惫的旅人只能祝贺第一位晾晒干草的好天气一如既往，同时默默地接受另一位的盛情款待。这份慷慨让他精神振奋，毫不亚于摆在面前的饭食。增添活力后他迈步前行，到康科德河边的时候，太阳还在天上没爬多高。

店　家

房屋一词涵盖甚广，包罗了校舍、监狱、客栈、寓室和济贫院所，而人类栖身的棚屋或山洞纵使无比简陋，上述房屋所备的要素却也囊括无遗。然而，世间没有完美的屋舍。无论帕特农神庙，圣彼得大教堂，还是哥特式教堂，殿宇广厦，以及寒舍陋室，设计原非完美，实施又打折扣。谁愿身居其中？俯瞰人间的神灵未尝特意垂青供奉他们的圣坛，在他们眼中，较之帕特农神庙，村舍民居荫庇极广而庄严无比，恐怕显得格外神圣。既然神明对人类眷顾有加，无疑也在临视下界的客栈，那更是世人谋面聚首的去处。我想，数以千计的圣地就矗立在远方，熠熠耀辉，见于列国，那便是专为盛情待客的车马店、小客栈，以及旅舍茅店，基督徒不拘，穆斯林和犹太教徒亦然，但凡朝圣便不分尊卑，无不叩门寓身。

同样，若论理想人格，东寻西找亦属枉然，人仅在某些方面超拔特出。店家慈悲为怀，热忱开放，富于格局，唯求款待而别无所图，纯粹基于博爱念想提供食宿。诚然，品行有玷的人物也在经营客栈，诸如动机不纯的下作之辈，不过，多数店家真率诚朴，如若相逢，我们真该奉上揄扬。

谁不曾拟想过一家乡间客栈，这间公房不啻私宅，旅人好似居家，身在旅馆便万事不管？房东诚有东家之风，地主确有地主之谊，自命为世人的手足兄弟，他本着天性良愿开店，诚如牧师应召布道。他博施广济，宽宏仁厚，欣然摆脱了温柔而狭隘的私谊约束，而将博大光明、患难与共的情谊留给了世人。他热爱人类，并非如哲人源自慈善，亦非似监工基于怜悯，而是像喜欢狗马那般发乎天性。因此，他会打开店门，从早到晚整日守候，满怀欣然地盯着大路，眼见一波多似一波的行旅赶来而永不餍足。在他眼中，日月亦属旅客，也会惠顾他的客栈，只是一位白日光顾，一位夜间驾临。在他心里，除却店招和他本人，万物莫不行旅在途，所以，就算你跟他比邻有年，他依旧会客气相待，视同旅人。反过来，纵使国家与个人自私排他，店家照旧会温情满怀，一视同仁。所以，如若他将近邻待若生人，乃是因他邀请普天之下领受美意，将即便远在天涯的旅人也邀入家中，视若族亲。

他经营客栈，以黑马或飞鹰作为招牌，小店遐迩闻名，他的美誉也与日俱增。邻人无不关心他的生意，若有来客问及客栈还有多远，回答往往如此："这样，先生，前行三里就有一家，牌子永远不摘，不过，到斯洛克姆客栈也只有十里光景，那可是顶好的地方，客人马匹一概接纳。"走上三里左右，路边有间阴暗的棚屋，冷冷清清地立在招牌后面，看不出到底是客栈还是私宅，一对夫妻满面阴郁，正在吵架。再过七里，眼前果然一亮：斯洛克姆客栈到了——面向世人，除却风雪来者不拒。没有俗丽的亭盖，没有炫惑的饰材，也没有花里胡哨的服务，无非一家质朴正宗的车马店。附近没有城镇，毫无交易气息，仅在荒郊践行一份朴野的好客之情。四周散发着鲜嫩料草和山莓的清香，若是夏季，尽管不见牧场，牛群的颈铃却声声入耳。需知，这里浸润着蜜甜和奶香，洪流浩荡，流经屋畔，鲜奶涌动，处处芬芳。

客栈之为屋舍远处荒郊，必得为旅人提供温暖和翼庇，舍此则徒有其名，乃至名实俱无。它质朴纯粹，其实跟先民庇身的岩穴没有两样，只是门户敞开，面向他人。瞧，旅人一进门槛也成了主人——若非举止得体，谁能名为主人？店家分明委身自然，别无傍依。他手执斧斤铁锹，删芟榛莽，种植土豆，好似拓荒那般干劲十足，又像普罗米修斯那样生气奔腾，让大自然提供如许之多的给养。他活力四射，阔步向前，还到大路上迎候来客，奉献热忱。他自然化解了生计障碍，此刻跨进后门，一面扶着肩上刚砍的木头，准备用为柴禾，一面向新到的客人挥手致意。

客栈是随心所欲、自由自在的去处，不像住进宫殿村舍，也不似处身庙宇神殿，这里一无禁忌，毫不遮掩，上下前后一览无余，持家诸事尽在眼前。这里有世所公认的生活之道，旅人又何须遮掩躲藏？我们何苦反感厨房？恐怕厨房才是房子最圣洁的地方。首先，那是灶台，然后是靠椅、柴禾、水壶和小凳，都是储之记忆的温馨珍藏。厨房是房子的心脏，是左心室，是攸关生死的部位。在这里，我们仰赖街巷的真切生活都能获得切实的满足和保障。夜晚，灯芯的微光驱散了行旅的孤独，白日，青烟在望，自炉膛逸出，弥漫于谷底山间。总之，根本无需因客栈的任何一角而有丝毫不安，这里的一切起码情真意切，发乎赤忱。不过，这里根本不必堆放扫帚，它派不上什么用场，厨房的地板没有灰尘，跟大自然没有两样。

由此可见，店家性情太过细腻便于事无补。他得身体强壮，以应对常见的人生变故，抵御颇为风行的现代疾病，只需好食量大胃口，而不必讲究格调与品味。他陈述己见一如轻风掠过那般自由无拘，没有私密色彩，也无个人意味，新颖独到却符合人性，如同客栈上方的天空有目共睹，澄澈透明而不容置疑。纵然他处事失于唐突，却也无需指摘，生而为人便会如此，那只是人性的呈示和流露。若论进食，他便是来客的肝肠和消化器官，因而，店内无不承认诸事皆备，一切便当。他定然一无癖好，无所偏嗜，性情均衡，和谐健康，好似魁伟的身板所示，因而对任何人不偏不倚。他绝非超逸冷漠、格调怪特的天才，如前所述，只是口味普通的常人，要求高不过门前的招牌，或一只风向标。天才好比得着骨头的狗，侵吞钻石的奴隶，或身有结石的病夫，往往远离大路离群索居，从来不会打出“来客马匹一应照料”的招牌，只会竭力暗示或提醒：切勿搅扰，再见再会。店家却活得毫无隐私。他没有隐秘的心绪，没有独享的时光，也没有什么安息日，无非思忖（足以呈示理性的尊严）、交谈和看报。他若不跟这位旅人谈天，则会同那位来客说事。他根本不想独处，反倒乐于交往，无非入睡，醒来，进食，啜饮，纵便此时也牵挂着同伴。他驰骛于人们的思绪之中，觉得《伊利亚特》和莎士比亚乏味沉闷，但喜欢听各色来客那粗鄙而平易的途次见闻。就在他喃喃独语之际，邮车可能会驶过，哪怕捎来不少消息和行人，他仍旧平静如故。本无神殿，谈何亵渎？周遭宁静，一片寂然。如若不慎踏进不洁之地，不管那是十字路，还是“四角地”或“五点区”，他都会无所顾忌地当下落座，不惜为了众人之福纠缠于鸡零狗碎。就算途中风尘入

眼，他仍旧双目清澈，泰然自如。不论来客停留几个钟头，还是住上一天数周，都会走在远近闻名的道上，从四面八方赶往客栈，好像那就是竞技场的球门，他则稳居中央，恬然宁静，从不掩门拒纳。邻人则怯怯地躲了起来，屏以杨柳，围以栅防，栏杆尖利，布设均匀，对友善的来客利刃相向。相形之下，投宿的旅人已到客栈门前，车马辚辚，还在门口甩响了鞭梢。他确实乐得见你，甘愿充当门户之上的望孔。有人和行客存在千丝万缕的关联，尽管身为生人据地开店，却是人性的化身，一如石块是物性的写照，旅人不论行至何方，总会寻找这种人物。这不，他就在眼前。料槽为旅人的马匹提供给养，橱柜替旅人的肠胃奉上饭食，同样，他的说白也是对方心志不可或缺的滋养。他非常明白人的需要，因为他本身就是人，而且，尽管足不出户，却似遥至天涯的旅人。他明白自己需要什么，也清楚最终走向何方。毫无疑问，他吃得不错，住得安然，身为友善的热忱友伴，他始终巴望天气晴好，跟行旅在途的人惺惺相惜。说回来，纵使伟人也会渴望常人的真切牵挂，而不愿属意精英的偶一怜悯。且容赞誉，店家纵非正直无比，却也率真无双。他跟你热情相握，也欢迎你伸手示意，他确实在乎你的利害，好似设身处地忧你所忧，即使你意欲自我了断，他都会提供最佳选择。

诗坛精英并没有负情背义地忘却店家。《坎特伯雷故事集》的《序诗》中就有一位人物，他在泰巴开店，此人便系业界之英：

我们的店家真够神气，
能在大厅中充任司仪。
身材魁伟，两眼炯炯，
堪称契普的市民之英。
谈吐爽利，富于教养，
身为男子又不无阳刚。
此外，他也生性快活，
晚饭之后便开始乐呵。
他说起好多快事趣谈，
我们的账目却已结算。

他确实成了客栈的纽带，也是众人的核心，笃于友情，长于交际，无人可及。正是由他提议，在去坎特伯雷的路上，每个人都该讲个故事消磨时光，他首先带头，言毕开讲：

凭亡父的在天之灵起誓，
并以脑袋保证诸位高兴，

不用多说，请大家举手。

就算我们对店家谈不上敬仰，遇到急事却会找他，因为他见多识广且手脑并用。较之政客，他更加面向大众，不过，他只是开店待客，所以不曾造孽。因此，如若允许，最不该纳税服役的是他。

跟店家谈天既有益又舒心，仅次于自言自语。你在清楚地自言自语，这样说吧，就像面对观众，你在演练要说什么。他乐于倾听，随你畅所欲言，无需求他垂顾聆听，着意应和。“嗨！”旅客喊道，店家闻言寻思，他在说我的心里话，立马恰如其分地接了下去，尽管声腔口吻有别，却灵犀暗通，相当默契。“热得火烧火燎！”又有人说，店家便接过话茬，“是啊，热得够呛，连着几天燥热难耐”。他很明智，绝不会反驳客人，由他们说话，任他们旅行。

他本想守时而为，奈何让最后的客人拖至深夜，尽管这样，每逢日出日落，他那“早安”“晚安”的问候依旧欢快清新。苍蝇尚未嗡嗡，起床最早的旅客就看到他在品尝橱柜中的酒品，精神得犹如照在砂砾地板上的太阳，毫无彻夜值守的迹象。尽管如此，若论睡眠，却好像没人睡得比他更香。

最后，关于店家的人品，我们会脱口而出：他绝无恶习，毫不卑下，堪称美德的完美化身，会让人们由衷地奉上褒赞。他酿了美酒，也成了好人，好得不容争议。他是个好人，却非世人眼中画廊和博物馆陈设的艺术作品，而是个好哥们，也就是说，令人乐于相处的活人。有谁思忖过客栈老板的宗教信仰，诸如是否前往教堂，是否参加圣礼，是否默诵祈祷，是否敬畏上帝等等？毫无疑问，他有自己的经历，也曾有过变化，对圣徒的坚韧品格笃信不疑。恐怕，他那独特的宗教便见于这种信念。不过，他是在开店，不是在修身。他日复一日地服务大众，其中透出多少慈爱的馨香，蕴含着多少真纯的社会美德。他对世人心存善念，如教士那般向旅人恳切建言，指引路径。

总之，客栈堪比教堂，如果说教堂是祈求布道的场所，客栈便是应验践行的去处。所以，假如教堂不错，客栈又怎么会差？

冬日漫步

长夜漫漫，风在百叶窗间喁喁低语，宛若羽绒拂过窗棂，偶尔又似夏日的微风掠起树叶，发出阵阵叹息。田鼠在舒适的地下回廊中睡觉，猫头鹰在沼泽深处的枯树上栖身，野兔、松鼠和狐狸也钻入了洞穴。看家的狗安静地卧在壁炉前，牲畜站在圈里，悄然无声。连大地也已经睡去，虽非长眠，却似初睡。寂寂长夜点缀着店招或房门的吱呀，这是浩瀚天宇中金星与火星间唯一的声响，也是对荒寒自然午夜事功的喝彩。它在向我们昭告某种邈远深沉的暖意——庄严的欣悦和神圣的友情——那是诸神谋面的去处，对人类却过于凄凉。然而，就在大地入睡之际，绒绒的羽片却从天而降，天地间一派生机，好似北国的谷神君临大地，将银色的谷粒撒向了原野。

我们也睡了，一宿酣眠后已是冬日安静的早晨。雪落在窗台上，暖暖的，像是棉花。窗格的积雪使蒙霜的玻璃显得更小，一缕晨曦透了进来，幽暗朦明，让室内更加温暖惬意，早晨的静谧让人难以忘怀。我们起身后，随着脚下地板的嘎吱走向窗边，通过还算透亮的玻璃瞭望原野，只见雪落满屋顶，挂上了屋檐和篱笆，盖着院内的物什，像垒垒石笋。树木挺着白色的手臂，四面八方地指向天空，墙垣和篱笆千姿百态，在黎明的微光中嬉戏蜿蜒。大自然似乎在为世人提供艺术范式，在夜间将自己的新作展示在原野之上。

轻轻地打开房门后，门口的积雪便倒进了室内。我们步出户外，以领教凛冽似刀的寒风。群星已经韬去光彩，雾气灰暗似铅，缭绕在天际。东方的光亮辉赫如铜，预示着白天的来临，而西边却阴郁依旧，雾霭沉沉，笼罩着幽冷气息，好似影影绰绰的冥界。此刻，除了鸡鸣、犬吠、劈柴和声声牛哞，别无其他动静。这些晦暗的喧闹似乎来自冥河彼岸的冥王国度，虽然在那里略无哀婉气息，但阴森神秘，于大地颇不相宜。院内有狐狸或水獭的行踪，我们由此知道，纵然是夜晚，却无时无刻不有生命的扰攘，野性未泯的生命依然在活动，在雪上留下了印迹。我们出了院门，步履轻快地走上了乡间大道，四周一片寂静，积雪干爽冷脆，在脚下嘎吱作响。清脆的雪橇让人精神一振，它在农夫的庭院里整整躺了一个夏天，在秸秆和残茎中沉入了梦境，此刻终于出了大门，驶向远方的集市。透过雪

尘和蒙霜的窗户，农家的烛光依稀可见，微茫飘摇，淡似晓星，像是苦行者在做早课。炊烟逸出，丝丝缕缕，在林间和雪原上飘荡。

烟，在山坳上慵懒地盘桓
摸进了黎明，笨拙地试探
它呆呆地打量着白昼
将自己的天国之旅延迁
接着盘成圆圈跟自己游玩
不知所从，拖沓迟缓
好似炉火旁懵懂的主人
神思恍惚，精神怠倦
不知道白日的洪流已在眼前
直待樵者径直出门
奔向早晨挥斧的林间
它才飘向遥远的天边

晨光朦明，他派出了先锋
一缕轻烟，飘出屋顶
摸摸冷漠的空气，跟白昼招呼
开启了全新的朝圣征程

他自己仍在炉边缩身
尚未唤起全副勇气去开门
而它却走进幽谷，来到旷野
打开那冒失的圆圈，跟着轻风
挂上树梢，绕在山顶
给晨鸟的羽翼抹点余温
此刻，它或许已到清寒的高空
在大地之外俯瞰白昼的风景
高高在上，化为霞彩
向下方倚门仰望的主人致敬

农夫家门口传来劈柴的声音，家犬吠叫，晨鸡啼鸣，也从冻地的上空传来，透过稀薄凌厉的空气，只剩下些微短促悦耳的响动，至纯至轻的流体会滤去杂质，所以波动也会一触即止。这些声音从遥远的地平线传来，清晰可辨，如同钟声，怕是让声音稀疏寥落的障碍比夏日更少的缘故。脚下的大地像是风干的木材，低沉浑厚，就连乡间寻常的响动也清新悦耳，树上的冰凌叮当作响，甜润清澈。空气中的水分或已蒸发，或凝为冰霜，因此干到了极点，极端稀薄却无比通透，让人神清气爽。天幕高迥渺远，像是教堂的廊道，向极深处延伸，空中亮斑闪烁，好似冰晶飘浮。

格陵兰人说，天寒地冻的时候，“大海会像焚烧草皮一样冒烟，雾气从海面腾起，人们称为寒气”，它们“动辄破雾来袭，让脸面和双手生出冻疮，对健康极其有害”。可是眼前干净刺骨的冷气却是养肺的灵药，与其名之寒气，莫如称作仲夏之雾的结晶，因寒冷而更加洁净清纯。

太阳好像伴着隐微堂皇的钹声，终于从遥远的森林中升起，将寒冷的空气融入了它的光芒。早晨迫不及待地降临，早已为遥远的西方群山镀上了金光。而我们也满怀暖怡，快步跨过干爽的积雪，激情勃发，思绪翻腾，沐浴着心中的一片小阳春。我们若能追随自然，跟她同步，可能就不必抵御酷暑和严寒，反而会像草木和走兽一样，觉得她在给我们须臾不离的守护和关心。我们若用干净简约的食品，而非刺激口腹、提供热量的食物，则身体不啻无叶的嫩枝，寒冷自然无处容身，而我们也会像欣欣向荣的树木，发现连冬天都在给我们关怀，让我们成长。

冬天的大自然干净得出奇，让人满怀欢欣，无比惬意。落雪洁如餐巾，覆盖了一切，栅栏、残株、苔痕斑斑的石块，以及秋日的枯枝败叶。去看看荒芜的原野和林中的冰天雪地，看看是什么美德成就了寒冬的孑遗。大仁大爱在奇寒无比、满目荒寂的去处依旧能够立足。寒风刺骨，涤除了一切污秽，除却美德，没有什么能够禁受。所以，不论在刺骨的山巅，还是在寒栗的峰顶，触目入眼，都是强悍的代名和坚韧的化身。万物皆趋向护佑，但凡拒绝荫庇，定然秉承了太古的元气和造物者本身的强毅。一口洁净的空气就会使人为之一振，它格外精纯澄澈，连眼睛都能看见。我们因此乐于待在户外，像落叶的树木那样，领受身边风暴的呼啸，以适应寒冬——它似乎会赋予纯洁坚定的品质，让我们终年受益。

大自然有一团沉睡的地火，永远都不会熄灭，酷寒都不会使它降温，茫茫冰雪也最终由它来消融。它无处不在，只是在一月埋得最深而在七月最浅。遇到最冷的日子，它会在地下流动，树木周围的积雪会因此融化。眼前这片是晚秋破土的冬燕麦，正在快速消融着冰雪，说明地火在这里埋得很浅，连我们都能感受到它的暖意。在冬天，温暖是一切美德的代名。因此，我们像兔子和鸫鸟那样热望林中奔涌的泉水，也向往涓涓细流，那里有干净的石块在太阳下熠熠生辉。湿地和池沼热气蒸腾，像壶中冒出那般温暖如家。田鼠从墙角溜了出来，山雀在柴垛上咬舌，这时候，有什么火焰能跟冬日的阳光媲美？冬天的温暖直接来自太阳，而不像夏日由大地反射。我们走在积雪盈谷的山间时，脊背若能领受它的光芒，则会对这份特殊的恩惠心存感激，它居然会尾随我们来到如此幽僻的地方，真该为它奉上满心的祝福。

这团地火的圣坛在所有人的胸中，因为人若在极冷的山顶遇到酷寒的天气，就会紧裹外衣，为这团暖比炉火的火焰奉上呵护。健康的人绝对会为节候提供补益，冬天的时候，他会把夏日藏在心中。心就是南方，那里是飞禽和昆虫迁徙的方向，心间有永不结冰的泉水，鸫鸟和百灵也会围聚在这里。

我们继续前行，最终来到了林边，将迷途的镇子抛出了视野。进了林子，我们好似鸟儿钻进了灌木丛中的小窝，迈步之际，又像跨进了一间棚屋。虽然这里的屋顶和四壁都是积雪，可是依旧让人快意，予人温暖，亲和欢欣一如夏天。四周都是松树，昏明多变，阳光难得射入这间迷宫，此情此景简约如斯，镇子上的人是否听过却不得而知。恐怕没人来这里一明究竟，科学每天都在揭示其他奥妙，难道没人愿意领略这里的一番变迁？我们在平原上的鄙陋村镇都该归功于它，是它为我们提供了庇身的板材和取暖的柴禾。那常青的色彩对冬天是多么重要，它属于永远鲜亮的夏日，这恒久如一的年景，这永不枯萎的芳草！不劳变换海拔，地表的多样性居然会这般简单易得。这些林木是天然的城市，如果没有它们，人类的生活将会变成什么样子？从山顶望去，它们好似修剪齐整的草坪——除了这些高大的芳草，我们还要去哪里散步？

这片林中空地一年之内就被灌木所覆，且看，银尘玉屑布满了幼枝和焦枯的叶子，造型各异，姿态万千，好像在用无尽的花样弥补色彩的缺憾。田鼠在所有植株的周围都留下了小小的脚踪，野兔也在雪上印下了三角形足迹。天幕广被万有，纯洁干净，富于弹性，夏日的天空好像被纯洁的严冬提纯升华，而将杂质滤到了大地。

夏日的光景风姿万状，而到了冬天，却被大自然混而为一，天空好像也离大地更近。这时，万物的要素不再隐微不彰，而显得豁然醒目，水成了冰，雨成了雪。白昼无非斯堪的纳维亚的夜晚，冬天也成了北极的夏日。

大自然孕育着多少生灵！夜晚寒彻肌骨，但毛发覆身的动物依然活着，从旷野和森林的茫茫冰雪中探出身子，迎候日出。

荒野上没有食物
褐色的住户纷纷涌出

灰松鼠和野兔在遥远的峡谷里欢快地嬉闹，即使在那个让人寒栗的星期五早晨也会如此。这里就是我们的拉普兰和拉布拉多，我们就是爱斯基摩人、克里族和道格族印第安人、新地岛民以及匹次卑尔根人[1]，我们还缺少凿冰者和伐木者，还缺少狐狸、麝鼠和水貂吗？

尽管寒似极地，我们依然能够找到夏日的引退之所，并跟我们天地与共的生命惺惺相惜。在蒙霜的草场中央，如果伸长脖子在溪流中寻找，就能看到石蚕，这脉翅目昆虫的幼虫在水下的小屋。这小小的盒子状似圆筒，包着主人，原料为菖蒲、断茎、草叶、腐叶、果壳和碎石，不论外形还是颜色，都像水底的残骸。它时而贴着卵石密布的水底漂流，时而在小小的涡流里打旋，随后跌下陡峭的瀑布，或是在急速的水流中随波浮泛，或是系于草尖或草根前后摆动。它们不久便会离开水下的居所，像蠓虫一样攀上草茎或爬出水面，从此成为真正的昆虫，开始在水面振翅巡游，或是为我们的烛火献上短促的生命。累累积雪使小谷那边的灌木弯着腰身，雪白的大地衬着桤木的红色浆果。早行者已经在这里留下了无数脚踪。太阳在这小小的幽谷升了起来，像照临塞纳河跟台伯河谷地一样堂皇高华，但这里好像弥漫着一股勇气，为那两块谷地所无，它所向披靡，更不知何为恐惧。这里有一种远古的气息，简约质朴，绝对纯粹，那种健康和希望的氛围又跟市镇都邑大相

1　匹次卑尔根人居于挪威北部。

径庭。我们站在密林深处，阵风吹过，拂去了树上的积雪，四周寂然无声。我们在雪上留下了脚印，那是这里仅有的人类足迹。此情此景让人思绪纷飞，感受良多，远比城市的生活多样丰富。山雀和五子雀是予人灵感、催人奋进的良伴，不似政治家和哲学家那般庸俗粗鄙，而我们回去后却最终要跟此辈为伍。谷中一片清幽，山坡上细流淙淙，层冰耀辉，五彩斑斓，璨若水晶，两侧的山坡矗立着铁杉和云杉，憔悴的野燕麦和灯芯草生在水中。身处幽谷，我们的生活恬适安详，意味悠远，让人深思。

太阳越来越高，两边的山坡反射着它的热量。一阵动听的音乐隐隐传来，原来是挣脱了桎梏的溪水在流淌。树上的冰柱开始消融，五子雀和山鹑也显出了身姿，张开了歌喉。中午的南风融化了积雪，露出了地皮和枯草败叶，一阵芳香袭来，好似浓浓的肉味，让人精神百倍。

眼前是伐木人的小屋，如今却空无一人。且容我们进去一探究竟，看看他怎样度过了漫漫冬夜和风雪交加的短暂白昼。在这种地方，人们会选择靠南的山坡居住，所以，这间小屋似乎成了承载文明的地方，也成了富有公共意味的场所。我们陷入了思索，个中意味跟旅人面对巴尔米拉[1]

1 巴尔米拉，近东古城，位于今日叙利亚中部，《圣经》曾提到该城在所罗门王的治下。

与和椟城[1]废墟的感受没有区别。这里或许曾经有过鸟语花香，因为鲜花也会像杂草那样追随人类的脚步。这些铁杉曾在他的头顶絮语，这堆山胡桃木是柴禾，这些油松的树根则用以引火，那边的山谷里有条小河，那是他的水井。虽然此时人已离去，但河面上依旧薄雾蒙蒙，不异往日。这些铁杉枝条和垫在台子上的麦草是他的床铺，而这个破了的盘子曾经盛着他的饮料。可是，这个伐木季他却没来，因为夏天的时候，东菲比霸鹟已经在架子上搭了窝。我发现地上有烘豆子留下的灰烬，好像他刚离开不久。他会在晚上吸烟，而此刻缺柄的烟斗依旧扔在烟灰之中，如果偶有伙伴，则会一边抽烟一边讨论这又密又猛的雪到明天该有多厚，或者争执刚才那声响动到底是猫头鹰在吼，还是树枝断了，或者仅仅是个幻觉。夜深了，他会通过宽敞的烟囱张望，看看雪下得如何，然后在麦草上展开腰身。仙后座椅上的那些星星闪闪发光，他会盯着璀璨的星辉进入惬意的梦境。

且看，伐木者留下了多少线索，可以让我们了解他以往的生活！我们可以通过这个残株猜出他的斧子有多锋利，从斧痕的斜面不但能见出他当时站在哪边，还能得知他是

1 和椟城曾经是安息帝国的首都，故址在今日伊朗境内。

否砍了一圈，或者，是否没有换手就放倒了那棵树，而从旁边碎片卷曲的样子我们又能知道树朝哪个方向倒了下去。这块碎片不仅记录了这位伐木者的全部生活，也留下了这个世界的全部信息。林中的原木上扔有一张旧报纸，他包过糖或盐，也可能包过枪支的填料。我们饶有兴致地看着上面的闲话，它提到了城市，提到了商业街和百老汇空置待租的棚屋，如眼前这间一样，只是更大。眼前的棚屋房顶简陋，南侧的檐口雪水正在滴答，伴着山雀在松间的呢喃。太阳照在门口，温暖怡人，平添了几份亲和气息与人情意味。

经历了夏秋易节，这破蔽的小屋却没有破坏周围的景致。鸟儿已经重加利用，筑巢于斯。走兽踪迹斑斑，都能循迹而行，直到小屋门口。所以，好久以来，大自然并没有在意人类的侵凌亵渎。树木应着斧子的起落，欢欣鼓舞，略无迟疑。待斧声日渐稀疏几近消失，便将这里的野性装点得更加浓郁，这丁丁之声似有若无，融入深林，了然无痕。

面前是座小山，我们的小路渐渐向山顶攀升。小山的南侧是峭壁，站在那里，广袤的大地就会展现在眼前，从林木到荒原、河流，一直延伸到远方银装素裹的茫茫群山。下方的村舍为林木所掩，一缕轻烟排空而起，在森林上方盘桓缭绕，成了某个农庄的号旗。烟柱下面定然有个地方让人倍感温暖，更加向往，因为清泉弄烟，笼罩树丛，可知那里水雾弥漫，蒸汽氤氲。多么奇妙！旅人在林间的高地上探究烟柱，而烟柱的下方又有人默然端坐，其间的联系多么奇妙！轻烟时而随意升空，悄无声息，一如绿叶的蒸腾，时而化为圆圈，用心专注，又似炉边的主妇。它是人类生活的征象，透出极为深刻而又干系莫大的意蕴，远非生火烧水所能说明。林间的烟柱妙如旌帜，它在哪里升起，人类就会在哪里扎根，罗马发端于此，艺术滥觞于此，帝国的基座也肇始于此，无论是在美洲的草原，还是在亚洲的荒野，举世皆然，概莫能外。

我们又下了小山，来到林间的湖畔。这方湖泊位于山间，宛若群山榨出的汁液，又似浸泡其中的落叶菁华。它既没有补给的入口，又不见泻去的出口，可它依旧渊源有自，亘古如一，这悠悠的历史见于湖波的闪拍，见于岸际滚圆的卵石，也见于延及湖畔的松树。它尽管如如不动，却非散漫怠惰，只是像阿布·穆萨[1]那样在宣说教谕：静居在家乃天道，出户在外是人道。不过，它经由蒸发而无远不至。在夏天，它是大地的水灵眼眸，又是自然呵护在心

1　阿布·穆萨（721—815），炼金术士，被誉为“阿拉伯化学之父”。

的一面明镜，林木的尘垢都被它涤除得一干二净。且看，层林围拱成了剧场，为上苍的嘉惠布置了舞台。行人会循着林木来到湖畔，这里杂树环绕，百径辐辏，群鸟翔集，走兽来奔，就连地势也趋向这里。这是大自然的闺房，她静默无语，坐在这里梳洗妆扮，显得朴质简约，井井有条。每天清晨，太阳都会照临这里，蒸出水汽，掠走浮尘，让洁净的湖面始终得以翻新。不论沉积了多少污秽，每年春天它都会澄澈如初，夏天，似乎有一曲恬美的旋律飘荡在湖面。可是现在，它却被一片素洁的积雪所覆，偶有寒风扫出冰面，但见枯叶往复飘滑，在小小的航程中御风而行，任由驱遣。我想，娴熟的机手脱离枝干，作别母体之后，可能就会开启航程。若想出航，这里条件齐备，除去当前的位置，以及风向和平滑的湖面，还有其他更多的便利。残损的叶脉和叶缘都是它的航行日志。

我们幻想自己是在一所大房子里面，湖面是杉木桌子，或是铺沙的地板，湖滨突起的森林像是宅第的墙垣。伸入冰眼捕捉梭鱼的钓线好似巨大的厨具，白色湖面上的人们好像木质家具。这些人站在半英里之外的冰雪上，举手投足让人想起阅读亚历山大伟业的感受，如是行止似乎无损于当下的气氛，倒像是征服王国那样的壮举。

我们沿着林间的拱门漫游，刚到林边，就听见远处河湾上冰块爆裂的声音，遥遥传来，似乎为某种跟海潮相异且更加微妙的涌动所致。那声音让我觉得又新鲜，又亲切，好像听到远方尊贵亲人的话音那样让人兴奋。阳光和暖，洒向了森林和湖泊，尽管方圆几十米之内只剩一片绿叶，大自然却安泰宁静，强健如初。所有声响都充满了对健康的信心，让人觉得不可思议，七月轻风的飒飒如此，而现在，一月断枝的爆响亦然。

当冬天异想天开
为所有的树枝镀上银面
也给待发的芽蕾贴上封条
好让它静默勿言

当条条河流在冰盖下面
汩汩而去，前路漫漫
而田鼠也在地下回廊中
享受着干草这道美餐

我发现夏日藏在了下面
只是没有露脸
就像那只田鼠

依旧在去年的田野上酣眠

如果不久传来山雀
三两声隐隐的鸣啭
冰雪成了夏日撑起的
一顶巨伞

树木装点着花朵的芬芳
也被灿灿的果实缀弯
北风轻吁一口热气
让寒栗的霜雪走远

请给我悦人的讯息
我在屏息期盼
那该是永恒的静谧
何惧冬日的严寒

户外的水泊矜持无语
不久冰块爆裂，接二连三
湖上的精灵乐不可支
在震天的鼓噪中嬉玩

我似乎得到了振奋的消息
迫不及待地跑向溪涧
大自然张罗着盛大的节日
要想错过也的确很难

我在附近的冰上跳跃
听着灵犀暗通的爆裂声狂欢
忽然，一道裂纹向前射出
穿过了平滑的湖面

炉膛中柴禾熊熊燃烧
有人漫步来到林间
野性的歌声从小路飘出
蟋蟀的吟唱跟它相伴

天黑之前，我们想穿上冰鞋沿着蜿蜒的河道溜上一趟。对整个冬天拥炉而坐的人来说，这是一种极端新奇的体验，好似跟帕里[1]和富兰克林[2]两位船长站在极地的冰原上一样。

---

1 帕里（1790—1855），英国海军少将，极地探险家，1827年行至北纬82°，创下了当时人类极北探险的纪录。

2 富兰克林（1786—1847），英国海军军官，极地探险家，1847年在北极探险时失踪。

这条河曲折迂回，时而在山间奔涌，时而在平缓的草场上铺开，若是穿过松树和铁杉的拱廊，则会形成无数的水湾。它在村镇的背后流淌，让我们得以从全新的角度更为自由地观察一切。荒野和园圃向它俯身，真率自如，不似毗邻大路那般矫矜。它处在大地之外，又成了大地的外缘，这里没有什么突兀的对比惊耸我们的双眼。农庄的最后一道篱栅用婀娜的柳枝替代，在冬日依然翠色不减，篱笆在这里也终于到了尽头，我们因此再也不用跨越障碍。现在，我们就可以沿着这条极端幽僻、无比平坦的大道趋向遥远的旷野，不必翻山越岭，只需通过这伸向山间草场的宽阔平面。河流趋下，完美地展示了无所不在的法则，它好似病人行走的小径，又如洪流，使满载的橡壳顺流而下，浮泛无虞。这条河偶有低矮的瀑布，却没有影响周边景观的面貌，它因水雾和浪花知名，引得行人不论远近都来观赏。它从遥远的内陆滔滔而来，迈着阔大轻盈的步幅，或是经由缓缓的斜坡，最终奔向大海。因此，它富有预见，始终向起伏不平的地面认输，以求毫不费力地前行。

在大自然中，不会有什么领域总对世人完全封闭，现在，我们就接近了鱼类的王国。我们轻捷地滑行，脚下深不可测，那是我们夏天钓条鳕和鲈鱼的地方，也是华美的梭鱼在芦苇长廊中藏身的去处。这片湿地很深，难以通行，曾有苍鹭涉水，麻鸦蹲踞，现在却像铺满了铁路，让我们灵便的双脚畅通无阻。我们一时兴起，靠近了麝鼠的小屋，它是这里资格最老的居民。它像一条长毛的鱼儿，从干净的冰下溜进了岸上的洞里。我们又很快溜上草场——前不久"割草人还在这里磨镰"[1]——穿过结冰的越橘跟蓝草相混的草甸。接着，我们到了乌鸫、美洲小鹟和美洲食蜂鹟在水面上方结巢的地方，这里，也有马蜂在枫树上悬挂的蜂巢。刺嘴莺也会用银白的桦木和蓟种的冠毛结巢于此，它们曾经多么欢乐，向着天空一哄而散，而在这时，却已追随太阳南向远去！它们在湿地边上也悬挂了如许之多的"村庄"，那个地方，任是谁都走不过去。林鸳鸯曾在这棵枯树中育崽，每天也会从这里动身前往那边的沼泽里觅食。

冬天的大自然是个摆满标本的展室，展品依天然位序而列。草场和森林是块风干的园圃，树叶和草叶由空气成型，无需螺钉和糨糊，鸟巢就在原来的位置，也没有挂上人造的树枝。我们脚不沾泥就能在芜杂的湿地中巡游，以探查夏日的事功，看看桤树、柳树和枫树经过一个夏天长得如何，也查验它们领受了多少阳光和雨露。请看，这些枝条在蓬勃的夏日迈开了多大的步幅，用不了多久，这沉

1 见华兹华斯的《颂诗》。

睡的芽蕾就会在天空拓展领地。

我们偶尔会费力地经过雪地。河流在这里没入地下，几十米之内不见踪影，但突然又会出现在右边或是左侧，可它依旧会钻进地下，汩汩而行，低沉微弱，好似打鼾。看来，它似乎跟旱獭和熊一样正在冬眠，循着微茫的夏日气息，我们找到了它在冰雪中的藏身之地。我们起初还以为河流在仲冬会干涸，要不就会冻实，等待春天替它解冻，其实，连河水本身一点都不会减少，只不过表面为冰雪覆盖而已。滋养湖泊河流的水泉成千上万，这时仍然奔涌不已，个别地表泉眼的径流只是被遮住罢了，它们充盈地下库藏的行动却依然在继续。大自然的水井在森林下面。雪水并非夏日溪流的唯一补给，也不是割草人解渴的唯一选择。溪水因春日融雪见涨，乃是大自然工作滞后的缘故：水化为冰雪，而冰雪的微粒又不像流水那般平滑自如，并且，一时之间也找不到自己原来的位置。

远处，铁杉林和白雪封顶的小山围成了一个幽僻的水湾，有人站在那里的冰上钓梭鱼，双臂紧紧地捂在呢子大衣的口袋里，活似芬兰人。他呆呆地站在雪中，一心想着梭鱼，连自己都成了一条无鳍的鱼儿，跟他的同类仅有一冰之隔。他默然无声，戳在冰上，为阴云和冰雪所围，浑如岸边的松树。人来到荒野，置身眼前的场景，举手投足不仅会格外用力，而且也显得呆拙粗笨，使城里的欢快机敏最终让位于大自然无言的庄重肃穆。他跟松鸦麝鼠无异，非但不曾减损眼前的荒野气氛，反倒融入其中，成了一个要素。他就像早期航海者眼中的土人，这些人住在努特卡湾[1]的西北海岸，皮毛裹身，一言不发，许点废铁才会说个不停。现在，他才融入了自然家族，比城镇住户根柢更深，而且更多。走近询问他运气如何，你会发现他也在膜拜冥冥之中的天命。他一边非常专注地听你说话，一边比画着湖中的梭鱼，这是他梦寐以求、念念不忘的鱼儿，可他从来没有见过。不过，似乎因为那条钓线，他跟湖岸还存在着联系，并且还记得，他从湖上的冰眼钓到鱼儿时，家中的豆子正在园子里拔节[2]。

就在我们溜达的时候，天空再次阴云密布，雪片稀稀拉拉，从天而降。雪越来越紧，远处的一切渐渐模糊而不复可见。雪落满森林，落满旷野，连一个缝隙都没有漏掉，又洒到湖滨，洒到河畔，也飘向山丘，飘向溪涧。天地一片宁静，走兽躲进了树丛，飞禽落上了栖木。周围没有一点声响，比风和日丽的时候更为寂静。雪悄无声息，山坡、

---

1 努特卡湾位于加拿大的不列颠哥伦比亚省，在温哥华西岸。

2 19世纪上半叶，北美曾出现过酷寒，乃至到了夏天消失的程度，所以出现了梭罗笔下茫茫冰雪跟作物生长并存的怪诞现象。

篱笆、灰色的墙垣，以及光亮的冰晶和焦枯的树叶，都被落雪所覆，一点一点地淡出了视野，人和动物的踪迹也荡然不存。大自然如此轻而易举地宣示了自己的权威，抹去了人类的印记。且看荷马的类似描绘：“冬日，雪又猛又密，没有一点风声。雪片漫天而降，越下越紧，盖住了群山和丘陵，盖住了长有枣树的平原，也盖住了农田，又飘向海湾和海岸，安静地融入汹涌的海波。”雪消弭了万物的差别，将它们深深地揽入了自然的怀抱，好像漫漫夏日的植物，攀上神殿的屋檐，爬上城堡的望楼，帮助大自然抹去了人类留下的痕迹。

晚风在林间飒飒作响，很不客气地提醒我们回家。大雪渐紧，太阳西沉，群鸟返巢，牛羊进棚。

老牛筋疲力尽
脑袋耷拉，满身是雪
开始要它辛劳的成果

冬天的形象在历书中绘作一位老人，身裹大衣，站在漫天的风雪之中。我们倒觉得他是一位快乐的樵者，一位热血青年，无忧无虑，如同夏天。暴风雪威猛壮观，神秘莫测，让旅人兴致不减。它不会戏弄我们，反倒温厚以之，充满诚意。冬天，我们的生活更富有内在品质，心中洋溢着温暖和欢愉，像风雪中的一间小屋，尽管门窗已有一半为积雪所掩，可烟囱还在快乐地冒烟。室内的冷气恰好可以点缀房屋所予的温馨。遇到最冷的日子，我们会心满意足地坐在炉边，顺着烟囱张望天空，享受烟囱旁某个温暖角隅的宁静和安适，要不就和着自己的脉搏，聆听大街上牛群的哞哞，或远处仓房里整个下午绵绵不绝的连枷。这些简单的天然声响对我们有什么影响，出色的医生观察一番，绝对就能断定我们的健康状况。此刻，我们围着温暖的火炉和壁炉，享受着北国的闲适，而非东方的安逸，尘埃在光柱中静静地飘舞。

有时候，我们在满面庄重地做庸常凡俗、陈陈相因的事情，让命运显得荒谬可笑，试想，接连三个月之久，人们注定要把自己裹在皮毛之中。希伯来的《启示录》可谓出色，却从未提及风雪所予的欢欣。难道人间没有适于温带与寒带的宗教？在新英格兰的冬夜，诸神施予我们真纯的恩惠，可没有任何教典提及此事。我们从未给他们奉上礼赞，却在一味抵制他们的怒火。根本言之，纵然是上乘经典宣示的信仰也显得不足为据，其教徒往往矜持内敛，刻板严厉。找个富有勇气、信仰虔诚的人，请他在缅因或拉布拉多的森林中生活一年，然后让他看看，希伯来的那部经典是否完备地记录了他从冬天入主到冰雪消融的这段境遇。

此刻，漫漫冬夜在农夫的壁炉前拉开了序幕，主人的思绪也飘得很远。人类不管因为天性，还是出于需求，对所有的生命都充满了慈悲和宽容。农夫获得收成，备办冬日的物资之后，就可以笑对寒冬。他镇静自如，透过明亮的玻璃窗，看到了“北极熊的家”，因为，暴风雪已经停了——

天宇浑圆，高迥邈远，
大千世界尽显眼前，
光彩夺目；从这端到那端，
穹顶上腾耀着星光的璀璨。

林木的衍生[1]

谁都有权参观畜品展会，信奉超验思想者也不例外，不过，我更感兴趣的是出场人物而非参展牲畜。我还想看看那些熟悉的老面孔，我不知道他们的名字，但在我眼里他们代表了米德尔塞克斯的乡村，他们跟白人一样，都来自那片土地。他们惦记自己的事情，外衣不算太脏，鞋子不是很亮，从来不用手套藏起双手。当然，展会也吸引了某些怪人，好在这里来者不拒。我敢保证，这次还能碰上那个头脑欠佳、不可思议的怪人。此人想必身体也不好，很喜欢拿一根弯弯曲曲的棍子当手杖。诸位可能会说，那东西除了怪异根本没用，像条死蛇，摆进展柜倒很合适。羝羊角不照样顺手，扭得也格外离奇？他带着那点宝贝从某个镇子大老远过来，好像心怀夙愿要将它引进康科德的林子。同样，我认为，好多人选举领导看的也是畸变扭曲。

1　本文是作者在米德尔塞克斯农学会上的讲稿，1860年9月发表于康科德。

可我觉得，端直的棍子才算最好的手杖，正直的人才是最好的领导。很平常的事，何必找怪人去做？可是，谁知道诸位会不会觉得，请我今天讲话的人也犯了同样的错误。

各位雇主，我曾数番绕行你们的田地，准确地勘定过地界，之后，又跟各位在餐桌上多次交谈。此外，作为土地测量员和博物学者，我因利乘便，平素在你们的田地上来去更多，已经成了习惯，有人可能心存不快却也一清二楚。不过，我感到轻松的是，也有人似乎一无所知。所以，每当我们在农场的僻远角落碰面，诸位若不知情，便会满面惊讶，问我是否迷路，因为你们以前从没见我去过乡镇的类似地方；如果知悉实情，我也没有秘密可言，可能是我格外客气地询问你们是否迷路，因为此前我也没在那里见过你们。我曾多次给业主指路，告诉他走出自己林地的最佳捷径。

所以，今天我想跟诸位说几句。有鉴于此，联系本次会议的主旨，我若提请大家注意，我会利用给我的那点时间跟诸位谈谈纯科学问题，则我无需感到不安。

刚才提到了餐桌上的交谈，老是有人问我，一片松林砍倒后总有一片橡树林出现，或者刚好相反，能否告诉个中原委。我已经做过回答，现在不妨再回答一次：可以，这对我不算什么秘密。我不知道是否有人就此做过清楚的说明，于是以此作为今天发言的重点。那好，请跟我回到你们的林地一明究竟。

假如林地附近长出一棵树或是一片林子，而这里以前根本就没有这种树木，那么，我会毫不含糊地告诉你，那是种子发育的结果。换作其他领域，这话可能有点自相矛盾。就所知的树木繁衍方式而言，如移植、扦插等等，遇到刚才那种情况，通过种子传播是唯一的可能。人们从没听说过凭空长出树木，如果有人声言这树来自别处，或是无中生有，他得提供证据。

现在只需说明，从长树的地方到没树的地方，种子是如何传来的。这一任务主要由风、水和动物完成。像松树和枫树那类较轻的种子主要由风和水负责，如果种子较沉，比如橡子和坚果，则是动物的事。

松树种子外面包有薄膜，状似虫翼，虽属附件，却将种子系在根部。这个薄翅常常长得相当充分，即便种子发育不良也是如此。你当然要说，大自然更留意的是创造传播种子的条件，而非用以传播的种子。换种说法，种子外面织有一个漂亮的薄邮袋，以及方便御风的小柄，如此便能将种子托付给风，由它快速运走而替松树拓展领地。风会办妥这事，就像专利部门用各类邮袋把种子寄出一样。宇宙的管理系统留有专利机构的位置，该机构的管理者对传播种子非常上心，跟华盛顿的任何管理者没有什么区别，只是它的运作范围大得惊人，运作方式也更有规律。

根本没有必要假定松树是凭空而生的，我也清楚自己断定松树由种子长出绝非奇谈怪论，只是大自然传播它们的模式并未得到关注。在欧洲，松树通过种子传得极广，现在已经开始在我们这里传播了。

砍倒一片橡树林之后，那个地方不会即刻长出一片松林，除非周围有结果的松树，或者不久前有过，并且距离近得可以让风把种子刮到那里。可是，如果近处有松林，而你又不想种植其他作物，则松林准定会蔓延而至，前提当然是土壤适宜。

至于那些没有翅膀，而且较沉的种子和坚果如何传播，有一种看法相当普遍。人们认为，如果结有坚果或种子较沉的树木出现在前所未见的地方，则源于某些“种子”或其他“根源”，它们要么以非同寻常的方式在那里创造了自己，要么埋在地下休眠了好几百年，偶尔因为燃烧的热量恢复了活力。这些说法我都不信。下面我将根据自己的观察，谈谈这类树木是如何出现，又如何生长的。

你会发现，所有这类种子也以另一种方式赋有翅膀或腿脚。樱桃树的所有品种都分布广泛，这根本不足为奇，因为谁都知道，樱桃是好多鸟儿钟爱的食物。好些品种被称作鸟樱桃，而未获此名却同样获得鸟雀青睐的品种还要更多。吃樱桃是典型的鸟类活动，因此我想，除了我们偶尔像鸟儿那样传播樱桃外，最有资格干这事的还数它们。且看，为了让鸟儿不得不传播，樱桃种子加工得有多讲究：它恰恰包在那诱人的果肉正中，所以，这小东西每每将樱桃一口吞下时，常常也会将那枚硬核留在嘴里或喙中。你如果吃过樱桃，并且是一口吞下，也免不了会将它纳入口中——刚好是那丁点美味的核心，一块好大的残渣像石子一样留在了舌上。就这样，我们把豆子大小的樱桃核吃到了嘴里，不一会儿就是一打，而大自然，她自己本来能把一切做好，却要诱使我们几乎做所有的事情。有些野人和孩子吃樱桃的时候总会不假思索地一口吞下，就像鸟儿匆忙之际的举动，因为这样才能最快地消灭它们。所以，虽然这类种子没有配上双翅，大自然却诱使画眉家族把它们含在嘴里然后飞走。从另一个角度看，它们又生有双翼，并且比松树的种子传播得更加彻底，因为碰上逆风照样能够带走。最终的结果是，樱桃树不仅长在这里，也长在了那里。其他好多树木的种子都是这么传播的。

提起观察引出了这么多话，现在回到原来那个话题。如果砍了周边的一片茂密松林，橡树和其他阔叶树木就会立即占据这个地方，前面说过，我恐怕可以阐明其中的原委。我只需让大家看看，假定附近就有橡树，橡子便会按部就班地种到这个地方。可以肯定，如果方圆十英里没有橡树，也没有人把橡子带到那里，那么，松林砍伐后，那里是不会立即出现一片橡树林的。

很明显，那里以前只有松树，而它们被砍一两年之后，你就会看到有橡树或其他阔叶树木在那里出现，里面几乎没有一棵松树。面对这种现象，人们经常会感到困惑：种子埋藏许久怎么不会腐烂？其实，种子并没有长期埋在那里，而是各色各类的飞禽和走兽每年定期播种的结果。

在我们这里，橡树和松树的数目还算分布均衡，如果在最密的松林里寻找，即使貌似树种很纯的油松林子，你常常也会发现里面有好多小小的橡树、桦树以及其他阔叶树木，它们都由种子长成，而这些种子或者乘风而至，或者由松鼠和其他动物带了进来，不过，这些小树被松树罩住难以长大。常绿林子越密，这些种子妥善种下的可能就越大，因为播种者喜欢在枝叶最密的地方觅食。它们同样会把种子带进桦树林和其他林子。树每年都会这样种下，而最老的苗木又会逐年死去。可是，一旦松树被尽数砍去，橡树刚好得到了梦寐以求的发轫良机，有利的条件既已具备，就会立即长成大树。

橡树幼株被松树密林的浓荫遮蔽而难以生长，但这片阴影对松树幼苗的生长更加不利，不过伐掉松树后，如果碰巧有完好的松子，松树还是会大量地涌现出来。

反之，如果砍去大量的阔叶树木，里面混生的松树幼苗同样也能获得发轫机会，因为松鼠已经把坚果搬入了松林，而不会带入稀疏的林地，何况，它常常搬得相当干净。不过，假如这片林子已经老化，新苗就会长势很差乃至死掉，更不必说土壤在一定程度上已让老树耗尽了肥力。

如果松林的外围主要是白栎林，那么松林砍去后，白栎便有望取代它的位置。周围如果是一圈矮栎，则这里很可能会出现一片茂密的矮栎林子。

我无暇详谈，只能这样说：总之，松树种子由风带进了阔叶林和旷野，而松鼠和其他动物又将橡树和胡桃树的种子带进了松林，因此，树木便会按部就班，轮作不休。

多年前我就对此深信不疑，是一次松树密林中的随意调查印证了上述看法。观察者早就清楚松鼠会把坚果埋在地下，是否有人以此为据对林木的衍生常态做过说明，我却不得而知。

那是一八五七年的九月二十四日，地点在康科德。我驾着小船在阿萨布河上顺流而下，看到岸边的草丛里溜着一只红松鼠，嘴里衔着很大的东西。它在一棵铁杉附近停下，离我不到两杆，它用前爪匆匆刨了个坑，把战利品丢进去，埋好，然后撤到了树上。我靠到岸边去查看那个藏品的时候，它向下溜了一截，可以看出它对自己的宝贝很不放心，如此两番三次是想挖出带走，不过它最后还是彻底放弃了。我在那里挖了一下，挖出了两枚青翠的山胡桃，连在一起，果皮结实，埋在铁杉腐叶化成的红土下面大概一英尺半的地方，这恰好是下种的理想深度。简言之，松鼠此举在完成两项任务，即，为冬天备粮，同时在地上种出一片山胡桃林。如果松鼠死去，或者忘了自己的窖藏，那里就会长出一棵山胡桃树来。需知，离那个地方最近的山胡桃树也在二十杆开外。十四天之后那两枚坚果还在，可是，等我再去的时候却不见了，那是十一月二十一日，六个星期之后。

此后，我又格外仔细地调查了好几处密林，据说林间唯有松树，事实也分明如此，调查的结果始终一样。比如，就在当天我去了一块小小的五针松林，不过林子很密，也相当漂亮，大概十五平方杆大小，在我们镇子的东边。那些树在康科德算是很大，直径在十到二十英尺之间，的确都是松树。我特意选择这片树林，因为确实觉得那里有其他树木的可能极小。这片林子位于一处开阔的平原，或者说草场之上，附近只有一片小小的松林，东南角上稀稀疏疏地夹杂了几棵小橡树。从任何一面看，距它最近的林子也在三十杆之外。这片林子很平，没有被灌木和野草所掩，地皮大多裸露，像铺了红色的地毯。我站在林边仔细地查看了一番，你想必会说，这块林子里不会有一棵阔叶树木，不管是大树还是幼苗。可是，沿着地面仔细查找的时候(过了一阵才摸清门道)，我才发现，在稀疏的蕨草和小小的越橘丛之间，夹杂着橡树幼苗，树身从三英寸到十二英寸不等。这些橡苗岂止到处分散开去，几乎每隔五英尺就有一棵，并且相当规律。我还在松树下发现了一枚掉落的青翠橡子。

我坦言，我非常兴奋，因为这一情形完美地印证了我的看法。这里的植树者当中，红松鼠是典型代表，就在我查看它们的园子时，它非常好奇，在一刻不停地打量。好多橡树幼苗都被牛啃掉了，因为它们会来这片林子里纳凉。

经过七八年的光景，阔叶树木显然会明白，只要有松树存在，它们在这里生长就会很不容易。有棵死了的红枫便是例证，它倒地不久，长二十五英尺，依然绿叶覆身，是那片林子中仅有的一棵枫树。

如果不砍去松树，橡树几乎会无一例外地死去。虽然如此，至少有那么几年，由于松林荫庇，它们可能会长得比别处好些。

英国人就如何培育橡树做过广泛而彻底的实验，他们最终选定的方案跟大自然和她的松鼠已然采用的方法几乎如出一辙，其实，无非重新发现了松树作为橡树保护树的价值而已。某些树木可以用为橡树幼苗的树种，很早以前，英国人好像都发现了它的重要价值。容我引用英国“政府官员就国家森林所用方案之梗概”，该活动由亚历山大·米尔恩主持，最终结果被劳登[1]称为“栽植和保护橡树的绝佳方案”。

起初，他们让有些橡树单独生长，却把另一些植入了苏格兰松林。米尔恩先生说：“（就算土壤不佳）橡树但凡植入松林而为所围，无一例外都长得极好。”“几年来，我们做了如下实验：先栽植围拢所用的树木，仅仅采用苏格兰松（跟咱们的油松极像），等长到五六英尺，再移入挺拔茁壮、树龄四五年的橡树幼株。最初不要砍掉松树，只要它们不至过壮过密而遮住了橡树。在一两年之内，得修剪松枝，为橡树提供光照和空气，接下来的两三年或几年，逐渐将松树移走。每年移走一批，所以，过上二十年或二十五年，苏格兰松树就会彻底移完，不过在最初的十年或十二年之内园子里好像只有松树。实验发现，这种栽植方式有如下优势：松树可以改良土质并使土壤干爽，还能

1　劳登（1783—1843），苏格兰植物学家和园艺师，有多部作品行世。

除去常常影响并致伤橡树的杂草和荆棘，此外，多余的修剪也没有必要，因为这样培育的橡树都很成功。”

由于耐心试验，英国的林木工作者收获颇丰，而且，据我所知，他们还因此摘取了一项发明专利。可是，他们似乎没有发现，在他们试验之前其实早已有了结果，他们不过采取了大自然所用的方式而已，她早就获取了该项专利。她始终在松林里种植橡树，而我们却浑然不觉。到了最后阶段，进入林子的并非政府官员，而是我们派出砍伐松树的一队伐木工人。橡树因此得以保全，一片林子就此出现而让我们深感惊讶，好像那是从天上掉下来的。

即使早在八月，每当我在山胡桃林漫步的时候，林子里总有青翠的果子落地的声音，那是红毛栗鼠在我头顶上摘核桃弄出的响动。到了秋天，我注意到强壮的橡树嫩枝有三四英寸长，上面挑着五六个空空的橡壳，为了方便搬运，松鼠已经啃掉了空壳两侧的嫩枝。步履所及，林子内外无异，镇子四周皆然。你若拍打或摇动栗树，松鸦会尖叫，松鼠会责骂，因为它们干的是同一份差事，而同行向来就是冤家。我在林间散步的时候，常常会看到红松鼠或灰松鼠从树上扔下一枚青翠的栗果，有时我总觉得它们是在打我。其实，它们在采摘栗果的高峰时期确实太忙，你站在林中不久便会听到栗果落地的声音。有个猎人跟我说，一天前（十月十五日），他在我们大河的草甸上看到了一枚青翠的栗果，而那里距最近的林子有五十杆之远，至于最近的栗树就更不用说了，他搞不懂那枚栗果是怎么来的。每当深冬采集栗果的时候，我偶尔会在落叶下的鼠穴中找到一堆，足有三四十个，那是林鼠（Musleucopus）的收藏。

到了冬天，因为地上的落雪，坚果搬运和种植的范围会格外分明。红松鼠或灰松鼠会在雪上刨挖，所有的林子中差不多都会发现上百处这种痕迹。它们有时会挖两英尺，差不多总会不偏不倚地挖出坚果或松球，恰似坚果或松球在往上挣扎而钻出了地面——反正你我是做不到的。在下雪前，我们很难找到埋藏的地点。毋庸置疑，它们常常在秋天埋置自己的藏品。你会纳闷，它们能否记得埋藏的地点，要不，它们靠的是气味？红松鼠冬天的住所一般在常绿灌木下面的土中，多数时候是在落叶林深处一丛常青灌木的下方，如果地上有棵孤树还挂有坚果，那里就会留下它们径直往返的小路。因此，不要觉得橡树在林间到处分布就利于繁衍，其实，二三十杆之内有几棵就够了。

恕我斗胆，我认为在我们镇里，凡自然落地而球鳞未张、种子未脱的五针松球果，以及掉落在地的几乎所有油松球果，其实都是松鼠采摘的结果，并且它们早在松子成熟之前就已经着手，所以，在五针松的松球跟平时一样还很小的时候，便几乎尽数采集了尚未彻底成熟的球果。此外，我还认为，如果说松鼠采摘青果是有意之举，便有防止球鳞蓬张、松子散落的意思，因为这正是它们要在雪中刨挖，而且仅有一点可食之物的五针松球果。我清点过一堆松球，直径不到四英尺，共有两百三十九个，已经剥食，是红松鼠在上一年冬天采的。

坚果掉落后，不论留在地面还是埋在地下，都能获得发芽的绝佳条件。我曾经颇感困惑，落地后没埋的那些坚果是怎么发芽的，可是，我在十二月底的时候发现，当年的坚果差不多已经算是埋入了沃土，因为它们被正在腐烂和已然霉变的叶子所覆，而其中就有萌芽所需的水分和养料。有一年坚果丰收，相当一部分就这样盖在了蓬松的落叶下面，有一英寸厚，当然也算是躲过了松鼠。有一年冬天坚果很多，尽管晚至一月十日，我还是用耙子收了不少。就在那天，从店里买到的坚果有大半已经坏了，我从潮湿的腐叶下捡来的果子却没有一颗发霉，它们在那里被落雪盖过一两次，大自然清楚怎样才能最为妥善地收藏保存。这些果子丰润饱满，鲜嫩如初，原因很明显，尽管那里潮湿，却并不算热。一到春天，它们都会发芽显身。

劳登说："如果想在冬天保藏坚果（常见的欧洲核桃）

以备开春播种，采来就该连同果皮埋入腐变物之中，而且还要经常翻动。”

这次他还是盗取了大自然的“雷电”[1]，要不，可怜的凡人怎么会懂得这些招数？因为创造了盗物手指的是她，创造了可盗财宝的还是她。就绝大多数树木的播种而言，上乘的园丁其实在模仿自然，虽然他们自己浑然不觉。一般而论，只要用锨背将种子拍入土壤，然后覆以落叶或稻草，则种子不管大小，绝大部分肯定发芽，并且会长得很好。种树者探索的成果让我想起凯恩与伙伴在北极的经历。待他们学会如何在那种环境里生活的时候，他们惊讶地发现自己渐渐袭用了土人的习惯，其实，就是变成了爱斯基摩人。所以，我们在做造林实验的时候，最终会发现自己是在仿效大自然。起初就跟大自然求教岂不更好？因为在所有植树者里面，包括阿瑟尔的那些公爵在内，唯有她见多识广，经验丰富。

总之，人们若对这一话题未予特别关注，则对于飞禽和走兽在这方面到底发挥了多大作用便会知之甚少，尤其不清楚它们如何在秋天采集树种，随后又如何传播，如何种植。到了秋天，松鼠几乎总在忙这些事情。这时，只要

1　希腊神话中奥托吕科斯曾经偷过宙斯的电杖，普罗米修斯也曾经为造福人类盗过天火。

碰到松鼠，你总会看到它嘴里衔着一枚坚果，或者正在前往搬运的途中。镇上有个专打松鼠的猎手，他跟我说，他知道一棵果子极好的胡桃树。可是，有年秋天，他前去采集的时候，发现十几只红松鼠已经先他一步。树上早就一无所有，不过他捡到的核桃剥皮后还有一蒲式耳三配克之多，够他和家人吃一个冬天了。类似的例证很多，再找一些也并非难事。到了秋天，斑纹松鼠的颊囊被坚果涨饱的现象会多么常见！这种动物有储存坚果和其他种子的习性，因此获得了Tamias这一学名，意谓司膳。等坚果落完后，过一个月再去树下看看，看看饱满的果实跟劣质果实及果壳通常是个什么比例。它们要么已被吃掉，要么已被传得很远。树下的空地就像杂货店前面的场子，平素喜欢蜚短流长的村民这时都坐在那儿砸果子吃，连插科打诨都顾不上了。你会说，你到树下的时候盛筵已毕，只会受赠一些空壳。

秋天，穿过林子的时候偶尔会听到一种声音，似乎有人在折取树枝，抬头一看，则见一只松鸦在啄食橡子，或是群鸦落在树顶，传来啄取橡实的声音。它们会落上相中的树枝，一个爪子踩住橡子，反复啄击忙个不停，不时环顾四周以防敌人逼近，树顶笃笃有声，宛似啄木鸟叩击树干。它们会很快啄破橡壳，一点一点地掏食，仰头吞咽，而爪子还紧紧踩着剩下的部分，虽然这样，未达目的就跌落在地的现象却时有发生。我可以肯定威廉·巴特拉姆跟鸟类学家威尔逊的话没错：“在大自然的经济圈里，松鸦这位经纪者的作用最为显著，它们会传播赖以为生的林木，以及含有坚果和硬质种子的蔬菜。松鸦在秋天的主要任务是搜寻冬日的储藏，为了完成这项任务，它们会飞往荒野、园圃和篱笆寻找坑洞加以保存，其间便有大量的种子掉在地上。潮湿的冬天过后，又会迎来春天，不论是荒野还是草场会有多少小树破土而出！只有这种鸟儿会在几年之内让砍伐殆尽的大地恢复原貌。”

我发现松鼠常常也会把坚果遗落在开阔地带，这更能说明草场上何以会长出橡树和核桃树，因为所有新树都是从种子萌发的幼芽，而这都应该归功于它们。我在草场上仔细观察过树龄一两年的橡树幼株，总是能够找到发芽之后空空的橡壳。

好多人相信，橡树在破土发芽之前，橡子一直在土中沉睡，事实绝非如此，要知道，让橡子长久保有活力以便传到欧洲都是人尽皆知的难题。鉴于此，劳登在他的《植物园》中推荐了最保险的方法——航行途中让它们在罐子里发芽。这位专家还指出，“保存一年之后能够发芽的橡子少之又少，任何品种都不例外”，山毛榉种子“只能保持一年的活力”，而黑胡桃“在成熟后很难超过六个月”。我屡屡发现，落在地上的橡子在十一月份要么已经发芽，要么已经烂掉，几乎没有例外，更兼风霜、干旱、潮气的凌虐及虫子的破坏，绝大部分很快就被毁了。可是，有位专事植物学的作家居然如此写道，“沉睡数百年的橡子被犁铧翻出后很快就冒出了芽蕾”。

乔治·爱默生先生的《关于本州乔木和灌木的报告》颇富价值，其中有谈及松树的文字。他说，“种子顽强的生命力可谓惊人，由于地上林木的浓荫而不致发热，可以埋在地下数年而依然如故。可是，如果寒霜不再，日光送暖，它们便会即刻发芽”。因为他没有提供观察的依据，所以我对他的说法不得不表示怀疑，何况根据苗圃工作者的经验来看，他的说法问题更多。

有位古埃及人的殉葬品里有小麦，据传以此为种种出了小麦，另外，还有一位英格兰人，据说他故世已有一千六七百年，人们在他的胃里发现了山莓种子，并且拿来种出了山莓。如是说法不足为训，由于缺乏可靠的证据，人们普遍表示怀疑。

有报道称，在缅因内陆四十英里处开垦的沙地上长出了海滨李，不少科学家据此证明，这枚李子已在那里休眠好久，卡彭特博士亦在此列，还有人据此推断海岸已经后退好远。可是，我觉得要做这种论断，首先需要说明海滨李只能在沙滩生长。这种树在我们这里并不罕见，而我们这里到海滨的距离大概是上述距离的一半，同时，我还记得在我们稍北之处，距海滨二十五英里的内陆有一片茂密的海滨李，那里所产的李子每年都会进入市场。至于它们还能在内陆多远的地方生长我倒不得而知，不过，查尔斯·杰克逊博士提到曾在缅因一百多英里的内陆见到过“海滨李”（或许就是上述品种）。

有些记载比上述说法更为荒诞不经，相似的驳斥恰好可以派上用场。

不过，我倒乐于相信某些种子，尤其很小的那种，可能会在条件有利的情况下保有活力。一八五九年春天，人们拆除了本镇所谓的亨特老宅，其烟囱始建于一七〇三年。这处宅子的基地属于约翰·温斯洛，此人是马萨诸塞首任总督，很明显，宅子的部分房屋比烟囱还老，它们也是温斯洛家族的产业。多年来，我一直在本地仔细调查植物，所以觉得自己对此已经相当了解。据说在地下很深的地方不时会挖出种子，灭绝既久的植物便因此得以复生，想起这些传闻，去年秋天我突然心生念头，这处宅子的地窖里或许已经长有某种陌生或罕见的植物，因为那个地窖已有好久不见天日。九月二十二日那天，我在那里搜寻了一番，最后发现了如下植物：一种荨麻（Urtica urens），此前不曾见过；莳萝，从没见过它可以自发生长；耶路撒冷花藜（Chenopodium Botrys），只在一个地方见过野生；龙葵（Solanum nigrum），在本地极为罕见；另外还有普通的烟草，这种植物虽然上个世纪在我们这里大量种植，近四十年来却湮没无闻，但就在此前几个月，居然连我也听到有人在本镇北部种植自用。我相信，在上述植物中，部分甚至全部源自那幢宅子下面或旁边掩埋的种子，此外，那些烟草更能说明这种植物在本地有种植的历史。那个地窖在今年被填了，上面提到的四种植物，其中包括烟草，在那个地方又一次遭遇了灭绝的命运。

我的确提到动物食用了大量的树木种子，所以，至少从根本上阻止它们长成大树。虽则如此，如前所述，消费者同时又不得不充当了传播者和种植者，这也算是它们向大自然缴纳的税金。有人说过，猪在找橡子的同时也在种这东西。我想，此人该是林奈。

我不信没有种子却能长出植物，但我深信，种子跟“无中生有”一样奇妙。若让我确信你有一粒种子，我就会期待一桩奇迹。我乃至相信每逢千年一变的世界更新会随时到来，而正义君临天下的局面也将要拉开帷幕，那时，宇宙的专利机构或管理部门就会派发这些种子，人们也会将它们种入泥土。

一八五七年春天，我种下了专利局寄来的六粒种子，记得标识为Poitrine jaune grosse，即大黄南瓜。其中两粒种子破土发芽，一粒结了一个123.5磅的南瓜，另一粒结了四个，总重186.25磅。当初谁能料到，在我园子的那个角落将会出现310磅的大黄南瓜？310磅，这些种子既是我的诱饵，又是我打发进洞的雪貂[1]，还是帮我搜捕的猎犬。真够奇妙，动两下锄头，加一点肥料，这就是我那念念有词、应声即变的魔咒——变！果如标签所识，给我长出了310磅的大黄南瓜，谁能料到，谁曾想到，竟然会出现在这里？这些灵物最初偶然在美国出现，重返故地后依然活力如初。那年秋天，那个大南瓜在诸位的展会上售出高价，我得悉，有人买下了这个南瓜，想以每粒十分钱的价格出售种子（也太便宜了吧？）。但我还有好多同种的猎犬，就将一只打发到一个遥远的镇上，它真够灵敏，搜出了那里的大黄南瓜，此前的猎犬却一无所获，跟它们的祖先在这里和法国的表现没有两样。

我还有其他种子，它们还能在那个角落长出别的东西，方式一样，会有你期待的任何果实，每年这样，长期如此，

1　雪貂跟猎犬一样，可以帮人捕猎。

最后，园子里都没处存放了。到了为美国的这些日子庆贺的时候，你只需把帽子扔到空中即可。我这里有技艺非凡的神人，他们能让万物变形，无穷无尽，而我园中那个角落就是取之不尽的百宝箱。你在这里挖不到黄金，却会挖出只能以黄金描述价值的宝物，不过，那个角落里并没有魔术大师西格诺·布利茨。但是，杂耍师亮相后，农夫的儿子照样会目不转睛，看他从嘴里抽出彩带，虽然他也清楚那都是假相。是啊，人们喜欢黑暗甚于光明。

漫　步

我想为自然申辩，因为其中蕴含着绝对的自由和纯粹的野性，它与纯人文意义的自由和文化迥然相异。所以，应该将人视作自然的居民，自然的因素或曰一份，而非社会的一员。我有意措辞极端，若然，这番讲述便会惊悚视听，因为文明拥有如许之多的卫道之士：官员牧师、学校教员以及社会大众，无不对它谨守奉行。

能够领略漫步艺术，亦即，清楚如何漫步的人，我在此生也仅仅遇见过一两位，可以说，他们有漫游的天分。漫游一词有个优雅的源头，它源自“中世纪，那些以朝圣为名乞求布施，而在乡间游浪的闲人”，最后，连孩子们都会喊叫，“瞧，来了个朝圣者！”于是，漫游者也就成了朝圣者。那些以朝圣为名四方游走，实则未到圣地的人，纯粹是游民和闲汉。我所说的那种漫游者则不然，他们确实到过圣地。有人却认为漫游一词源于sans terre，即没有土地和家园，自然，该词意谓无以为家却随处为家，这才是漫游的真义和精髓。永远足不出户的人或许才是十足的游荡之徒，漫游者却跟蜿蜒迂回的河流毫无二致，始终在勤勉精进地寻找入海的捷径。不过，对漫游一词所由派生的这两种说法，我更钟情前者，那才是更为可靠的解释，因为每次漫步都像十字军东征：由于心中那位修士彼得[1]的感召，我们奋身东向，以夺回沦入异教徒之手的圣地。

实际上，我们只是一些心志不坚的十字军战士，就连今日的漫步者也缺乏精进如一、力行不辍的勇气。我们出行只为观光，四方游走而后又回到那个老旧的炉旁。漫步成了一段往而复返的行程。其实，我们该抄向捷径，甚至心怀一往不返、冒险到底的勇气，随时准备将自己保存完好的心脏[2]作为遗赠留给这个荒凉的世界。你若能欣然告别父母双亲、兄弟姐妹以及妻儿友人，而打算不再谋面；你若已经清偿债务、立好遗嘱，诸事皆毕而无所挂碍——这才算做好了漫步的准备。

还是谈谈我自身的经历。我和同伴（我间或有个同伴）乐于将自己视为前所未见，或曰古已有之的骑士。那是步

1 修士彼得（1050—1115），法国僧侣，亦称“亚眠的彼得”，第一次十字军东征的魁首。他从耶路撒冷朝圣返回后，煽动人们从“异教徒”，即穆斯林手里夺回基督墓地，最终揭开了十字军东征的序幕。

2 依中世纪古俗，异国阵亡者若有殊勋，尸身会运回国内安葬，迫不得已时，只好割取心脏加以保存，而后送回故乡体面安葬。

行骑士，而非古罗马或法兰西骑士，亦非日耳曼或其他骑士。我想，这才是更为古老且备享荣誉的一种骑士。一度属于骑者的骑士精神和英豪气质而今沉淀，甚或残留在漫步者身上。因此，他们成了步侠，而非骑侠。他位列教会、政府和民众之外而居第四[1]。

我们觉得，附近从事这门高贵艺术的几乎只有我们。尽管同乡都声称他们像我一样乐于漫步，但是，说实话，他们无从享受这门艺术。漫步所需的闲暇、自由和独立无法购买，那只能源自上苍的嘉惠。漫步需要天分，生而使然。Ambulator nascitur, non fit.[2]诚然，某些同乡依旧记得十年前的散步，他们跟我说，当时在林子里走了半个小时，何其幸福而陶然忘我。但我很清楚，无论他们凭什么理由将自己归于漫步者之列，他们终究只是在大路上走了走而已。不可否认，人们在追忆往昔生活时会享受片刻的欢欣，就连护林人员和法外之徒也不例外。

一早我就进了森林，
心里别提有多高兴，
身边小鸟叽叽喳喳，

1　在美国，人们认为就影响力而言，媒体应该位列第四。
2　拉丁文，意为："漫步者生而使然，非为而使然。"

高高兴兴唱个不停。

事情已经过去好久，
罗宾汉我在林中逗留，
来到这里不为其他，
打了棕鹿我就要走。[1]

我每天至少会花上四个小时出去漫步，有时还要更长。信步穿过树林，登上山岗，走过原野，将一切俗务彻底置诸脑后。我想，若非如此，我就难以保有身心的健康。你当然会说，那是耽于幻想，或是沉于深思。技工和店主会翘着双腿待在店里，整个早上如此，整个下午也是这样。这种人实在太多，好像他们生有双腿专为坐着，而不是为了站立或行走。每每想到这种情形，我就觉得，他们迟迟没有自杀真该表扬。

而我，哪怕在室内待上一天，肯定都会生锈。有时候，到了十一点钟，甚或晚至午后四点，我才会抽身漫步，一天就这样无可奈何地过去了。这时暮色已经渐渐侵蚀了白昼，我觉得自己好像犯有罪过需要偿赎。邻人却整日待在

1　选自英国古谣《罗宾汉传奇》。

商铺或门店之中，一周如此，整月如此，甚至全年如此。我承认，他们的耐久体力让我愕然，遑论心智的麻木和呆钝。不知道他们是什么材料做的，居然能在午后三点还坐在那里，好像那是凌晨三点一样。凌晨三点的勇气固然颇得拿破仑嘉许，可是，较之这午后三点的勇气却不值一提：非但能在此时欣然安坐，直面整个早上已然熟识的自己，而且也能困死让你惺惺相惜的守城勇士。这段时间，或是午后四五点之间，让我称奇，因为这时早报已经过时又无晚报可读，大街上寂然无声，也没有平素的扰嚷，所以，诸多反复发酵的坊间密语和奇谈怪论便无从散播，罪恶也会不治自愈。

女性更是足不出户，她们能否忍受我无从得知，不过，我敢说绝大多数肯定不会站着，恐怕也不会因此而心神不宁。许久以前，那是个夏日午后，我们一边抖着衣服上的灰尘，一边匆匆穿过镇子。街道两旁的房屋都是正宗的多利安或哥特式门庭，显得悠闲宁静。这时我的伙伴嘀咕，看样子里面的人都已经睡了。不过房子不会睡去，它始终矗立在那里，守望着沉入梦中的人们，于是，我才得以欣赏它优雅的格调和庄严的风采。

人们惯于如此，非独性情使然，年龄这一因素尤为重要。人安于久坐，或缚于家务，都会随着渐渐老去而与日俱增。暮年将至，人的习惯也会染上黄昏的色调，最终只在日落时分推开房门，因身体需要而在外面走上半个钟头。

不过，好比患者定时服药的所谓健身活动，诸如摆弄哑铃，晃悠座椅等等，跟我所说的漫步毫无关系，漫步是精进探险的日课。若想强身健体，那就去探索生命的源泉吧。且看，人们在活动哑铃以求健康的时候，遥远的草原上泉水汩汩涌出却无人问津。

非但如此，你还得像骆驼那样漫步，据说它是唯一在行走时反刍[1]的动物。有位旅人曾请华兹华斯的女佣给他看看主人的书房，对方却说："这是书室，书房在户外。"

毫无疑问，长期在户外生活，风吹日晒，会赋予某种粗豪品质，过分纤弱的气质也会为厚重坚韧所取代，如同面部和双手肌肤所生的变化，亦如重体力劳动者会让双手脱敏。反之，深居简出的生活则会让人触觉敏锐，纤弱娇嫩的性情便随之滋生，遑论肌肤也会因之消瘦孱弱。我们如果少了点日晒和风吹，或许就该更加在乎哺育智性与砥砺节操的重要因素，让肌肤的细腻和粗糙均衡分布固然也不错，不过，在我眼中，那无非弹指即去的皮屑而已。关于这一问题有天然的方案可循，它见于昼夜交替、寒暑往

---

1 “反刍”，原文为ruminate。该词有“反刍”和“沉思”两意，在文中语涉双关。

来及知行统一。我们的思想本身就富于空气和阳光，劳动者起茧的手掌跟富于自尊和英武的尊贵肌肤毫无二致，与倦怠慵懒的手指相比，它会激响心灵的弦音。白昼卧床且自命白皙无非多愁善感，跟棕褐皮肤与沧桑阅历相比，其间差别何啻霄壤。

我们在漫步的时候会不假思索地走向旷野，进入森林。如果只是在花园或林荫道上闲步，我们会变成什么样子？即便是有些哲人，因为无缘进入森林，也明白在身边植林的必要，“他们栽下法国梧桐，因此便有小树林和林荫道”点缀通向户外的门廊。当然，如果森林对你没有感召，那就没有必要举足前往。有时，我在林中走了一英里之后，才发觉自己的心神还在外面，这种情况让我吃惊。午后漫步时，我会欣然忘掉早晨的工作和社会事务。然而，有时候却不易摆脱镇子的干扰，事关工作的念头会萦绕在脑际，让我恍然若失，心神不一。漫步的时候，我会无所挂碍地让自己心身合一。如果我还念叨着林外诸事，那我又何需来到这里？当我发觉自己纵然因所谓善举而劳心费神的时候，不禁对自己心生疑窦而怵然一惊。这种情况时有发生。

周边好多地方可以供我悠然漫步。多年来，尽管我差不多每天散步，有时甚至好些天接连如此，但依然没有走遍所有的去处。全新的景致是巨大的乐趣，纵使午后出去，我也收获颇丰。走上两三个小时，眼前就会出现未曾寓目但心仪既久的风景。有时，以前没有发现的独幢农舍如同达荷美王国[1]那般饶有意味。午后漫步，一次所及也不过方圆十里，其间景致却丰富多变，犹如七旬老龄的生命阅历，两者相应相辅，若合符节。人们却对此知之甚少。

营建房屋、砍伐森林、放倒参天大树，都被视为人类的成就。时至今日，几乎所有这类成就带给风景的只是破坏，使它越发丧失野趣而格外低劣。但愿人类能焚弃藩篱而让林木生长，可就有那么一个民族，却通过加固篱笆，圈定森林来开启自己的事业！我看到篱笆已经完成一半，渐行渐远，没入草原深处。有个守财奴带着测量员在圈地，虽然天国就在周围，他却对身边飞翔的天使视而不见，反倒在天堂里寻找打桩的洞眼。再一看，我发现他身植冥界的泥淖，近旁鬼怪簇拥，还有三块石头和一根打好的木桩，表明他的地界已经圈定。走近一步，我发现他的测量员是黑暗之王。

出了家门，我便开始漫步，起初循河而走，接着缘溪而行，最后穿过草地来到林边。我可以随意走上十英里，十五, 二十，甚至更多，其间都碰不上一间房屋，而行经的

---

1 达荷美王国为西非的土著政权，建于17世纪，位于当今贝宁中部，19世纪末被法国颠覆。

十字路也只是狐狸与旱獭的通道。我周边数里之内无人定居，登上小山顶，可以看到文明世界和星星点点的房屋，农夫和农舍反倒没有旱獭及其洞穴那般醒目了然。人类并其事务，诸如宗教、行政、教育、商贸、工业以及农业，甚至连世所瞩目的政治，凡此种种，在大自然画幅中所据的位置都微不足道——目睹此景我欣然于怀。政治只是个小天地，而那边通向政治的大路更加逼仄。我有时就会给行人指点去那里的路：如果要去政治世界，沿着大路，紧随商贾，步其后尘便会径直到达。因为天地广阔，政治所据也就那么一点，它并没有占去全部。政治就像我前往林中行经的一片豆田，走过即忘。只需半个小时，我就能在大地上找到一个去处，那里终年人迹罕至，政治自然无从谈起——它跟雪茄烟雾能有什么区别？

镇子是道路的交会之处，也是大路的拓展和终点，好像河流渐次变宽汇为湖泊。若镇子为躯干，则道路是四肢。那是一个三方交汇或四向辐辏，以供旅人庇身果腹的去处。“镇子”一词源自拉丁词语villa，因为villa是货物进出的场所，它跟表示“道路”的词语via，以及更早的异形ved和vella，都由古罗马作家瓦罗从表示“搬运”的词语veho借用而来。赶车谋生者因而获称vellaturam facere。由此可知，拉丁词语vilis跟表示“罪恶”的英语辞藻vile

的派生关系显而易见，而英语意为“恶棍”的词语villain亦然。这一语源关系表明居民会有何种堕落倾向。他们负重而行，疲惫不堪，只因被货物所驱，并非为自己而走。

有人根本不曾散步，有人只在大路上走走，其余的个别人只是前往办事的地方。道路为马匹和有事的人而修。跟上述人等相比，我一般不走大路，因为我没有什么急事需要取道大路前往客栈、仓库，或者车站、马房。我是一匹行进的良马，却非拉车的首选。风景画家常用人像标识道路，我却难以满足这种需要。我会走进另一重天地，那是诸如摩奴[1]、摩西、荷马和乔叟这些古先知和大诗人去的地方。那不是美利坚，尽管你不妨这么称呼。那既非阿美利哥·韦斯普奇[2]，亦非哥伦布及其同道发现的地方，经眼所及的所谓美洲史予它的交代不及神话传说来得可靠真实。

然而，还是有若干古道因逐利而被踩得坑坑洼洼，它们好似通向某个地方，但现在几乎已经中断。我想，今日的马尔伯勒古道不会再通向那里，除非我的脚下就是马尔伯勒。此刻，关于这条路我胆敢放言，因为我觉得每个城

---

1 摩奴为印度教认定的人类始祖，今有假借其名草就的《摩奴法典》传世。

2 阿美利哥·韦斯普奇（1454—1512），意大利航海家、探险家和旅行家，他最早提出南美为新大陆，而非时人（包括哥伦布）眼中亚洲大陆的东部。美洲因他而得名。

镇都会有一两条这样的道路。

马尔伯勒古道

他们曾来这里找钱，
最终却一无所见。
马歇尔·马尔斯有时
会来这里偷偷地方便；
还有伊利亚·伍德
恐怕也没有好事可干；
只有野性尚存的
伊利沙·杜坎，
像鹧鸪和野兔一样，
他心上没有牵绊，
只操心设些机关。
他孤孤单单地生活，
穷得只剩骨头，
但据说那种滋味最甜。
当春风让我坐立不安，
唤醒我出行的夙愿，
我就走上马尔伯勒古道，

那里有好多砾石可捡。
这路没人养护,
因为没人来走,
可它并没有废弃,
就像基督徒所言。
这里不见人影,
只有一人出现,
那就是奎因,
他的家原本在爱尔兰。
除了指个方向,
它什么都不算。
顺着走去,
前面的路已经中断。
硕大的路标是块石板,
可没有行人来此访探。
顶上刻有镇子的名字,
是在为它树碑立传,
不过它却值得一看,
好明白你走了多远。
是哪位君王
做了这事,

我一直在嘀咕盘算——
何时竖起，又为什么，
又是何人在干?
难道是桥格斯或李，
抑或是克拉克或达比?
这事做得真够费劲，
想让某种东西垂之久远。
空空的石板，
会有旅人在这里抱怨。
只消刻上一句，
这是哪里便一目了然，
有人或许会看一眼，
如果情况刻不容缓。
我就知道那么一两行，
话说得算是恰当：
普天之下，
只有文学生命无限。
这话不会被人忘却，
直到来年的十二月，
只等春天来到，冰雪消融，
还会念上一遍。

你若将幻想舒展，
离开你的家园，
踏上马尔伯勒古道，
就能把世界走遍。

方圆一带最好的地方迄今尚未沦为私产，风景尚未被个人占据，漫步者还可以自由地走动。然而，有朝一日，它会遭到瓜分而成为所谓游乐场所，变成少数人的专享。到时候，这里会栏杆林立，各种防人的机关和器械会纷纷出笼，人能走的只剩下所谓公共道路，而在上帝惠赐的大地上行走将被视为对某位绅士私产的侵凌。独享通常意味着剥夺自己真正的享受。既然如此，趁那个邪恶的日子尚未来临，我们还是尽快享用吧。

有时候，去哪里漫步令人颇费踌躇。为什么会这样？我相信，大自然有一种隐微的磁力，我们如果在不知不觉间遵从导引，它就会指出相宜的路径，因为对于我们走向何方，它并非漠不关心。世间自有正确的路径，我们却因为轻忽愚鲁而总是走向歧途。我们喜欢穿过一条小径在心中的理想世界徜徉，那是我们心仪之路的绝佳写照，可是，至今不曾见于现实世界。无怪乎有时我们会觉得难以选择漫步的方向，那是因为何去何从尚未在头脑中清晰地显现。

如果出门后依旧没有决定该向何处迈步，我便依从本能做出选择，每逢此时我就发现，自己最终总会选定西南，沿着那里走向某片森林，某块草地，某座小山，或是某处废弃的草场。这种选择奇怪得不可思议。我的指针会微摆几度，然后慢慢指定方向，有时不会准确地指向西南，这样变动自有道理，不过，它总会停在西方和西南之间。我的未来便在那个方向，那边的大地富饶丰腴，耗之不竭。我的漫步轨迹并非环状，而是一条抛物线，或是像人们眼中永不回头的彗星轨迹，它缺口向西，而我的房子占据了太阳的位置。有时，我会在犹豫之际徘徊上一刻钟，踌躇万千，最终还是决定走向西南或西边。我只有迫不得已才会走向东边，西向而去并非为了什么事情，而是身心自由的选择。我难以相信在东方地平线之后能够目睹悦目的风景、盎然的野性和充分的自由。走向那边，眼前的风景提不起我的兴趣。但我相信，西边天际的森林却绵延不绝地伸向了夕阳，其间也没有名区大邑妨碍我的兴致和视线。让我生活在心仪的地方：这边是都市，那边是荒野。我去都市渐行渐远，而距荒野越来越近。我也相信，类似选择也是同胞们的普遍意向，若非如此，我就不会对此特加强调。我准会走向俄勒冈，而非欧罗巴，而那边也是美国人迁徙的方向，我甚至可以说，那也是人类迁徙的方向。不过几年，人们取道东南徙居澳洲已成事实，不过这番迁徙对我们而言却是个倒退，并且，从首批澳洲移民的精神风貌和体格状况看，这也是一次失败的尝试。东方的鞑靼人认为西藏以西一无所有，他们说，“那边是世界的尽头，继续往西只有茫无际涯的大海”。他们可真在不折不扣的东方。

我们向东以图了解历史，学习文学和艺术，其结果是追溯人类的脚步走进了过去，向西却会激情满怀、斗志昂扬地走向未来。在我们行进的途中，大西洋可是一条忘川，我们因之有可能忘却古老世界及其成规。如果这次失败，我们在走近冥河之前可能还有一次机会，那就是太平洋这条忘川，它可有大西洋三倍之宽。

由此可见，个人微不足道的几步居然跟人类的徙动大势相应相辅，这惊人例证到底有多重要，又有多普遍，我却不得而知。不过我清楚，类例见于飞禽走兽的迁徙本能。比如，人们知道，因为受制于这一本能，松鼠会神秘地大规模行动。有人说他们看见松鼠渡水，遇到极宽的河流，它们会踩着一截木条，尾巴高翘充作风帆，如果河流较窄，则会踩着死尸。这一略似躁动的本能见于春天的牛群，据说，它们会因为生于尾部的蠕虫而亢奋不安。而人类，不管是国家还是个人，不管是永久还是一时，也会受制于这一因素。大雁但凡飞临我们的镇子，总会嘎嘎而过，扰乱不动产所有者的宁静，如果这些产业由我经纪，我可能会将这些扰攘纳入考虑。

人们这时踏上了朝圣之旅，
托钵僧也开始寻访奇幻的国土。[1]

看到日落，我总会心生前往西方的念想，那里遥远瑰丽，跟太阳落下的地方一样。太阳每天移向西方，在鼓动我们步其后尘，成了人类西迁的光辉先驱。天际的群山横亘绵延，被太阳镶上了金边，整夜萦绕在我们的梦乡，就算那只是雾气又有何妨。亚特兰蒂斯岛和金苹果园[2]，那笼罩着奇幻诗意的人间天堂，似乎就是古人心目中伟大的西方。在凝视日落的西天之际，谁不曾梦见金苹果园，谁不曾梦见所有神话和传说的那些源泉？

1　见乔叟《坎特伯雷故事集》之《序诗》。

2　据希腊神话，赫拉嫁给宙斯的时候，大地女神盖亚送给新娘一株可以结金果的树，这棵树长在大地极西的果园里，由众仙女和巨龙拉冬看守。

较之前人，哥伦布格外强烈地领受着西部的感召，他循之而去，于是替卡斯蒂利亚和莱昂[1]发现了新大陆。当时的牧人都闻到了远方草场的清香。

太阳，拉长了绵绵的峰峦，
旋即又坠入西边的海湾，
最后抖着蓝色的披风站起，
去清新的森林和草场迎接明天。[2]

美国几乎所到之处都物产丰饶，品类众多，而且宜于欧洲人定居。试问，地球上哪里还有廓大如斯、富饶如许的去处？米肖对此仅知一二，他说："北美的参天大树比欧洲更多，高逾三十英尺者在美国就多达一百四十余种，而在法国仅有三十来种。"后世植物学家的了解更加丰富深入。洪堡在年轻时就对热带林木心驰神往，他后来前往美洲寻梦，到了举世无双的亚马逊丛林，但见高树参天无以复加，他激情澎湃，笔之于书。地理学家居约本人也来自欧洲，他在这个问题上走得更远，乃至让我追随不暇。"植物为动物而生，植物界为动物界而存在，同样，美洲

1 卡斯蒂利亚和莱昂位于西班牙地区，13世纪前均为独立王国。

2 见弥尔顿诗作《利西达斯》。

因旧大陆而存在……旧大陆的人从亚洲高地启程，一站一站奔赴欧洲，每一步都记录着对此前成就的超越，对既往文明的更新。抵达大西洋之后，他们停下了脚步，那是一片莫知其涯的陌生水域。他们于是止步不前，稍事停留。”待丰腴的欧洲大地肥力耗尽，他们再度意气昂扬，“重新启程，踏上了先前西向进发的冒险之旅”。居约所言竟至于此。

人们西向迁移，试图越过大西洋这重障碍达到目的，现代商贸经营和其他实业便随之而生。年轻的米肖在《一八〇二年阿勒格尼群山西行记》中提到，人们遇到刚刚移居西方的来客时，通常会问：“‘你从哪国来？’好像对全世界而言，这广袤肥沃的地区成了他们相聚的地方，共同拥有，天经地义。”

袭用一句拉丁古语，我或许可以说，Ex Oriente lux; Ex Occidente FRUX——始之东隅，获之桑榆。

弗朗西斯·海德爵士是位英国旅行家，也曾出任加拿大总督。他跟我们说：“上苍在描绘自然并加以美化的时候，较之旧世界，她在新大陆用了更大的比例，而装点所用的光色也更加炫目富丽，不管南北半球，均是如此……美洲的苍穹更高，天空更蓝，寒冬更烈，月亮更圆，星星更亮，雷霆更响，电光更强，风更紧，雨更猛，山更高，

T.NASON

河更长，森林更大，平原更广。”这番道白至少可以跟布封对此地及其物产的描述参照发明。

林奈很早以前说过，“Nescio quae facies laeta, glabra plantis Americanis”（说到美国的植物，可有什么光滑悦人的东西）。我想，在这片土地上极少，甚至没有Africanae bestiae，即罗马人所称的非洲野兽，就此而言，这里是最宜人居的难得佳地。据称，在东印度群岛的城市新加坡，方圆十五英里之内，每年就有好多居民被老虎叼走，而北美的旅人在夜间却能随处而卧，不用担心任何野兽。

鼓舞人心的征象不少：如果这里的月亮比非洲更圆，太阳恐怕也会更大；如果美洲的天空更高远，群星更璀璨，则我相信这意味着有朝一日，其居民在哲学、诗歌和宗教领域会飞翔到同等高度。美国人的精神天空恐怕会更高，而点缀这方天空的启示也会更加耀眼。山间的空气会滋养智性而让人灵感奔涌，所以我相信，环境会以这种方式反作用于人类。身处这种环境，体格会更加完美，难道心智就不会益发圆满？换言之，难道雾天的多寡对人的生活无足轻重？我相信，我们会更富想象；我们的思想会像我们的天空那样，更加清澈，更加鲜活，也更加高远；我们的领悟能力会像我们的平原那样，更加广博廓大；我们的智慧，会像我们的雷霆、电光、河流、山脉和森林，从整体上迈向更高的境界；而我们的胸怀，则会跟我们的内陆海洋相辅相成，宽广、深沉、壮阔浩瀚。或许，面对我们的满面laeta和glabra，满面欣悦和恬静，将来前赴美国的旅人会茫然失措，莫名所由。若非如此，世界将何去何从，美洲又缘何而被发现？

我几乎无需跟美国人说：

帝国之星西向而行。

作为真正的爱国者，念想及此我深感羞愧：较之边鄙蛮民的美国，亚当的乐园总体而言还算不错。

我们对马萨诸塞的感情并不限于新英格兰。虽然我们可能和南方存在隔膜，却跟西部惺惺相惜。那是属于幼子的家园，正如他们曾和斯堪的纳维亚人一道出海，打拼自己的那份遗产。现在学希伯来语为时已晚，搞懂今日的俚语更为重要。

几个月前，我观赏了莱茵河全景，好像做了一场中世纪的梦。我沿着历史的巨流浮泛而下，如梦似幻，穿过罗马人营建，又经后世弄潮者修葺的桥梁，经过都邑和城堡，就连它们的名字都是悦耳的音乐，各自都是逸闻的主角。那里有埃伦布莱特施泰因[1]，有罗兰德塞克[2]，还有科布伦茨[3]，都是些我只在历史中见过的名字。还是遗迹让我着迷，其间河流蜿蜒，山坡沟壑藤萝蔓生，似有宁静的乐曲款款飘出，为十字军战士的圣战之旅送行。我为魔力所摄，顺流而泛，恍若移身英雄时代，浸淫于骑士的氛围。

不久，我又参观了密西西比河全景，这次却在白天，在现实中奋力溯流而上。我看到正在装载木材的汽船，数着正在兴建的城市，盯着余烬尚存的诺伍[4]，目睹正在渡河西迁的印第安人。就像上次遥望摩泽尔河[5]那样，这次我在远眺俄亥俄河跟密苏里河，同时听着关于迪比克[6]和维诺娜之崖[7]的传说，心中所想却是将来，而非现在和过去。我发现，密西西比是另一种莱茵河，只是城堡犹需奠基，名桥尚待修建。我们身在英雄时代却浑然不觉，因为英雄从来

1　埃伦布莱特施泰因为古代要塞，位于德国小城科布伦茨，摩泽尔河在这里汇入莱茵河。

2　罗兰德塞克为德国小城，距波恩不远。

3　科布伦茨为莱茵河沿岸的欧洲古城。

4　诺伍为摩门教在19世纪的活动中心，位于伊利诺斯州，后因宗教冲突和自然灾害被毁。

5　摩泽尔河又译摩塞勒河，系莱茵河在德国境内的第二大支流。

6　迪比克，美国城市，位于衣阿华州东部密西西比河沿岸。

7　维诺娜之崖由传说得名，具体地点歧异纷出，一说位于密西西比河沿岸的丕平湖畔。维诺娜是一位印第安少女的名字，她因为拒绝一桩婚姻而歌吟湖畔，最后坠崖自尽，山崖因她而得名。

普通至极、默默无名。

我谈论的西部其实就是野性的别称，我一直想说，世界藏于野性。每一棵树都向野性伸出了强劲的枝丫，所有城市都在输入野性而不计代价，人们因之挥犁扬帆，维系人类的补给和树皮源自丛林与荒野，而我们的祖先就是野人。罗慕路斯和罗姆斯[1]由母狼哺育的说法并非荒诞无稽的杜撰，所有卓尔不群的国家，其奠基者无不经由小小的野性之源汲取力量和滋养。正因为帝国的子孙没有接受狼的哺育，所以才被狼哺育的丛林后裔征服而取代。

我赞美丛林，讴歌草原，颂扬庄稼生长的黑夜。我们需要铁杉和崖柏以为茶饮。汲取力量的餐饮跟单纯的果腹之需大相径庭。霍屯督人[2]会迫不及待地生吞捻角羚和其他羚羊的骨髓，这丝毫不足为奇，美国北部的印第安人猎杀极地驯鹿后，除了生吃骨髓，还会享用其他东西，比如鹿角尖，只要能咬动就行。这种进食方式恐怕会让巴黎的烹

1　罗慕路斯和罗姆斯兄弟为传说中罗马的奠基者，两人出生后因故遭弃，因母狼哺育得以成人，但其后裔所建的庞大罗马帝国最终在北方蛮族的武力攻击下土崩瓦解，故梭罗在下文做了相应的申发。

2　霍屯督人为南部非洲的种族。

调技艺相形见绌，他们的食物常常会被其他人充为柴薪。较之圈养的牛肉和宰杀的猪肉，这些东西对人体或许更有好处。给我一片荒野，让文明人只消一瞥便不寒而栗，就当我们以生吞羚羊骨髓为生吧。

林中画眉的栖息地近旁有些空地，我想迁往那里。这些荒地尚未被人占据，我想，我早已适应了这种水土。

非洲猎人卡明告诉我们，不要说刚刚猎获的羚羊皮，就连旋角大羚的皮都会散发出极其诱人的草木芳香。但愿人人都能像野性十足的羚羊，都能像大自然的一分子，仅凭肉体就让我们满怀怡悦地察觉到他的存在，鲜活生动地表明他在大自然中常常出入的地方。闻到猎户外衣上麝鼠气味的时候，我非但无意讽刺，反倒为之所迷，那是比商贾和学究衣物的气息让人着迷的味道，因为，走进这些人的藏衣室翻腾时，我眼前并非他们曾经光顾的绿野和花甸，而是布满灰尘的市廛和书房。

棕色皮肤格外体面，对于森林居民而言，橄榄色较之白色或许更为相宜。“贫血的白人”，听到非洲人的这种怜悯我并不意外。博物学家达尔文曾说，“白人跟塔希提人[1]一起洗澡的时候，塔希提人好似一株生于旷野、苍翠遒劲

1 塔希提人为太平洋中南部波利尼西亚塔希提岛上的居民。

的大树，相形之下，白人好似经园丁之手漂白而毫无绿意”。

本·琼森[1]声称——

美近乎善！

那我可以说——

野近乎善！

野性是生命的元素，极致的野性意味着无穷的生机。野性非但不会受制于人，反而会予人生气。只要持续压榨而不松手，只要坚定地成长且无限地索求，人就会永远处于全新的国度，永远富有蓬勃的野性，生命所需的质料也会触手可及，而元气充沛的森林之树也会偃卧在地为你所攀。

我的希望和未来既不见于草坪农田，也不见于城镇都市，却系于难以跋涉的颤动沼泽。以前，我曾考虑过买一块地，就在我依照自己的喜好打量时，我屡屡发现唯有一方沼泽让我心动。那是地角的一个天然大坑，几杆见方却

1 本·琼森（1572—1637），跟莎士比亚同时代的戏剧作家。

深不见底，难以涉过，这才是让我炫目的珍宝。我的生命养料源自镇子周边的沼泽，而非村落之中的园囿。沼泽松软的地皮上是密实低矮的马醉木，在我眼里，世上再没有富丽如许的花坛。植物学给我的不过是些灌木名称，诸如越橘、梫木、山月桂、杜鹃以及北美杜鹃等，而它们都长在布满泥炭苔藓的颤动沼泽之中。我时常想，我的房子若能建在这些深红灌木的对面该有多好。无需其他花草和篱笆，无需移植云杉，也不必备办园艺工具，甚至连小路都不必铺设——就让这丛蓬勃的灌木长在窗下，只需运来不少泥土以掩埋挖窖掏出的沙子。为何不让它们长在客厅和房子的前面作为前院，而堆些可怜的奇珍异宝作为对自然和艺术的拙劣补偿？待木工和瓦匠离去后，把房屋打理得像模像样也需要一番功夫，不管为主人还是因路人都需如此。前庭的篱笆有多考究，我永远都没有兴趣，就算极其精致的装点，比如以橡树浓荫为篱之类，也会使我很快心生腻烦而意趣索然。就让沼泽刚好位于窗台下方，地窖可能会因之阴湿，周围的人却无由从那边靠近。前院并非溜达的去处，最多是个出入通道，你可以从后面进来。

不错，你尽可以认为我刚愎执拗，但如果给我两种选择，要么跟世间最美的花园毗邻而居，要不就住在沼泽之畔，我绝对会选择后者。这不，诸位，枉费了你们的一番苦心！

毫无疑问，外面有多荒凉，我的兴致就有多高昂。给我海洋、沙漠和荒原吧！纯净的空气和纯粹的孤寂弥补了沙漠贫瘠缺水的短处。旅行家伯顿说："沙漠会让人获得道德升华，你会变得率真热忱，殷勤坚贞……烈酒在沙漠里只会引起反感。纯生物意义的生活激发了纯粹的欢欣。"曾在鞑靼荒原上长途跋涉的人说："返回农耕世界，文明的扰攘、困惑与喧嚣就让人透不过气来，这里似乎没有空气，让人觉得时刻会窒息而死。"我想放松就会走进幽密的森林，走进混浊不堪、阔大无比的沼泽，在市民眼里，那是极度荒凉的地方。走向沼泽于我如同前往圣地，sanctum sanctorum，那里蕴藏着大自然的力量和精华。原始森林覆盖着未曾开发的沃土，这些土壤又滋养着人类和树木。农田需要若许粪土保持肥力，人同样需要几亩草场作为风景以保健康，那里有他借以生存的劲道食粮。一座市镇的存续有赖于正义之士，也有赖于环绕四周的森林和沼泽，而后者之功丝毫不亚于前者。如果一座城市下有丛林腐质的滋养，上有丛林浪涛的荫庇，则不仅宜于种植玉米和土豆，也会培养出未来的诗人和圣哲。这种土壤滋育了荷马和孔子等人，也成就了那位以蝗虫和野蜜为食的救主[1]。

---

1 《圣经·新约·马太福音》记载："这约翰身穿骆驼毛的衣服，腰束皮带，吃的是蝗虫、野蜜。"相似的记载亦见于其他三部福音书。

保护野生动物通常意味着给它们提供赖以栖息和庇身的森林，人类的延续亦复如此。百年前有人在售卖树皮，而这些树皮就来自镇上的树木。在我看来，滋养人类思想劲柯虬枝的韧性要素，恰好来自朴野粗糙的树木。有朝一日，我们难以采集满车的上好树皮，再无柏油和松脂可用，则我们的镇子就会衰落——我不禁为之一颤！

希腊、罗马和英格兰这种开化民族所以能够延续，就因为在他们生息的大地上有古时腐化的丛林。只要土地的肥力没有耗尽，他们就能继续存在。如果富含草木腐质的沃土被消耗殆尽，不得不以先祖的骸骨充作肥料，就创造人类文明而言，这样的民族还有什么指望？诗人唯以自身残存的脂肪延续生命，而圣哲只剩下自己的骨髓可以榨取。

据称，美国的当下之务是“垦荒拓田”，而其“农业规模之大世所罕闻”。我发现，农民取代印第安人居然是因为他们让草场派上了用场，因此得以兴旺，并且很多时候显出了主人的模样。不久前，我曾替人在沼泽里量取一条长为一百三十二杆的直线，那沼泽入口处可能就写有但丁进入地狱前看到的字样：“来人，切莫再抱指望！”意思是，别再指望出去。我还看到，尽管时届隆冬，我那位雇主却淹在自己的产业里，没及脖颈，拼死挣扎。他还有一块同等大小的沼泽我压根没有测量，因为这块地全在水下。不过，第三块地我却远远地量过，他万分真诚地跟我说，无论如何，这块地他不会让别人染指，就因为底下有烂泥。此人打算花四个月工夫绕地挑沟，然后用铁锹的魔力加以点化。提及此人别无他意，仅仅用以指代其同类。

我们有一些可以获取决定性胜利的武器，该将它们像传家宝那样父子相承地留给后世。然而，这些武器既非长矛，亦非利剑，却是开辟丛林的镰刀，开掘沼泽的镢头、铁锹，以及揭去草皮的工具。它们因草场的血液锈迹斑斑，也因荒野泥土中的酣斗而肮脏不堪。就是这股风潮把印第安人的玉米地吹向了草场，也指出了一条他们无力仿效的路径。除了蛤壳，他们无以在大地上挑沟防御[1]，而农民却配有铁锹和耕犁。

唯有富于野性的文学才能引起我的兴趣，乏味只是驯服的代名。有违教化的自由和奔放无羁的思想见于《哈姆雷特》，见于《伊利亚特》，也见于一切手稿和神话，这些在学校无法学到的东西让我欣喜若狂。野鸭较家鸭敏捷漂亮，野鸭式的思维也是一样，它会在满地露水中越过沼泽，振翼奋飞。真正的好书宛若西部旷野或东方丛林中的野花，尽善尽美，浑然天成，让人喜出望外，难以言状。天才是

1 “挑沟防御”，原文intrench himself，同时意谓“将自己包围起来”，有划地自限、作茧自缚的意味。

驱散黑暗的光芒，如同间或毁坏知识殿堂的霹雳电闪，而非因白昼便黯然失色、在壁炉间摇曳的飘忽微光。

英国自行吟歌手以讫湖畔诗人[1]的文学，包括乔叟、斯宾塞、弥尔顿甚至莎士比亚，均未表现出多么鲜活的面目，也因此缺乏野性的气质。它循规蹈矩，驯顺温和，只是希腊和罗马的回声。它的荒原尚待长成，它的野人只是罗宾汉。英国文学不乏对自然的挚爱，但他们热爱的并非自然本身。翻阅年鉴可知那里的野生动物何时灭绝，却不见野人消失的任何记载。

洪堡的学术是一码事，诗歌又是另一码事。今人虽然拥有科学发现，也积累了人文知识，诗歌成就却未能逾越荷马。

反映自然的文学在哪里？只有用风声和溪水表达心声才算诗人；只有像农夫在春天打下木桩由寒霜冻实那样，在措辞中实实在在采用原始词义才算诗人；只要写作，就让落在纸上的文字在其根部依然附有泥土才算诗人；使用辞藻真实、鲜活、自然，几乎像是随春绽放的花蕾，尽管它们会被挤在图书馆霉变的板架之间，但依然会遵从天性，在那里每年为读者奉上鲜花和硕果，让他们跟周遭的大自

1　湖畔诗人代表人物为华兹华斯、柯尔律治和骚塞。这是活动在18世纪末到19世纪初的浪漫主义文学流派。

然获得共鸣——也只有这样才算诗人。

可曾有诗篇如此圆满地表达过对野性的缅想，我不得而知，因此无从征引。纵然是诗歌经典，若从这个角度审视，也会显得驯顺无力。就连我熟悉的那个自然，在古今文学中也难以找到令人称意的描绘。你能看出，不论是奥古斯都时代，还是伊丽莎白时代，总之，所有文明，所有已被垦殖的土地，都没有提供我想要的东西。较之其他，神话距这一要求还算不远。孕育希腊神话的大地至少比诞生英国文学的土壤丰腴肥沃。神话是洪荒时代的土壤尚未衰竭时的收获，那时，想象力尚未染上萎缩的症候。只要元气不减，它会随时结出果实。其他文学样式一如荫庇房屋的榆树那样短命，而神话则像西部岛屿上的大龙血树，它跟人类一样长寿，并且，不管榆树是否寿夭，它都会天长地久，因为其他文学衰朽之后会为它提供丰收的沃土。

西方正在为东方寓言添加他们的色彩。恒河、尼罗河及莱茵河谷已经获得了丰收，现在就看亚马逊、拉普拉塔、奥里诺科、圣劳伦斯与密西西比河谷会有什么产出。或许，随着岁月的变迁，美国的自由会成为过去的传说（某种程度上，它目前就是个传说），美式神话将会激发诗人的才思与灵感。

野人的异想天开可能有悖于今日英美人的习见感受，

纵使如此也真实不虚。真理绝不迎合常识。大自然既为卷心菜留下了空间，也给铁线莲提供了天地。若论表述，真理或诉诸联想，或晓畅明了（如sensible所示），或呈之预言，就连某些病症也是行将健康的前兆。地质学家发现，蛇、狮鹫、飞龙以及其他用以装饰纹章的图案，都有以化石形态存在的生物原型，而这类生物在人类诞生之前已经灭绝，所以这些图案为“生命的早先状态提供了隐约朦胧的信息”。在印度人的想象中，大地负于象背，而象下有龟，龟下是蛇。最近在亚洲发现了一个龟体化石，硕大无比，足以承载大象。尽管这个巧合无足轻重，予以交代却未为不宜。我承认，我对如是逾越时序、有悖进化的奇思怪想素有偏好，它们是遨游心智的最高方式。鹌鹑固然喜欢豆子，但不会跟着豆子钻进锅里。

简而言之，一切好东西都充满野性和自由。有一段旋律，不论歌唱还是演奏（比如，在夏夜用号角吹出），总会透出某种野性，让我想起林中野兽的嚎叫（并非揶揄）。我能领会的就是其中蕴含的野性。不管是良友志同道合，还是恋人心心相印，都能爆发出骇人的野性，我们可以从野蛮人放恣的时候窥见些许端倪。

我甚至喜欢看到豢养的禽畜再次宣示它们的天赋权利，那至少说明它们并未彻底丧失与生俱来的狂纵生机和勃勃野性。比如，邻家的母牛会在早春逃出牧场，不顾一切地钻进河里戏水，简直就像大水牛在横渡密西西比河，不顾河水冰冷混浊，也不管河面因雪水暴涨而有二十五到三十杆之宽。在我看来，这番壮举为它赋予了些许尊严——事实已然如此。本能的种子藏在牛马坚实的皮层下面，一如种子埋在大地深处，永远不会过期。

牲口会随时嬉闹而难以预料。有一天，我看到一群犍牛和母牛在往复奔跑，笨拙地嬉闹，共有十二头，像是巨鼠，又如小猫。它们尾巴高翘，摇头晃脑，在山间上下飞奔。我发觉，它跟鹿的关联不仅见于行动，也见于牛角。悲哀的是，只消厉声断喝：吁！它们就会意气顿消，矫捷的鹿就此沦为笨拙的牛，两胁和腱子变得生硬僵直，好似机车一般。除了恶魔，还有谁会对人来一声“吁”？其实，牲口活得跟人一样，也只是另一种机车：牲口的胁肌每次动一下，而人因为拥有机械每次只动半下，可谓如出一辙，相辅相应。牲口身上只要挨过鞭子，那块地方便会就此麻痹僵死，不再灵便。我们可以大谈牛的胁肉，而有谁会想起猫科动物相应的柔软部位？

让我欣慰的是，牛马须经驯服后方能为人役使，而人成为规矩的社会成员前还有些燕麦留待播种。毫无疑问，并非所有人都一无差别地变成了文明的合格臣民。多数人如犬羊那般因为遗传而生来规矩，但不能因此而要求他人弃绝天性，沦落到同等水平。人大体无异，却生得各具面目，人类因此多姿多彩。若需发挥普通作用，人们会做得几无差别，甚至如出一辙，若需完成特殊工作，则会要求卓越的品质。人都会为了防风堵上漏洞，却没人会像笔者这样居然拿它说事。孔子说，“虎豹之皮若经鞣制则跟犬羊之皮没有区别”[1]。但文化的真正功用并非让老虎驯服，亦非使绵羊凶残，何况，鞣制虎皮做鞋也并非其最佳用途。

端详一份外文名单，比如浏览军官名册，或某一专题的作者名录时，我总觉得名字空洞无物。比方说，在我看来，“门施科夫”这个名字就和掸帚一样，跟人没有半点关系，也能用于老鼠。我们眼中波兰人和俄国人的名字跟他们眼中我们的名字没有不同，好像都因小儿噜苏而得，诸如“阿耶雷—威耶雷—阿克雷—凡，踢—倒—捣蛋”云云。我的眼前浮现出群兽在大地上扰攘的场景，无不跟牧者土腔的粗鄙音调逐一对应。人名跟狗名“鲍斯”和“特莱”一样低劣，可以随便获得，因而毫无意义。

1 见《论语·颜渊》之八，原文：“……文犹质也，质犹文也。虎豹之鞟犹犬羊之鞟。”

我想，人若以世所共知的总称命名，或许会予哲学诸多便利。只消得知某人所属的族类，或是族种与族别，就能知道此人。如果说罗马士兵拥有属于他们自己的名字，我们会不予置信且感到意外，因为在我们眼中，他们并没有什么特点和个性。

目前，只有诨名才是我们的真名。我就知道有个孩子，因为精力过人而被伙伴称作“巴斯得”[1]，而这个名字也恰如其分地取代了他的教名。有些旅人提到，印第安人刚开始并不取名，名字得由自己去挣，所以，他们的名字就是名望。而在有些部落，人们会因新业绩得到新名字。人若仅仅图方便而取名实在可怜，这种人既无名字，更无名望。

我不会接受那些单纯用以区别的名字，我对人们仍旧以群视之。尽管我可能熟悉某人的名字，但照样对他感到陌生，这个名字同样可以授予林中的野蛮人，不过人家可在自己的圈子里早已赢得了野名。我们也有野蛮的一面，或许因此而在某些时候已经留下了野蛮称谓。我的邻居就佩有人们熟知的辞藻“威廉姆”或“埃德温”什么来着，但我很清楚，这个名字会随同他的夹克一并脱掉。在他睡觉、发怒、激情涌动或受到刺激时，这个名字跟他便没有

1　巴斯得，Buster，意指“庞然大物、非凡之辈”。

关系。就在上述情况下，我似乎听到某些亲属说过他那粗鄙的本名，有时咬牙切齿，有时悦耳动听。

这就是我们的母亲——大自然——她广袤、粗豪、无所不在，她在天地间咆哮，像豹子那样绚丽斑斓，又对孩子满怀温情。然而，我们却过早断乳，离开她的怀抱进入了社会，进入了那种唯有人际往来的文明。这是一种通过同种交配以求繁衍的文化，它最多也只能育出可怜的英式贵族，却难逃过早萎缩的宿命。

社会是人类最高的创造成就，其中不难发现某种早熟的现象。我们本该是正在成长的儿童，却已经成了小小的成人。从牧场运来肥料，让土壤丰腴肥沃，我想这样耕种，也想要这种文明；我不要发酵的堆肥，不要革新的农具，也不要这种耕种模式及其文明。

我听说好多学生因深夜用功而熬得两眼通红，但是，他们若能像傻瓜那样安分守己地睡觉，则心智和体格都会得到更快更好的发展。

其实，就连富于启示的“光芒”都显得有点多余。法国人涅普斯发现了太阳的光化作用，那是一种可致化学效应的日光能量。不论是花岗岩、石材建筑，还是金属塑像，

“只消数小时的日光照射，便会无一例外地遭到破坏。若非大自然完美的神奇机制，一经那隐微难察的宇宙力量款款抚摸，它们就会即刻毁坏殆尽”。然而，他发现，“上述物体尽管在日光下有如许变化，但在夜晚的数小时内会获得能量，最终恢复本初状态，因为日光激发不再作用于它们”。据此可知，“数小时的黑暗对无机物也不可或缺，如同有机物需要夜晚和睡眠一样”。连月亮都不会夜夜来临，而为黑暗腾出了空间。

我无意让所有人及所有官能都获得开发，也不想每一方土地都垦为农田。部分土地用于耕种，而将大部分留作草原和森林，这样，不但可以满足眼前的需要，还可以通过逐年衰朽的林木滋养沃土，以为长远之备。

除却卡德摩斯[1]创制的字母，我们还有供幼童学习的其他文字。西班牙人为这种野性的褐色学科取了个漂亮的名字：Gramática parda，意谓“褐色文法”。这是一种富于母性的智慧，它源自我前文提及的那种豹子。

我们听说有个“实用知识传播会”，他们声言知识就是力量。我觉得，我们同样需要一个“实用无知传播会”，我们将这种无知称为“美丽知识”。这是一种更高意义上的实

1　卡德摩斯为希腊神话中腓尼基王子，据称腓尼基字母由他带入希腊。

用知识，因为，我们自诩的所谓知识不过是一种自己有所认识的妄见，它恰好让我们丧失了认识自身蒙昧的良机。我们所谓的知识常常是得到肯定的无知，而所谓无知却每每是遭到否定的知识。人在长年累月、默默以之地苦读报纸后（科学图书馆除了收集报纸还能做什么？），就会积累一大堆的事实，然后将它们存进大脑，而他一旦迎来生命的春天，走到外面，徜徉在伟大的思想王国，仿佛马踏进了青草地，就会将所有的马具撇在马厩之中。我想告诉“实用知识传播会”：找时间去去青草地，你吃的干草实在太多，而春天已经满载绿色来到了人间，连牛都会在五月将尽前赶到草场，虽然我听说有个不正常的农夫常年拿干草圈养母牛。如此看来，“实用知识传播会”常常也在用这种方式对待他们的牲畜。

人的无知有时非但有益，而且可爱，而其知识，除却陋劣，常常非但无益，而且有害。关于某一问题一无所知，同时也无比难得地知道自己一无所知，或者对此的确略有所知，却认为自己无所不知——杰出人物会是何种表现？

我对知识的渴求时断时续，但我渴望浸淫于自己未曾涉足的领域，这种念想却始终如一，未尝间断。我们的最大收获并非知识，而是跟天智共鸣。我们一旦发现，天地间有某种存在为哲学难以企及，相形之下，我们曾经称作知识的一切又是何等贫乏，瞬间的感悟会让我们备感新奇而讶然失措，我不知道还有什么知识能够逾越这种境界？那便是照彻迷雾的太阳。纵然责以高格，人类所知舍此无他，不外恬然静穆、安然无恙地凝视太阳：Ως τὶ νοων, οὐ κειvov νοήσεις“你能理解特例，但休想理解它”，迦勒底神谕如是说。

在探究可能依循的法则时，我们往往充满奴性，而为了求得方便，我可能会最终探究法则，可是，成功的人生却不知法则为何物。我们很不幸地发现，自己为法则所支配，而此前却对此一无所知。自由地活着吧，迷雾中的孩子（就求知而论，我们这些孩子都迷在雾中）。生活自由的人超越了天地间所有的法则，因为他跟立法者同声相应。《毗瑟拏往世书》[1]这么说：摆脱羁绊系天职，赢得自由为知识，其他事务适足滋生倦怠，别的知识无非巧诈之徒的伎俩。

我们往昔的生活中大事要事何其罕见，我们的心智得到的砺炼何其稀少，而我们的阅历又何其贫乏，这都是不

1 《毗瑟拏往世书》为印度教经典，系十八部《往世书》之一种。

言自明的事实！我庆幸于自己既快且壮的成长，尽管因此而扰乱了这让人不堪忍受的死寂，尽管我在闷湿的漫漫黑夜和忧郁中拼搏。生命不能演成一出琐碎的戏剧，甚或闹剧，就算它是一出庄严的悲剧也相当精彩。但丁、班扬及其同道经受的灵魂洗礼远甚于我们，他们服膺的那种文化在我们的街区学校和大学却难获关注。虽然基督徒提及穆罕默德就会咬牙切齿，但即便是他，跟那些生而凡俗、死而平庸的人相比，也有绝对充足的理由为之而生，不错，也因之而死。

有时候，有些念想会袭上心头而驻留片刻，正如在铁道上漫步之际，间或对驶过的火车充耳不闻。可是，因为受制于难以抗拒的某种法则，灵魂会旋即离去而火车会即刻驶回。

微风，在习习之间无影无踪，
岸边白蓟点头，卢瓦尔河波涛翻滚，
你这御风的采果者，
何以掠过我的耳畔，如此匆匆？

绝大多数人留意社会的吸引，只有个别人钟情自然的感召。尽管人类拥有艺术，但在我眼中，很多时候，他们对自然的反应并不比动物高明，就此而论，人类跟自然尚未结成理想的关系。悦目的风景几乎无人赏爱！我们被动得知，希腊人将世界称为Κόσμος，意谓“美丽”或“秩序”，希腊人何以如此我们却不明就里，仅仅将它尊为玄奥的遣词现象。

我觉得自己是大自然的边民，尽管身在一个世界，却限于偶尔突访又匆匆离去，至于遁身其中的那个国家，我对它的拥戴和忠诚也跟匪徒毫无区别。如果能过自己称为自然的生活，就算难以想象的沼泽和泥淖横亘其间，我都甘心循着磷火跋涉前行，可是，既无月光又无萤火为我指路。自然是个硕大无比的生灵，广袤，浩瀚，使我们无从一睹姿容。原野在我们的镇子周围绵延，有时，走在这熟悉的地方，恍若身在异处而跟地契所识的那个地方毫不相干。它位于那片堪称“康科德”[1]的原野，在这遥远的地方，司法不复存在，而“康科德”一词所示的对象也荡然无存。我亲手丈量的土地，以及勘定的地界，似为雾气所罩，影影绰绰，再无魔法让自己显形。它们好似影像淡出镜面，而由造化之手成就的画幅却从背景上隐隐地凸显了出来。我们平素熟悉的那个世界消失得了无踪影，永遭遗忘而无

1　康科德英文名称为Concord，该词的普通意义为宁静、安乐与和谐。

复记忆。

某个午后，我来到斯波尔丁的农场漫步。夕阳点亮了对面肃穆的松林，金色的光芒投进了林间小道，好似射入宏伟的大厅。我眼前好像有个家族，古老、高贵、久负盛名。他们住在另一个叫康科德的安乐地方，那是我未曾知道的去处。太阳为他们当差，他们没有镇上的交游，也无人前来拜访。林子那边，是斯波尔丁家越橘蔓生的草场，那是他们的园囿，也是他们的游乐场。松树长成了他们的山墙，而他们的房子树丛掩映，若隐若现，嬉乐的欢笑隐隐传来，似有若无。他们沐浴着阳光，似乎无复他求；他们生儿育女，其乐融融。尽管农夫的车辙径直穿过大厅，他们却依然如故，丝毫不受影响，如同塘底的淤泥时而会呈现在天空的倒影之中。他们从没听说过斯波尔丁，更不知道自己跟他比邻而居（而我却听到过他赶牲口出门时的口哨）。他们的生活恬静闲适，世间的静谧莫过于此。他们的族徽是地衣，简约而朴质，我看到它绘上了松树和橡树。他们的阁楼在树顶之上。这里没有政治，也没有劳作的喧闹，我也没有看到纺车和织机[1]。可我发现，一旦阵风拂过，林中寂然无声，便有悦耳的曲调悄然传来，丝丝袅袅，宛

1 《圣经·新约·马太福音》第6章第28节："何必为衣裳忧虑呢？你想野地里的百合花怎么长起来；它也不劳苦，也不纺线。"

若依稀可辨的五月蜂鸣，那或许是他们思索的声音。他们不会胡思乱想，从外面也看不见他们的劳作，因为他们不会把人聚在脓包和毒瘤里干活。

但我发现记住他们很难。就在说话的当刻，我虽然让自己聚精会神，努力回想，但他们还是淡出了脑际，一去不返。我只好努力良久，费尽周折，让自己凝神寂虑，这个和谐完美的场景才能复现。我想过，若非这一家族，我早就搬离了康科德。

我们常说，光顾新英格兰的鸽子在逐年减少，那是因为这里的树林不能提供它们栖身的枝干。同样，思想光顾青年的机会也在逐年递减，因为他们心中的林木要么送进了工厂，要么卖为燃料，以点燃虚妄的野心之火，林子因此荒芜，几无嫩枝供思想栖息。它不再给我们力量，不再伴我们成长。若是节令相宜，间或会有微茫的身影掠过心灵的领地，那是春秋迁徙时思想之翼投下的影像。然而，我们若仰首张望，空中却没有实实在在的思想。思想的飞鸟在我们手里沦为肉禽，它们不再翱翔，只能飞到上海和交趾支那。且听，那就是嘎—嘎而鸣的崇高思想，那就是嘎—嘎而鸣的卓越人物！

我们贴附在地，绝少登攀！我想，我们可以让自己稍稍高一点，哪怕为此爬树也行。我记得自己因一次爬树而写下的话语：那是一棵长在山顶的高大白松，我虽然摔得不轻，却也受益不浅。因为我在天际看到了以前不曾见过的群山——真可谓天高地远！就算我终身在这棵树下绕来绕去，也定然不会见到这般景象。可是，我还有更大的收获。我发现，几朵纤嫩碎小的锥形红花挑在最高的枝头，在我身旁绽放。六月将尽，它们迎着天空向上生长，那就是白松的雌花！我采了最高处的那朵，径直带到镇上给人们观看，不论是街头踱步的陌生陪审员（那是开庭周）、农夫以及木材商，还是猎户或伐木工，都没有见过这种花儿。他们满面困惑，好像那是天上掉下的星星。古代建筑师完成的杰作，不论是最高的柱顶，还是下方更显眼的地方，都会完美如一，试想此情此景！大自然从来就让这纤嫩的森林之花只向天空绽放，高居人们的头顶而不会进入他们的眼睛，我们只能在草场上看到自己脚下的花朵。多少年来，每到夏天，白松就会在最高枝头绽开花蕾，那纤纤之花就开在自然母亲孩子的头顶，对白色面孔如此，对棕色面孔亦然。可是，不论是农夫，还是猎人，几乎没人看到过它们。

重要的是，我们只能活在当下。未因追忆往事而浪费当下光阴的人最有福气。放眼四野，如果谷仓的鸡鸣不见于我们的生活哲学，我们就没有黎明可言。它常常提醒我们，因劳作和思想的窠臼，我们日渐成了锈迹斑斑的古物。它的生命要旨比我们合乎时宜，那一声啼鸣宣示着一种全新的约定[1]，那是因这个时代而传播的福音。它未曾落后，始终早早起身，早早守望，而现在，它在一天最早的时候准时履职，出现在自己该去的地方。它是大自然健康和完美的化身，是对全世界昂奋傲然的道白，健康得如同泉水奔涌，用这眼全新的缪斯慧泉为最后一刻喝彩。只要它在，就不会有逃奴法案通过。只要听到它的叫声，谁不曾屡屡坦露出自我的本真？

这曲鸟鸣的精髓在于摆脱了所有软弱的悲戚。歌手能够随便使我们双眼含泪或放声朗笑，可是，那位能在清晨

1　鸡叫关涉《圣经》典故，耶稣预言“鸡叫两遍以先，你要三次不认我”。参《圣经·新约·马可福音》第14章第66—72节及其他三部福音书的相关文字。另：鸡叫被梭罗赋予很特别的意味，它代表着生机、野性以及昂扬的生命状态。他在《瓦尔登湖》首版的前言中有这样的文字：“像居于栖木的报晓晨鸡，昂奋傲然地自我道白，冀以唤醒我的邻人。”也可以参阅《瓦尔登湖》第四章最后一段文字。

唤醒我们，让我们欣悦清爽的歌手去了哪里？我被忧郁吞噬的时候，就会在周日走上沉闷的人行道，在死一般的寂静中踱步，或者会像守丧一样待在室内。而这时，只要传来一声小公鸡的啼鸣，不论远近，我就会暗自思忖：好在我们这里还有一个正常——顷刻之间就会为之一振而恢复常态。

去年夏天的一次日落让人难以忘怀。我在草场上漫步，一条小溪从这里缓缓流出。整日又阴又冷，而这时，太阳行将落山，天际一片明丽的霞彩。光芒灿烂无比，宛若晨曦，柔和地洒向东边的枯草和树干，摩挲着山坡的橡叶，也把我们的身影投上了草场，长长地拖向了东方，我们好像成了满天光辉中仅有的微尘。这光芒如此辉煌，片刻之前都难以想见。静谧的空气充满暖意，将这片草场装点成了天国。我们心想，眼前并非不再复现的唯一景象，它会永远出现在每个傍晚，为草场上最后漫步的孩子喝彩，也会赋予他信心和力量。想到这里，那片光芒显得越发灿烂壮丽。

阳光绚丽灿烂，慷慨地洒向了城市，也大方地照临幽僻的草场。这里不见房屋，偶有鹞鹰飞过，双翼镶着金边，或是一只麝鼠，在洞口警觉地张望。一条小溪从草场流出，像一条黑线，缓缓前行，在残桩断株间迂回蜿蜒。我们在这光芒中漫步，它澄澈如许，光辉如许，将枯草和落叶染成了金黄。这光芒又是如此柔和，如此恬静，让我沐浴在这微波不兴、寂然无响的金色海洋之中。西边的森林和群山都光彩熠熠，如同天堂的疆界。背后的太阳好似仁慈的牧者，傍晚时分催我们回家。

于是，我们款款而行，走向了圣地。直到有一天，太阳将前所未有地大放光明，恐怕会照彻我们的灵府和心田，放射出伟大的觉醒之光，点亮我们的整个人生，宛如将光辉洒向秋日的河岸：温暖、恬静，一派金黄。

秋　色

欧洲人来美国后，无不对我们五彩缤纷的秋叶大加赞叹。英国诗歌从不描绘这类景象，因为那里的林木鲜有光艳如许的亮色。汤姆逊在《秋》中对该主题的吟咏也不外如下几句：

> 且看，五彩的林木渐次褪色，
> 一重深比一重，原野四望
> 满目深褐；浓密的树荫幽暗幽深，
> 苍白—翠绿—乌黑，各色杂陈

以及提到秋色的这句：

> 林木泛黄，秋光晕染。

我们的文学对本地林木的秋日变化不曾予以浓墨重彩

的描绘，十月很少点染我们的诗行。

好多人住在城里，无缘在这个季节走进乡村，所以从未目睹这岁月的鲜花，确切言之，这岁月的果实。记得曾和这样一位市民策马而行，辉煌的巅峰虽已过去两周，可他依旧大加赞叹，觉得绚丽斑斓，无以复加。这是他闻所未闻的景象。镇上的很多人不曾目睹这番壮丽，就算躬逢其盛，好多人也几乎置诸脑后，年复一年，从来如此。

大多数人似乎将秋叶混同为枯叶，好比将硕果视作烂果。在我看来，叶子日益鲜亮的变化是它臻入浑成晚景的征象，跟果实的成熟相辅相成。最近地面、最先长出的那批叶子通常最早变色。但是，正如昆虫一俟羽翼丰满、光彩照人，便意味着去日无多，所以，叶子成熟唯有陨落。

通常而言，所有果实从开始成熟到行将陨落，会越发独立自主，此时所需的养分更少，而且，这些养分与其说经由枝干源自土壤，莫如说直接来自太阳和空气，因而，最终着上了艳丽的光彩。叶子也是如此，生物学家说，这是“所摄氧气增加的缘故”。这固然是科学的解释，也无非重申了事实而已。但是，我对这位女子娇容的兴趣甚于对她膳食的关注。从林木到百草，也就是大地之表，肯定会彩装着身，借以宣示自己的成熟，好似地球本身就是一枚系于柄端的果实，永远让一侧脸颊对着太阳。

花朵都是彩叶，果实无非成熟的叶片。照生物学家所说，大多果实的可食部分是“叶子的主质或肉质”，也就是构成叶子的基本要素。

只因食欲所限，关于果实成熟及其现象，诸如色彩、香味和完美的外观，我们仅仅关注可食果品，因而想当然地忘了，大自然每年都在成就我们不吃，甚至根本不用的大量果实。在每年的畜品和园艺展览会上，我们认为展示了精品，而这些展品实则指向一个相当卑下的归宿，并未因光彩悦目获得首肯。可是每年，在我们镇子内外还有另一个果实展会，其规模无穷无尽，所示展品只为我们的双眼而备。

十月属于彩叶，它们流光溢彩，在天地间闪耀。恰似果实、叶片和日子都在接近归宿前抹上了亮色，年份也在这时行将终结。十月是薄暮的天空，十一月是后续的黄昏。

不论是乔木、灌木，而或百草，都会从翠绿变为褐黄，这时，它们都换上了个性独具、鲜亮无比的彩装。我以前想，真该在这时为它们取样存照：在册页中描画其形象，以颜料逼真地再现其光色。这个册子该名为“十月，秋色”，先从最早变红的忍冬及根部猩红的叶子开篇，而后渐及枫树、山胡桃、漆树和好多靓斑着身、世所罕闻的其他叶子，以换装最晚的橡树和山杨收尾。这会留下多么美丽的回忆！心情好的时候，只消打开封面，就能进入秋日的林间漫步徜徉。如果在叶子尚未枯谢之际直接保存，那更是乐事一桩。我汇集这本册页的行程才走了几步，不过，其间我在努力用文字描绘这些亮色，依照它们亮相的次序进行。如下描摹采自手札。

羽簇画眉草

到了八月二十日，不论在林间，还是在湿地，草叶无不提醒我们秋天将至。菝葜和凤尾蕨涂上了富丽的彩斑，臭菘和藜芦正在委顿枯谢，失去光彩，而河边的梭鱼草早已变黑，翠色不再。

这时，羽簇画眉草（Eragrostis pectinacea）已经漂亮得无以复加。我至今仍清晰记得第一次看到它的情形。那时我站在河边的山坡上，对面三四十杆之外也是一处缓缓的山坡，下连草场，上接森林。就在跟林带毗连的地方，我看见一抹长可六杆的紫色，宛若浆果丛聚，虽然不比鹿草鲜亮，却也十分绚丽悦目。走近查看，才发现那是一种开花的芳草，高近一英尺，绿叶稀疏，碎小的花朵聚为花穗，但觉紫尘浮动，氤氤氲氲。近在眼前，它却微泛紫色，似有若无，甚至飘渺得不着痕迹。你若采下一株，不但纤弱的植株让人深感意外，就连寡淡的颜色也会使人为之讶然。但若天气晴好，站在远处，眼前便是清新蓬勃的紫色，好似花朵装点着大地。若许微不足道的因素相聚为用，居然成就了如此夺目的效果。百草每每朴质内敛，让人惊叹，为之着迷。

这时鹿草已经枯萎，因此，眼前的美丽紫晕既唤醒了我对它的回忆，也填补了它在大地上留下的空白，为极具魅力的八月景观又添了一笔。鹿草美丽无比，点缀着干旱山脚下荒弃的边角，由于恰好位于草场上方，贪婪的刈草者也无意在这里挥镰。或许这种草太过贫瘠，让他不屑一顾，也可能太过美丽，使他难以发现，因为在有些人眼中它跟猫尾草没有区别。他在细心地割取肥美的青草为干草备料，而这片羽簇就在近旁，他却将这漂亮的紫尘留待路人收获，以丰富想象的库藏。恐怕，上方还长有黑莓和金丝桃，以及无人理睬而早已萎谢的六月禾。它生在这里真够走运，没有跟年年刈取的茂密牧草混在一起！造化就是如此用心，让功利跟美丽判然不同。我知道好多地方，鹿草每年都会在那里显身，用悦目的紫晕装点着大地。它长在缓坡上，或连成一片，或星星点点，要不就是直径盈尺的一丛。这种野草点缀着大地，直待酷烈的初霜降临。

绝大多数植物色彩最艳也最诱人的部分，是花冠或花萼，有些是果皮或果实，还有的是叶子，比如红枫，其他则是茎秆本身，它充当着花朵，或是发挥绽放花蕾的功能。

最后的情况尤其见于商陆或北美商陆（Phytolacca decandra）。我们这里的悬崖下就有商陆，从现在直到九月初，那紫色的茎秆始终让人眼花目眩。它们极富意趣，在我眼中跟不少花朵一样美丽，也厕身于我们这里最美的秋果之列。商陆通身是花（或果），那富丽的色彩见于茎秆、枝杈、花梗、花柄和花托，甚至包括最终叶脉泛紫的微黄叶片。它的浆果聚为柱状，从翠绿到深紫，五彩缤纷，六七英寸长，优雅地垂向四边，成了鸟儿的食粮。就连藏着鸟儿美餐的萼片也是鲜亮的朱红，像一朵深红的火苗，可以跟成熟后腾跃火焰的任何同类媲美，难怪商陆得名于表示紫红的词语lac[1]。花蕾、花朵、青果和成熟后的深紫浆果，以及这些如花的萼片，就这样同时集于同一植株。

温带植物但凡带有红色，我们都喜欢观赏，因为那是色彩的极致。商陆是我们血液的写照。它渴望太阳的辉煌以展示生命的华彩，所以，它的身影肯定会在这个季节出现。到了八月二十三日，暖热山坡的商陆茎秆就会成熟。这天，我穿过一片美丽的商陆林子，植株高六七英尺，生

1　商陆的学名为Phytolacca decandra，其词根lac和表示紫红色的词语lake同源。

在崖畔，早已成熟。因为地势的缘故，它花朵深紫，鲜亮绚丽，跟苍翠依旧的枝叶形成了显明的对照。大自然孕育出这种生命，并成就它的完美，堪称造化，好像给夏日做了一番像样的交代。这是何等圆熟的境界！这是一种走向成功而正常谢幕的生命征象，也为大自然增添了光彩。但愿我们能像它一样臻于完美，彻头彻尾地焕然一新！我承认，见到商陆我就会激动。我砍了一株作为手杖，喜欢把弄也乐于依凭。我还喜欢拿手指挤破浆果，看那汁液染红手掌。这些酒桶装满红酒，分叉端立，也装进了夕照，弥散着落日的光辉。在这里穿行，就用不着去点数伦敦码头的酒桶，这是多大的特权！因为上苍的美酒不会限于葡萄的藤蔓之中。我们的诗人不曾见过葡萄这种域外植物，却在为葡萄酒歌唱吟咏，好像我们的植物酿制的美酒还没它造就的诗人多。有人确实将商陆称作美国葡萄，虽然它生于美国本土，域外诸国却用它的汁液装点葡萄酒的颜色，因此，那些讴歌葡萄酒的蹩脚诗人在称颂商陆却浑然不觉。只要你乐意，完全可以拿它的浆果再次涂亮西边的天空，也可以用于酒神节的狂欢，而那血色的茎秆还能做成美妙的笛子，为狂欢的舞步伴奏助兴！商陆是皇家植物，不折不扣。每年，岁月进入黄昏之后，我总会在商陆丛中驰骛思绪。恐怕，在这片林子里，有朝一日会诞生一个新的哲学或诗歌流派。整个九月，商陆光鲜依旧，绚丽不减。

就在这时，或者说八月将尽，还有一类芳草也在享受生命的极盛。这类芳草我也非常喜欢，那就是胡须草，共有三种：叉胡须草（Andropogon furcatus，又名紫指草）、紫林草（Andropogon scoparius）和印第安草（Andropogon nutans，现名Sorghum nutans）。第一种草很高，在三到七英尺之间，茎秆很细，顶端冒出四五根紫色羽穗，状似手指。第二种也很细，丛聚而生，丛高两英尺，宽一英尺，茎秆略弯，花端也会冒出羽穗，所以其色泛白，一片茸茸。这个季节，只要走过干旱的沙地或山坡，总能看到紫指草和紫林草。它们的茎秆，更不用说漂亮的花朵，均呈紫色，都汇入了宣示成熟的美景之中。由于遭到农夫鄙弃，而且生在贫瘠荒弃的地方，我对它们格外多了一份怜惜。它们色彩奔放，宛若成熟的葡萄，展示出一种在春天难以想象的盎然生机，也只有八月的阳光才能将这些茎秆和枝叶打理得如此绚丽。这纤弱的野草稀稀疏疏，草丛中时时都会露出地皮，农夫许久以来都在高地上割草，绝对不屑于来这种地方挥镰。我却会行经橡树林，走向荒原的沙地，在紫林草丛间兴致高昂地漫步，享受跟这些质朴的老友谋面的欢欣。我在想象中割了一块，也动用想象的马拉耙收拾了一堆。耳朵灵敏的诗人或许已经听到了我磨镰的霍霍之声。这两种草差不多是我最先认出的品种，我原来不知道自己周围居然有如许之多的朋友，却一味将它们视为长在那里的野草。它们跟商陆一样，那紫色的茎秆也会让我激动。

试想，八月将终，面对开学典礼和同窗交游，这是何其称意的庇身之所！我会来到跟“大荒原”毗邻的地方，匿身于紫林草之丛。午后，无论我走到哪里，挺耸的紫指草总像一块导板，为我近日游移不定的心神指出一条充满诗意的小路。

人们可能会匆匆走近而踩过跟他等高的植物，却无由得到提醒知悉它们的存在，虽然多年来，这种植物他会割取数吨，扔满棚厩，饲养牲畜。可是，如果投去欣赏的一瞥，这份美丽可能会让他大为触动。所有的植物，或者我们所谓的杂草，不论多么卑微，都站在那里诉说着我们的思想和心绪，可是，我们却让它们徒然地站了多久！多少个八月，我都在那些大荒原上漫步，可是，我依旧没有明确地认出我在那里的紫色伴侣。我确实曾跟它们擦身而过，双脚也确实一踩而过，但是，它们现在依然挺身而立，予我祝福。美和真正的财富总是如此低廉，如此卑微。天堂或许可以定义为人们避之不及的地方。这些野草在农夫眼中无足轻重，所以，有谁会怀疑，只要你赏识它们，它们就能得到些许安慰？可以说我以往对它们视若无睹，尽管多年以来，每逢面面相对，它们依然会以紫色的光芒卑身施我。现在，不论走到哪里，我眼中几乎没有别的东西，到处都是胡须草的治下与辖区。

沙地差不多也浸润了八月阳光的催熟气息，我想，它连同其中随风舞动的纤嫩野草，都呈现出了一种紫色。紫色的沙地！这是阳光经由气孔被植物和大地吸收的结果。现在，所有的元气或血液都染上了葡萄酒的色彩，所以，我们不仅拥有紫色的海洋，而且拥有紫色的大地。

栗胡须草，即印第安草，或称林草，高从两英尺到四五英尺不等，在荒地上随处都是，虽然比前两种稀见，却也俊秀有加，更为艳丽，想必引起过印第安人的关注。这种野草花穗细长，呈现炫目的黄色和紫色，缀在一边，微微点头，像是苇叶中升起了一面旗子。这些鲜亮的旗子现在已经插上了远方的山坡，不过，它们并非集团行动，而是像印第安人那样的散兵游勇或单列纵队。它们立在山坡上，优雅，绚丽，活似因之得名的那个种族，却也像他们那般默然无闻。从我首次遇到并注意之后，它那形象好似明眸流盼，在我心头萦绕达一个星期之久。它站在那里，像一位印第安酋长，给自己钟爱的猎场投去最后一瞥。

红　枫

九月二十五日，红枫普遍开始成熟。有些大树变色已有一周，相当醒目，个别几棵已经灿烂无比。我注意到草场对面半英里之外的一棵小树，长在林子外缘，背后一派碧绿，所以比夏日的任何树花都更为绚丽，也格外抢眼。连着几年秋天我都发现，它总是比其他树要红得早些，就像有些树总会提前挂果。这棵树或许可以用作节令转换的标志，它若砍去，我会难过。我知道镇上其他地方还有两三棵这样的树，它们或许是被当作早熟树种或九月树种移植而来。市场上可以见到萝卜的广告，人们若予这种枫树同样的关注，它的种子也可能会在那里为人所知。

这些火红的树木现在大多长在草场四周，在远处的山坡上也能辨出它们的身影，这儿一棵，那儿一棵。有时，你会在湿地看到有些小树染上了浓浓的深红，而此时，它们近旁的其他树木却依旧苍翠欲滴，映衬之下，那红色更加显得夺目迷人。走过荒原，偶然遇到这么一棵树，会让人为之一惊——时令尚早，它居然已经如此灿烂，好似印第安人或护林者的艳丽营帐，而他们何时入驻，你却浑然不知。

如果在常青树木的掩映下，或是在翠色不减的枫林中，有那么几棵树通身猩红，光彩照人，就会让人难以忘却，甚至会使随后燃烧的整个树林都淡出人们的记忆。试想，从最低的枝条到树冠的高枝，每一片树叶都鲜艳炽烈，使整个植株像一枚猩红的水果，胀满果汁，硕大无比，这会是何等漂亮的景致，更不要说迎着太阳望去！大地上还能有比这更绝的存在？数里之外，依然让人流连顾盼，美得不可思议。如果这种景象出现之后便永远消失，就会口耳相传垂之子孙，最终沉淀为神话。

整棵树就这么首开风气，率先成熟，显得卓尔不群而备享尊崇，这种荣耀有时会持续一两个星期。它统领着林间军团，为绿甲着身的士卒打起了高高的猩红大旗，让人眼前一亮，激动不已，为探明究竟，我特意走了半英里。草场沟壑的美景就这样被一棵树独占鳌头，顿时让周围的林木格外意气奋发，蓬勃昂扬。

有些山谷幽寂僻远，距近处的大路都有一英里之遥，可能在谷口就会立着一株默默无闻的小小红枫。不论冬夏，它在那里恪尽职守，不遗余力，但求以枫树的名义为自己增添光彩。连着好几个月，它潜滋暗长，稳健以之，全副身心地向目标努力，比春天的时候离天堂更近。它从不虚耗自己的元神，又为飞临的鸟儿提供了荫庇。许久以来，它成就了种子便付之于风，或许，得悉数千株幼苗已经在某些地方牢牢扎根并茁壮成长，它便会心满意足。它完全配得上枫树这个名称。新叶生出便窃窃耳语，一次又一次不停地追问："穿上红装还得多久？"现在，九月来临，这是骚动的月份，也是出游的时节，人们迫不及待地前往海滨、山川和湖畔，而谦逊的枫树却不事张扬，为了自己的英名而初衷不改，未尝动摇分寸——在山坡上打出猩红的旗帜，宣告它已经先于同类完成了夏日的劳作，也退出了长达数月的竞争。就在枫树苦心孤诣地成就自我的时候，不会有人来这里一明究竟。而年岁的时针指向十一，它便染上红晕，走向成熟，向粗疏冷漠的路人展示风采，让他们虽然身在满是灰尘的路上，心却驶往它勇毅精进、独享其乐的幽寂山谷。它强悍卓异，风姿绰约，光彩四射，引人注目。现在，我们便可以毫不含糊地称说它的头衔或名号。它的美德是猩红，而非腥红[1]。

虽说红枫在我们这里其红似火，浓烈无比，闻名遐迩的却是糖槭，连米肖在《北美森林志》中也没有提及红枫的秋日光彩。到了十月二日左右，虽然好多枫树仍旧一派绿色，但也有些不论大小，已经极端绚丽，光彩照人。它

1 Scarlet，除了表示“猩红色”之外，还有“罪孽深重”等意思，梭罗故言。

们似乎在新生林地中一决高下，但总有那么一株会红得出奇，完美无瑕，超拔特出，独秀于林。它格外浓艳，在远处就会为人注目而赢得赞誉。我们住的地方有一片湿地，其中满是红枫，一旦红到极致，那耀眼夺目的光彩会让周围的一切黯然无色。它们丰姿万千，色彩各异，大多纯黄，部分猩红，个别则正在由猩红转向深红，红得非比寻常。四分之一英里之外，有一座长满松树的小山，松树蔓延至山脚，混入了枫林。只消一瞥，红枫绚烂光彩的全貌就会尽收眼底，而无需计较斑驳不纯的树叶。那里是一团又一团的火焰，橙黄、猩红和深红，各色杂陈，在绿色的树丛中尽情燃烧。有些树还是一片绿色，唯有树叶外缘染上了些许橙黄或斑斑深红，好似榛果的边缘。有些树通身猩红，加之树身端直，那鲜亮的光彩四向射出，像叶脉那样规则匀称。有些树则枝条旁逸斜出，微微转一下头就看不到地皮和树干，浓密的叶片团团簇簇，如同橙黄猩红的云彩重重垒垒，又似风中的积雪层层叠叠。这块湿地美丽如许，时至十月，漂亮的枫树又替它锦上添花，就算其中没有其他树种，它也并非单调混一的色彩，却好像由众多各色各类、五彩斑斓的树木组成，树冠重重叠加，轮廓清晰可见。任画师如何努力，如此之远也难以让它们这般细腻悦目，层次井然。

十月光鲜如许。一天下午，我穿过草场径直向一块洼地中的高处走去，但见约略五十杆之外，对面的夕阳给山脊抹上了血色的亮边，湿地中的一片枫林恰好冒过山梁，长二十杆，高十英尺。眼前一片猩红、橙黄和金色，浓烈灼目，堪比春花，媲美秋实，跟任何画师的手笔相较也毫不逊色。那道山脊既为这幅画作提供了前景，又好像充当了画框的下缘。继续向前，翻过山梁下行，这片绚丽灿烂的林子越来越清晰地呈现在眼前，可以想见整个山谷都是如此辉煌壮丽。枫树色彩浓艳，生机勃发，本地的乡绅耆宿却唯恐其中酝酿着祸端而不愿出门，让人讶然，也让人不解。正当枫树燃成一片猩红的时候，不知道那些清教徒在忙些什么，但可以肯定他们并未在林间祀神膜拜。恐怕，这便是他们修建礼拜堂，用马厩将自己圈起来的原因。

榆 树

十月一日或稍后，榆树的秋日之美也到了极致。九月这个烤炉将它烤得暖意融融，壮丽的棕黄一团一团，悬在路上。这时，榆树叶子已经彻底成熟。人们住在树下，我因之思忖：他们的人生是否也到了相应的境界。街道上榆树成行，举目看去，那身姿和色彩让我想到金黄的谷束，好似丰收实实在在地来到了镇上，而我们终于也可以希求居民的思想能够散发出成熟的芬芳。那棕黄的叶簇沙沙作响，在路人的头顶行将飘落，面对此景，粗鄙的念想怎能抬头，而幼稚的行径又如何能支配人们？那边有六棵榆树笼罩着一间屋子，站在树下，我就像置身于一个成熟的南瓜里面，虽然我是血肉之身，甚至粗鄙不洁，却觉得自身已经成熟，融入其中，成了瓜瓤。英国的榆树到现在依然是一片稚嫩的绿色，好似一根落令的黄瓜，不知何年何月才能成熟，跟美国榆树已然成熟的金黄相比，实在不值一提！榆树是最后一批进仓的作物，大街在展示这番收获的美景。单凭秋日的光彩，榆树也值得四处栽植。那一英里之长的树荫，好似金色的华盖，又如黄色的阳伞，罩着屋舍和人们，将整个镇子聚为一体，简直就是一方榆树苗圃，既在成就自己，又在呵护人类！在需要太阳发挥作用的时候，它们便悄然卸去浓妆，让阳光射入。这时，金黄的叶片悄无声息，飘上屋顶，飘向街道，镇上的阳伞便因此收起，放在一旁。我看到商人满载而至，驶入镇子，又消失在榆树的浓荫之中，好像进了一个硕大的粮栈或仓院。我不禁尾随而去，好像去那边为思想舂皮，因为此刻它已经干燥，已经成熟，需要除去那层外皮。可是，多么遗憾！我早就知道，除去外皮之后，思想所剩无几，那是些可怜

的干瘪秕谷，只能充作饲料。道理很清楚：如何播种，如何收获。

落 叶

十月六日，树木开始纷纷落叶，寒霜或秋雨之后更是一阵紧似一阵。不过，十六日前后，落叶会迎来高峰，秋天也将臻于极致。这时，或有更烈的晨霜降临，水泵下面也会结冰，晨风吹起，树叶萧萧而下，比此前更密更急。就这样一场轻风，有时甚至无风，便会在树下骤然铺上一块厚厚的床垫或地毯，形态大小跟树冠相若。像山胡桃那样的小树则会即刻落叶，好似兵士听到命令便会将武器放在地上。这些叶子尽管已经枯萎，却依旧金黄鲜亮，在地上反射出一道耀眼的光芒。只要秋日真心挥动魔杖，树叶便纷纷落下，沙沙作响，宛若阵雨。

潮湿的雨季过后，树叶也会落下。一早醒来，眼前的落叶如许之多，让人不觉为之一惊。不过，山间的枫叶却不为所动。街上满是厚厚的战利品，榆树叶片会在脚下铺出一条深褐色甬道。如果天气格外晴好，太阳分外暖怡，我发现树叶也会在次日或随后几天落下，原因恰好是这份不同寻常的热量，因为这时可能会连着好些天既无霜冻，又无秋雨。强烈的热度会让它们顿然成熟而枯萎，好比桃子和其他水果也会因之变软成熟，最终陨落。

红枫晚熟，枫叶落地后光彩依旧。黄土地上斑斑点点，像是落满了野苹果，只是这鲜亮的落红，尤其逢着雨天，只能在地上持续一两天之久。我走在大路上，经行之处，所有的红枫都脱去艳装，枝丫光秃，飘渺如烟，树下却枫叶堆积，鲜亮如初。叶子落在树的一侧，构成了图案，浑似尚未陨落时投下的树荫那般齐整规则。我更想说，我第一眼看到的枫树偃卧在地，好似永不褪色的绚丽树荫，一意找寻它曾经寄身的枝干和树身。这些堂皇壮丽的树木将自己的披风铺在地上，连皇后漫步其上也会引以为荣。我却看到马车一碾而过，好像那是一片阴影，在车夫眼中，它跟树木当初投在地上的影子一样无足轻重。

不管鸟儿将窝搭在山胡桃树上，还是灌木或乔木上，这时都会落满枯叶。落叶铺满树林，就连松鼠在撵滚落的坚果时也不免会弄出响动。孩子们在街上耙集落叶，好像打理如此干净轻脆的东西是一种乐趣。有些孩子把路面收拾得干干净净，然后站在一旁，等待下一股微风再次铺满奖品。湿地里飘满了枯叶，鲜亮的石松顿时显得绿意葱茏。密林中满是落叶，连三四杆之长的水塘都有一半为落叶所覆。日前，我甚至找不到那口人尽皆知的泉眼，当时怀疑它是否已经干涸，它已经彻底为落叶所覆，拂去落叶才重见天日，我好像在用亚伦的手杖[1]叩击大地寻觅泉水。湿地四周满是落叶，原本潮湿的地面也因此显得干燥。我走近量过的一块湿地，本想扶着栏杆跨上满是落叶的堤岸，没料到踩进了一英尺多深的水里。

十六日是树木落叶的高峰，我于次日来到河边的时候，眼前的小船上满是金黄的柳叶，覆盖了舱底，也落满了座位，因为我的小船泊靠在柳树下面。脚下窸窣有声，我满载一船柳叶解缆启航。就算打理干净，第二天还是如此。我不会将它当作废物，自然也不会清理，反倒视为中意的舱垫。我溯流而上，到了安塞比河汇入的地方，这里林木蔽野，河面上满是巨大的树叶，宛若大型船只在港内抢风调向，扬帆出海。而在近岸不远处，它们却簇集成片，浓比泡沫，掩去水面有一杆之宽。这些落叶虽已干枯，却生气不减，光彩依旧，在桤树、枫树和风箱树间涌动。在一个多石的拐弯处，它们为晨风所驱，不再随波浮泛，间或形成一弯宽阔浓密的新月，横在河面。我掉转船头向那边驶去，波浪划破密集的落叶，干枯的叶片相互挂擦，窸窣

1 亚伦是《圣经》人物，他是摩西的兄长和代言者，也是犹太教的第一位祭司。他的神迹多见于《出埃及记》和《民数记》。在《民数记》第20章记载，摩西一行到加低斯之后没水喝，危难之际，神指导他用亚伦的手杖叩击磐石得水获救。

作响，留下一串串欢快的歌唱。河面只有在落叶晃动之际方得一见，雕背龟的一举一动也因为它们沙沙作响而无所遁形。就连河中央，每当秋风吹起，也会传来沙沙之声。更远处，落叶在巨大的漩涡里缓缓旋转，像在斜铁杉一样，那里河水很深，水流在河岸下方涌动回旋。

这种午后，河面静得出奇，满是天光倒影。我偶尔会轻启小船，沿着河道顺流而下，拐入安塞比河，就到了一个宁静的水湾。每次到来，身边的落叶总是多得始料不及，宛若河中行伴，跟我同趋同归，又似漫无目的，共我随波浮泛。我们在密集的落叶间取道前行，它们好似壮观的船队，在宁静的河湾里列队待命。太阳巧施天工，让每一枚叶片两端上翘，撑起了劲挺漂亮的肘板。它们隐匿在港湾，形态各异，怕是其中就有卡戎的渡船，有些首尾高翘，浑似堂皇庄严的古代船只，在宁静的河面上一动不动。这舰队气势恢宏，像人烟稠密的中国都市，你好像可以跻身其中驶入某个大地方，稳稳抵达纽约或广州那样的去处。它们泊在水面，何其轻悠！虽然都未开启动力，却不时显出启程前行的躁动征象。五彩的野鸭仿佛更加华美的小舟，常常会来到这里，在彩叶间游弋浮泛。

这时，湿地会奉献何其健康的百草饮品，腐叶的香泽又是多么富于疗疾之功！草叶和树叶刚刚干枯，有些飘进了池塘和沟渠，洁净干爽，然而，一经秋雨冲刷浸泡就成了茶饮。这些茶水或是泛出绿色和黑色，或是呈现棕色和黄色，或微泛清香，或浓烈扑鼻，劲道不同，风味各异，足以让整个天地领受一场洗礼而焕然一新。无论我们是否品饮，这些草叶在冲泡之前都会被大自然的铜炉烘焙一番，显得色彩富丽，纯净怡人，或许会博得东方茶叶的美誉。

橡树、枫树、栗树和桦树，各色叶子混而为一，无所不备！不过，大自然并非它们的杂凑，她将这些叶子加以保存，处置得井井有条。试想，每年陨落在地的收成何其惊人！跟田地和仓廪的谷物相比，这才是天地间丰盛无比的收获。树木现在开始回报来自大地的恩泽，不过这份报偿打了折扣，因为跟深厚的泥土相比，它们的增益只有一叶之薄。大自然获取肥力的方式就是如此卓尔不群，而我在购地时，跟我讨价还价的那些人总会谈及地中的肥料和运送的成本。落叶化为腐质，我们都因之丰饶富裕。谷物和英格兰草料算得了什么，这些收获才是我的兴趣所钟。它们使大地肥沃丰腴，替未来的农田和森林备下了生土。它善念满怀，滋养着我们的家园和田宅。

这幅美景五彩斑斓，世间任何丰收的景象都无出其右。这里不仅有谷类习见不鲜的橙黄，而且有我们所知的各种色彩，还有澄澈无比、不可思议的湛蓝晴空。枫树率先抹上红晕，毒漆[1]将自己的罪孽烧成了猩红，白蜡泛出深深的紫红，杨树浓妆艳抹，一派铬黄，越橘辉赫绚烂，周身鲜红，染出了群山的轮廓，好似洛基山脉。斗转星移，节候往复，天地间一阵隐微难察的喘息，更兼寒霜拂过，于是百叶飘扬，零落如雨。大地因之各色杂陈，斑斓绚丽。它们落在自己奋身而起的森林，落进自己将要提供肥力并融身其中的土壤，从而让生命在那里得以延续。为了攀升，为了在来年攀得更高而屈尊落下，它们化作隐微的物质，融进上行的树汁，融进小树婆娑成荫的初果，最终获得升华，点缀在树冠之上，多年以后，将会成为林中的霸主。

这些窸窣作响的落叶形就了清爽洁净的花坛，漫步其中真是一桩乐事。它们优雅地走向墓地，静静地落下，悄悄地化作泥土。它们流光溢彩，堪为生者的卧榻。它们结伴而行，轻盈灵巧，一路欢歌，共赴永久的安息之所。它们弃绝了黑纱，在大地上兴高采烈地蹦蹦跳跳，审择地段，选定地皮，却没有订购铁质栅栏，而在周边林木的各个角落里喁喁耳语。有些选择了亡灵埋骨的去处，隔着地皮跟他们相遇。它们要漂泊多久才会安静地走进墓地！它们曾在高高的枝头飘扬，此时复归尘土，埋身其中，接受树下

1　毒漆生于美国东南部沼泽，人体皮肤与之接触会引发皮疹。

酣眠、化为腐土的归宿，既为上方轻飏的枝叶承担滋养，又为新生的子代提供哺育。这是多么心满意足的旅程！它们在教育世人如何去死。人，尽管自矜于永生的信念，却会优雅地走向成熟，而后静静地偃卧在地；深秋将尽，风和日丽，将身躯付于这派静谧与祥和，一如剪去头发和指甲。是否会有这么一天，有人却心存疑问。

树木落叶后，整个大地就成了墓场，漫步其间，让人心旷神怡。我喜欢在它们的墓地上漫步沉思，徜徉默想。这里既没有谎言，也没有谀墓的碑铭。就算在芒特奥本[1]没有一席之地又复如何？这片墓园广袤辽阔，自古以来便是圣地，其间肯定为你安排了某个去处。你无需为了一块地皮参加竞拍，因为这里地方够用。珍珠菜会在这里绽放花蕾，在你的坟茔上，会有鸟雀在越橘上放歌。樵夫和猎人会替代教堂司事，孩童只要愿意就会走过墓侧的花坛。来树叶的墓地漫步吧，这里才是你真正的常绿墓园。

糖　枫

切莫认为一年的胜景就此结束，既然一叶之荣不足为

1　芒特奥本为马萨诸塞的高档墓区，建于1831年。

夏，则一叶之零又何足为秋？早在十月五日，最小的糖枫在街上就先得风气，展示了非凡的风姿。从大街上望去，它们好似彩绘的屏风立在屋前，不过，好多依然绿意葱茏。可是现在，或者通常到了十月十七日，在红枫和白枫几乎只剩光秃枝丫的时候，高大的糖枫却光彩依旧，一片金黄和艳红。那光彩出人意表，那色调娇艳动人。它们的树身一半为红晕所罩，一半为翠色所染，相得益彰，让人叫绝。不过它们最终都会显出富丽的金黄，向阳的叶面则会混入浓浓的猩红，甚或暗红。

公地上高大的糖枫尤其漂亮，那一派光彩暖胜金黄，猩红微染而娇艳欲滴。行将日落时，夕照透过树干，如果这时站在东头就会看到，在周边榆树柠檬黄的反衬下，那一片金黄甚至成了一片猩红，连它本身的猩红也汇入了其中。那宽大而规则的椭圆叶片无不泛出金黄和猩红，似乎尽数吸收了夏日的灼热和深秋的明艳。最下方贴近树干的叶片通常却是无比娇嫩的黄色和绿色，好似室内长大，很少日晒的孩子面容。今天的大街上正在举行拍卖，活动所用的红旗却掩在这片红色的火焰里很难辨认。

父辈们曾去遥远的乡间运来砍去树梢的端直树干，他们称为糖枫，那时，他们几乎不曾指望看到眼前的这番光辉成就。我记得，这些树栽下后，附近一位商人的店员为

了嘲弄而在旁边种了些豆子，当年被戏称为豆茎的树木而今成了我们街道上引人注目的胜景。为了栽树，有位市政委员着凉感冒而去世，尽管这样，这些树木却物有所值，甚而超其所值，多少年来，每到十月，面对孩子们纯真的眼睛，它们慷慨地奉献了灿烂的光辉。既然糖枫在秋天成就了如此悦目的风景，我们便不求它在春天提供糖分。私宅的财富那是个人的遗产，这些树木却奉献给了大众，所有孩子也都可以在这片金色的收获中纵情狂欢。

十月的树木一派壮丽，为此理应栽进街道，林木学会是否虑及此事我却表示怀疑。难道他们没有想过，这些树木可以为孩子们提供机会，让他们在枫树下长大成人？成百双眼睛满含艳羡，盯着这份壮丽，也正是因为这些老师，连意欲逃课的那些孩子都在出门之际领受教益而收住了脚步。现在的学生，不论厌学还是苦读，学校一概不传授色彩知识，倒是流光溢彩的药店柜台和城市窗户在发挥这一功能。可惜的是，现在连大街上也见不到红枫和山胡桃了。我们的颜料盒极端匮乏，我们不该这样填充颜料，即便如此，或许还该为年轻人提供这些天然色彩。条件如此有利，他们还需要去哪里学习？有什么设计学校能够跟它抗衡？试想，有多少各色各类的画师、布匹和纸张的生产商及纸张染色者，还有难以数计的其他人员，因这富丽的秋色而大开眼界。文具店的信封可能五彩缤纷，可是，哪怕是一片树叶都比它纷繁富丽。如果你需要某种色彩的某一色调，则只需远观林木或深入其中。染坊的工序只是在同一颜料中数番浸染，而这些叶子却由强弱各异的不同光线加工而成，并且就在那里着色晾干。

那不勒斯黄、普鲁士蓝、锡耶纳黄[1]、阿姆伯黄[2]、藤黄[3]（提尔紫[4]现在想必褪色了），我们丰富如许的色彩难道还要从朦胧的陌生国度借用名称？或者用比较琐细的商品命名，诸如巧克力、柠檬、咖啡、肉桂和红葡萄酒等等？（我们是该将山胡桃喻为柠檬，还是把柠檬比作山胡桃？）要不就拿没人见过的矿物和氧化物？我们为邻居描述所见事物的颜色时，难道不用近旁的天然物品做比，却会借用从地球另一端拿来的少许泥土称说？这些东西他们可能会在药店找到，可是，不论他们还是我们或许根本就没有见过？我们脚下没有大地，我们头顶没有天空？要不，头顶的天空完全一片深蓝？宝石蓝、水晶紫、翡翠绿、玛瑙红和琥珀黄之类，大多人吊在嘴上却不知所云，我们对此又知道

1　锡耶纳黄，即生赭石黄，因产地锡耶纳得名。锡耶纳在意大利南托斯卡纳地区。

2　阿姆伯黄，即棕色，因产地阿姆伯得名，该地位于加勒比海上。

3　藤黄，英文为Gamboge，其语源为Cambodia，即柬埔寨。

4　提尔紫因产地提尔得名。提尔为黎巴嫩南部地中海港口城市，曾为腓尼基港口和贸易中心，据说为紫色颜料的诞生地。

多少？还是将这些娇贵辞藻留给密室主人、古董藏家、宫廷女侍、莫卧儿[1]长官、穆斯林贵妇、印度的傧相，或是其他什么去处。既然美国及其秋日的林木为世所知，在色彩命名方面，我们的树叶居然没跟宝石一竞高下，我实在不明白个中原委。我当然相信，有朝一日，我们的乔木、灌木和花朵的名称终会列入大众的色彩名录。

这些彩叶让我们满心愉悦，逸兴遄飞，相形之下，区分色彩及如何命名倒显得无关紧要了。街道上满是树木，五彩斑斓，绚丽无比，至少跟一年一度、长达一周的节庆和假日不相上下。这些盛筵耗费无多，纯粹质朴，不要委员会协助，无需赞礼官主持，无论是个人还是群体都可以庆祝。这种庆典绝对会通过审批，却又不会引来赌棍和酒商，也无需特置警力维持秩序。街上不见枫树，有些新英格兰市镇的十月真够可怜！这场十月的节日无需鸣炮，无需敲钟，逼真的号旗随处皆是，千百面旗子光彩夺目，迎风飘扬。

难怪我们每年一定要举办畜品展览和秋日操练，或者还有康沃利斯[2]、九月展会及类似的活动。每逢十月，大自然也会举办一年一度的展览，不仅会在街道展出，也会在

1 莫卧儿系1526年到1858年之际统治南亚次大陆大部分地区的伊斯兰王朝。

2 康沃利斯系英国地名，此处系指该地庆贺丰收古俗的遗风。

所有的山谷和山坡举行。我们近日前往一片湿地查看，那里的红枫正在燃烧，光焰冲天，所有的树木都披上了艳丽无比的彩装。目睹此景，难道不会想起在树下欣喜若狂的数千吉普赛人？乃至传说中的小鹿和神话里的林神，以及重返人间的林中仙子？难道，我们会觉得那只是疲惫的樵夫在聚会，甚或调查田产的地主在碰头？抑或，还要更早，九月的空气温暖黏稠，就在河上泛舟之际，难道不见新的生命正在熠熠生辉的波浪下潜滋暗长，我们只得匆匆前行，以求跟紧？渐渐泛黄的柳树和风箱树在两岸一线排开，好似一排排货摊，树下不正有黄色的泡沫在汹涌翻腾？难道天地万象不在告诉世人，人的意气也该像自然那般蓬勃昂扬？难道他不该打出旗帜，满怀欣悦，喜气洋洋地跟一成不变的生活告别？

不论是每年的例训或军事集结，还是饰巾招展、彩旗飘扬的各色庆典，跟十月的灿烂光彩和满目绚丽相比，它们为城市增添的那点亮色就黯淡无光了。我们只需栽下树木，任其生长，大自然便会设计五彩斑斓的褶裥——那是草木王国所属部族的旌帜，有些旗子连植物学家都无法辨识——而我们只管在榆树搭就的凯旋门下漫步徜徉。何时庆祝，让大自然去择定日子，时间跟毗邻州邦是否冲突皆属无妨，如果牧师能够领会这些决定，就由他们去宣布。

且看她忍冬部落旗帜的绚丽彩褶，你会思忖：这些展品到底是哪位商人的捐赠，如此富有公益情操？有些房屋整个一面都被这种爬藤所覆，任是多么漂亮的墙面和彩绘都不能跟它媲美，我相信永不枯谢的常春藤也无法与它相提并论。难怪会大量引入伦敦。既然这样，那就多种些枫树、山胡桃和猩红栎，让它们烧下去吧！炮室里卷着脏兮兮的彩旗，难道它们能够代表一座城镇所能展示的全部色彩？一座城镇拥有这些标识节候的树木才算完整，它们跟城里的大钟一样重要。城镇若是少了它们就不能正常运转，因为少了这一核心部件，不免会有毛病出现。让我们春天有柳树，夏天有榆树，把枫树、胡桃树和水紫树留给秋天，常青树留给冬天，而栎树则属于一年四季。室内画廊跟街道展览相比又算什么？出入市场的人，不管有心还是无意，都会从其间穿行。大街上榆树的下方是西天的霞彩，国内的任何画廊断不能给我们美妙如许的享受，这幅画框后面每天都有新作产生。若有大路能像我们这里榆树夹道，壮丽无比，而且绵延上三英里，就会导向某个绝妙的去处，即便两排树在尽头合拢也无妨于此。

明丽灿烂、热情奔放的风景，所有村镇都需要你驱除忧郁和迷信，注入纯粹的生气与活力。如果有两座镇子，一个树木合围，燃烧着十月的光辉，另一个只是草木不生的荒地，或者仅有一两棵树用以上吊，我敢断言，后一个地方肯定有濒于绝望的醉鬼，也绝对少不了迫于饥寒、偏狭固执、执迷宗教的狂热之徒。那里棚厩寥落，屋舍破弊，洗衣盆、牛奶桶和墓碑曝于户外，随处可见。居民好似阿拉伯人，身处戈壁，孤苦无助，会在突然之间彻底消失，我也敢保证他们肯定手执利器。他们随时准备领受空洞至极、悲观凄凉的教义，好像世界末日行将来临，或者已然如此，要不，他们自己也早已走上了邪路。他们偶尔会使对方的枯骨噼啪作响，并将此举称作灵魂的沟通。

还是接着说枫树吧。不要愚蠢地把马匹拴在它那紫色的树干上，我们费力栽植，如果肯花一半的工夫去保护该有多好？

我们的先人在教堂前添加了这一设施，它完美、生动，既不需要修缮，也无需重新涂饰，经由自己生长就能得到持续的增益和修补。先辈此举是何用意？他们肯定

> 栽树的时候满怀悲戚，
> 明白自己难逃上帝的定数，
> 他们不知道已经栽得很好，
> 树木却清楚自己走向了美丽。

这些枫树的布道随时可以聆听，它们矢志不移，在宣说自己半个世纪，一个世纪，是的，甚至一个半世纪的感会和阅历。它们的热忱与日俱增，它们的恩泽日益深厚，惠及一代又一代的人们。而我们所能做的，只是在它们衰朽以后找到称职的替补。

猩红栎

有一类树木因叶形之美闻名遐迩，猩红栎便是如此。猩红栎叶子千姿百态、浑然天成，我甚至觉得其风姿为其他橡树所不及，因为我熟悉十二种橡树，也参考了不少其他品种的图谱。

从树下望去，但见树叶映衬着天空，被剪得相当精致，只有少许尖角从中央叶脉射出，像叠加的十字架，两重，三重，甚至四重。跟其他橡树相对浑圆的贝形叶片相比，它们更是轻盈飘逸。这些叶子的领地极少，好像被日光所蚀，因此很难遮住视线。猩红栎幼株的叶子外缘浑一、单调呆拙，跟完全成熟的其他橡叶没有两样，高高挑在老树枝头的新叶则彻底化解了这一问题。新叶越升越高，越来越纯，每年都会脱去尘俗气息而愈加富于光的气质，最终，泥土的因素几近消失，天空的品质几乎成了全部。它们在那里翩翩起舞，跟光线臂膀相挽，游走在神奇的叶尖之上，成了空中大厅的理想舞伴。它们跟光线相融无间，更兼身姿纤细，面容光鲜，最终让人难以分清在这对舞伴中哪个是树叶，哪个是光线。如若微风不兴，它们只是林间窗户上繁复华美的窗格。

一个月后，它们散落在林间，厚厚的一层，在脚下交相叠压，让我再次领教了那份美丽所予的震撼。栎叶比棕色要深，较紫色为浅。它们叶身狭长，外缘的贝形弯缺泼辣奔放，几乎深深地侵入了中央，让人觉得叶子的用料势必便宜，要不就是加工所用的原料过多，剪去的废料便因此不少。它们又像是用模具冲压叶片之后所剩的余料，那交相叠加的场景确实会让人想起一堆废弃的锡片。

带一片叶子回家，可以在闲暇时分坐在炉边细细研究。其造型跟牛津的任何字体不同，又与巴斯克[1]和箭头字符相异，在罗塞塔碑[2]文中也难以觅见其踪迹，但是，人们如果要在这里加工石材，终有一天它会在雕刻中复现。那是多么粗犷悦目的线条，糅合了曲线的优雅和尖角的爽利。眼

1　巴斯克语为西班牙东北和法国西南的语种，起源很早，梭罗所言的巴斯克文字系指拉丁化之前的书写形式。

2　罗塞塔碑是1799年法国军官在埃及港口城市罗塞塔发现的石碑，该碑成于公元前的古埃及，题铭为托勒密五世的登基诏书，用希腊文、古埃及文和当时的俗体文字书写。

光不论落在叶子上，还是叶子外，总会让人悦目赏心，这样看是宽大、自如、开阔的弯缺，那样则是狭长、锋利、尖锐的刺毛叶片。若将叶尖连起来，则整个叶片就会圈进一个椭圆，可是，它远比椭圆富有意趣，因为盯着那六个深深的贝形弯缺，你的双眼和思绪就会驶进那些港湾。如果由我教授绘画，我会让学生临摹这些叶片，这样，他们或许会画得既劲挺，又优美。

如果将这片叶子看作水域，它便是一方湖泊，六个宽阔浑圆的岬角两两相对，几乎接近了中央，而其水湾又遥遥地伸入了陆地，像是狭长的河流入口，好几条细流从尖端涓涓汇入。它简直成了茫茫水域中的叶质列岛。

可是，它却常常让我们想成了陆地。如果迪奥尼修斯[1]和普林尼觉得摩里亚[2]的轮廓很像东方悬铃木的叶子，那么这片猩红栎的叶子就会让我想起大洋上的美丽荒岛：悠悠的近岸地带，浑圆的海湾，海岸线平滑的半岛以及尖利的岩石岬角交错分布，说明那里宜于人居，终究会成为文明发祥的一个中心。在水手眼中，那是犬牙交错的海岸。在茫茫的天宇中，难道它不正是一道海岸，风儿的波涛在这里奔涌拍击，碎成了浪花？虽然我们无意做北欧、西印度

1 迪奥尼修斯为古罗马史学家。

2 摩里亚即今日的伯罗奔尼撒半岛。

和其他地方的江洋大盗，但这片叶子映入眼帘，我们就成了水手。不管我们是向往闲适宁静，还是热衷猎奇探险，都能在这里得到满足。只消在不经意间投去一瞥，我们就会觉得，绕过这些尖尖的岬角，在这栎叶小湾中就能觅得深幽平静、安全可靠的港湾。它跟白橡的叶子相去甚远，白橡有圆圆的岬角，无需安装灯塔。它像一枚英格兰，你可以在上面看出它悠久的文明历程，又像一幅渺无人烟的纽芬兰或西里伯斯岛。去那里据地称王如何？

到了十月二十六日，其他橡树常常已经枯萎凋零，而高大的猩红栎却迎来了极盛。它点燃自己已有一星期之久，通常都会在这天烧成一团烈火。在我们本土的落叶树木中，这时唯有它荣耀无比，光彩照人（山茱萸是个例外，而我所知道的不足六种，并且只是高大的灌木）。差不多在这时候达到极盛的还有两株山杨和糖槭，只是落去了大半叶子，而在常青树中，这时常常只有油松依然富有光彩。

猩红栎光彩夺目，随处可见，但是，这炫目的火焰却会姗姗来迟而让人始料不及，若非专事研究，要想领略这道风景，便需格外用心。我在这里不谈小树和灌木，因为它们随时可见，并且此时已经枯败，我要谈的是大树。好多人觉得荒寒寡色的十一月已然来临，所以掩上了房门，殊不知无比炫目、让人难忘的光彩尚未点亮。

眼前这株矗立在开阔的草场上，高四十英尺左右，蓬勃英挺，极端完美。它在十二日那天还苍翠欲滴，而到现在，二十六日，却彻底变成了耀眼的猩红。每一片叶子在阳光的映衬下，都好像蘸过了猩红染料。整棵树非但颜色似心，外形也像。这种景象难道不值得等候？十天前你不会想到，那么幽冷的绿色居然会变得如此炽热。周遭其他树木纷纷落叶的时候，猩红栎依然将叶子紧紧地挑在枝头。它好像在说："尽管我最后变红，却比尔等红得更深。我身着红装，率领后军开拔，在橡树家族中，唯有我猩红一族不曾言败服输。"

这时，树汁依然像春天那样，在树干中快速地频频流动，甚至会持续到十一月份。其他橡树既已凋零，所以，很显然，猩红栎鲜亮的色彩跟树汁流动大有关系，流动不息的树汁让它充满生机。我用小刀开启了这橡树美酒，发现它味似橡实，爽烈宜人。

对面的山谷有四分之一英里宽，其间林木密布，举目望去，只见猩红栎在松树间绚丽地绽放，那鲜红的枝条与松枝穿插交错，红绿相间，相得益彰，葱绿的松枝成了这些红色花瓣的萼片。一次，我们走过林间小道，两边的栎树处在松树的葱茏之中，这时阳光从上方射下，点燃了这顶栎树帐篷，绘出了一道美轮美奂的风景。说实话，如果没有常青树木的映衬，秋色的效果就会大打折扣。

猩红栎需要澄澈的天宇和十月之末的明丽天光，这时它们才会大放光彩。如果太阳没入云层，它们就会变得晦暗不明。一次，我坐在镇子西南的一处峭壁上，南边和东边是林肯郡的森林，这时太阳开始西坠，光线平射，点亮了这片树林，而那里的猩红栎一派鲜红，匀称地点缀在林间，沐浴着落日的余晖，比记忆中更加明艳。向那边望去，每棵栎树都无比鲜红，清晰可辨，就连延伸到天际也历历在目。邻镇上高大的栎树在林中挺起了红色的脊梁，好似硕大的玫瑰，成千上万的花瓣熠熠腾辉；而在东边天际的帕因山上有一片小白松林，苗条的小栎树在林边跟松树相间而生，用它们托着松树，好似身着红装的兵士站在绿衣猎人之中，这次连林肯郡也都跻身于绿色阵营。直到太阳更低，我才相信这片密林部队里有那么多的英国士兵[1]。它们穿着浓烈的火红上装，我想，你每向它们靠近一步，那红色就会减弱一分，因为藏在叶间的阴影在这个距离不会现形，这样，它们才会呈现出一片通红。栎树反射的色彩远远地集聚在这边的大气之中，这时，每棵树似乎都成了一个红色的焦点，其色彩会随着太阳下坠更加浓艳夺目。

1　英国士兵军服为红色，而独立战争时，反对英国殖民者的战士大多猎户出身，所以，梭罗将栎树喻为英国士兵的同时，又将松树比作“绿衣猎人”。

这片红色会在太阳射入眼睛的时候加强，所以，它本身并没有如此强烈。它只能将光线汇聚在某些相对暗淡的红叶上，或者以它为原料燃起火焰，于是呈现为浓烈的猩红，或是一片红雾，或是将大气点燃的一团火焰。这片红色如此跳脱，此时此刻，就连栏杆都会反射出瑰丽的光彩。所以，眼前的这片红色比真实的颜色更深更浓。

若想清点猩红栎的数目，现在正是时候。如果天气晴好，在日落前一小时来到林间，登上山顶，此刻，除了西边，视野所及的每一棵猩红栎都会显身。要不，就算你能活到玛土撒拉[1]的寿数，你所发现的数目也不会有十分之一。可是，有时即便天气不好，我也觉得它们跟平日一样光鲜。向西望去，它们因灼目的光线而韬失光彩，但是在相反的方向，整片森林都成了一个花坛，晚开的玫瑰在绿色掩映下烧成了烈火。而在这时候，所谓园丁却会手执铁锹和洒壶四处走动，偶尔弯腰俯身，他眼中只有枯枝败叶间几丛小小的紫菀。

这是我的翠菊，是我花园里晚放的花朵，我无需为雇佣园丁而有任何开销。林中落叶遍布，替我的林木保护着土壤。你只消睁开眼睛就足以拥有一个花园，而不必在院

---

1 玛土撒拉是《圣经·旧约》提到的族长，活了969岁。

子里垦殖挖掘。我们只需将视线约略抬高，宛若园囿的森林便尽收眼底。这些绽放的猩红栎是森林之花，光彩夺目，无可比拟（起码在枫叶凋零后如此）！我只知道它比枫树更让我着迷，它十分耐寒，广泛而均匀地散布于林中，通身无比高贵，成了我们十一月之花的翘楚，为我们宣告冬日的来临，也为十一月之初的风景赋予暖意。替岁月收尾的艳丽色彩通常是这片深深的猩红，浓烈至极，让人叹为观止。它是熟透的岁月之果，一如来自寒冷的奥尔良岛的红苹果，面颊硬实，红润诱人，放到来年春天才会芳醇可食。我登上一个小山顶瞭望，四周硕大的“栎树玫瑰”成千上万，远及天边，我在四五英里之外向它们遥致礼赞！这晚放的森林之花持续两周而不衰歇，让春夏两季的花朵黯然失色，相形之下，无非浅淡娇弱的斑点，专为在矮草和林间草丛中行走的近视者所生，远远望去踪影全无。现在，蓬勃绽放的却是我们日日穿行的辽阔森林和雄浑山腰。两相对照，我们的园艺显得非常小气，而花匠犹然在枯草中料理着几丛紫菀，却对身旁浓荫蔽野，无需他任何照料的硕大紫菀和玫瑰浑然不觉。这情形好比拿碟盏底部所涂的那点红色颜料置于晚霞满天的背景之上。为什么不让眼光更高，视界更宽，而前往巨大的花园中漫步，却要躲在小小的幽僻角落里暗自得意？为什么不想想森林的美丽，而仅仅执着于那点遭到幽闭的草木?

那么现在，请你稍稍冒险登上小山。在十月三十一日左右，只要你能登上我们或你们镇子周边的小山放眼森林，或许就会明白我在竭力描述什么。所有这些你都能看到，而且，如果你有心目睹，如果你存意寻找，则会所见更多。要不，尽管这一景象举世皆有且按部就班，但是，不论你是站在山巅还是身处山谷，终其一生都会觉得这个季节的森林一片焦枯褐黄。物象之所以隐而不见，与其说是它避开了我们的视线，莫如说是我们的心灵和双眼不曾驻留，因为能否看到什么并不取决于眼睛本身，它跟其他任何胶状体毫无区别。我们并不清楚自己视界的远近阔狭，因此之故，大部分自然现象在我们的一生中都会隐而不显。花匠只能看见花匠的花园，同理，正如政治经济学原理所示，供给乃是对需求的回应。大自然不会对猪抛撒珍珠[1]。我们意欲欣赏几分风景，眼前就会呈现几分美丽，可谓锱铢不差，毫厘不爽。观察者有多大差别，则他们登上某个山顶后，眼中的物相就有多大的差别。你走出家门的时候，猩红栎一定会以某种形象映入你的眼帘。我们的念头除非被

1　典出《圣经·新约·马太福音》第7章第6节:“不要把圣物给狗，也不要把你们的珍珠丢在猪前，恐怕它践踏了珍珠，转过来咬你们。”后沉淀为英语成语，意同汉语“明珠暗投”，也不无“对牛弹琴”的意味。

某物所据，否则便对此物视而不见，而一旦执着于心，则几乎又会对其他的一切视而不见。我在漫步中寻访植物的时候发现，起初，某种植物的念头或形象会盘桓在脑际，尽管好像跟本地格格不入——跟哈得孙湾一样遥远，然后，我在无意间会思忖琢磨上几周甚至数月，期望自己有所发现，最后我终于能够实实在在地看见它了。我命名了二十种，甚至更多的稀见植物，发现它们的时候都经历了这一过程。人只能看见他所关注的东西，浸淫于百草研究的植物学家分不清草场上硕大无朋的栎树，他可能踩过栎树都浑然不觉，或者，充其量只会看见它的影子。我发现，即便在同一个地区，要想辨出不同的植物，都需要眼睛具备不同的观察意图和动机，就算它们像灯芯草科和颖花科的植物一样靠得很近也要如此。我在寻找前者的时候，就看不到与之混生的后者。依据此理，要想致力于不同门类的学科研究，则需要双眼和大脑具备多么不同的意图和动机！诗人和博物学家的观察又会存在多大的差别！

找一位新英格兰的行政委员，将他送上此地最高的山顶，让他看看（让他的视力处于最佳状态，并让他戴上最合适的眼镜——非但如此，如果他愿意，还可以用望远镜），然后让他提交一份详尽的观察报告。想一想，他会看到什么？他又会挑什么去看？当然，他会看到一个属于自己的巨大光环，至少也会看到若干礼拜堂，甚至，他会看到某人理应得到较他为高的评价，因为此人有一小块出色的林地。再送其他人上去看看，比如裘利斯·恺撒，伊曼纽尔·斯韦登堡[1]，或一位斐济岛民。或者，假定让所有的人都上去看看，事后让他们比较观察感受和心得。他们可能会欣赏同一风景？他们看到的一切各不相同，犹如罗马之于天堂和地狱，或者地狱之于斐济列岛。因为，我们所知的一切都各具面目，一如我们身边随时出现的人一样陌生。

是啊，连沙锥鸟和山鹬这等微不足道的猎物也要神枪手出马，而且，他得清楚地盯上目标，还得明白在瞄准什么。即使告诉他沙锥鸟就在那里，他若对着天空随意放枪，猎杀的可能也会极小，要想猎获心仪之物均是如此。如果事先不清楚沙锥鸟出没的时间和地段，甚至连翅膀的颜色也搞不清楚，他即便守候到夜幕降临也一无所获——心无所求便不会事先着手。所以，即使在玉米地里，他每走一步都会惊飞鸟儿，双管猎枪对准翅膀同时开火也无济于事。猎人会不厌其烦地训练、准备、观察，会为了心仪的猎物给枪支装药。他为之祈祷，为之献祭，所以才会如愿以偿。

1 伊曼纽尔·斯韦登堡（1688—1772），瑞典科学家和宗教哲学家。

眼力身手既已练好，加之对猎物朝思暮想，经过长期的充分准备，他便带上猎枪，划动小船，出门猎取麻鸦，而这种鸟儿他的多数同乡既不曾见过，也无意猎捕；他顶风行船数英里，在齐膝之深的水中跋涉，整日在外而未用正餐——因此，最终得以遂心如愿。他只消跨出脚步，就差不多等于将猎物收于囊中，现在只等开上一枪。从窗口投去一瞥，真正的猎人几乎就能得到自己想要的任何猎物，要不，窗户和眼睛对他有什么意义和作用？猎物最终会飞落到他的枪管上，而其他人甚至连猎物的毛都没有见过。只要大雁飞入射程传来鸣叫，他只需顺着烟囱来上一枪即可，二十只麝鼠无不设法躲避机关，最终却纷纷落入他的囊中。如果他还活着，并且捕猎的兴致有增无减，不要说猎物，就连整个世界都难以让他感到满足；如果他死去，则会获得更加广阔，或许也更加称心的猎场。渔人也是一样，他渴望鱼儿，连梦中都能看到浮子在晃动，痴迷得近乎可以将它们捉入鱼篓。我听说有个姑娘被打发出去采摘越橘，她在某个地方居然采到了野生醋栗，而其他人根本就不知道那个地方竟然会有这种东西，所以如此，就因为她在原来生活的内地常常采集这种东西。天文学家清楚该在哪个区域寻找星星，就在人们手举望远镜的时候，他早已了然于心。母鸡会就地刨寻食物，鹰却不会这样觅食。

我提及的这些艳丽的叶子并非特例，而是常态，因为我相信，所有的叶子，甚至包括草叶和苔藓，都会在凋谢之前变得格外鲜亮。即使毫不起眼的植物，你若能留意观察，迟早也能发现它们自居面目的秋日光彩。若要为鲜亮的秋色拟出一份完整的清单，那么，周边草木的名录多长，这份单子差不多也完全一样。

野苹果

苹果树的历史

苹果树跟人类的历史联系居然如此紧密，真让人不可思议。地质学家告诉我们，包括苹果、真禾本科与唇形科（即薄荷科）在内的蔷薇目植物，出现于地球的时间比人类早不了多少。

近期在瑞士的湖底发现了早期人类的遗迹，据推测，他们的活动时间比罗马建城还早，因为他们连金属工具都没有掌握。他们的窖藏中有一枚完好无损、干瘪发黑的沙果，可见这些人的食物中似乎就有苹果。

塔西佗[1]提到古日耳曼人的时候说，他们充饥的食物里就有野苹果（agrestia poma）。

尼布尔[2]发现，“有关农耕与和平生活的词汇，诸如房

1　塔西佗（55？—120），古罗马史学家。

2　尼布尔（1776—1831），德国史学家。

屋、田地、耕犁、耕作、果酒、油料、牛奶、绵羊、苹果等等，在拉丁语和希腊语中完全一致，而拉丁语跟战争或猎捕相关的词汇却跟希腊语判然不同”。因此，以苹果树为和平的象征应该毫不亚于橄榄枝。

苹果很早就相当重要，并且分布很广，所以，追溯其语源可以发现，它在好多语言里通常都表示果实。比如，希腊词语Μήλον除了指苹果，也兼指其他水果，此外它还表示牛羊这类家畜，而最终又成了财富的统称。

希伯来人、希腊人、罗马人和斯堪的纳维亚人都歌颂过苹果树。有人认为人类的第一对夫妇就曾受到苹果的诱惑。在神话里，女神争抢过苹果[1]，巨龙曾应命守护，勇士则受雇采摘。

《旧约》至少有三个地方提到苹果树，提到苹果的地方也有两三处。所罗门唱道：“我的良人在男子中，如同苹果树在树林里。”再如，“给我葡萄予我力量，给我苹果畅快我心。”人类最尊贵器官的最尊贵部分也因苹果而得名：眼中的苹果[2]。

1　司纷争的女神厄里斯因未受邀参加珀琉斯和忒提斯的婚礼，就暗中向客人扔下一个金苹果，上面题有“给最美的女神”。赫拉、雅典娜和阿芙洛狄忒因此发生争执，后由特洛伊王子帕里斯裁判，结果引发了特洛伊战争。

2　“眼中的苹果”，原文the apple of the eye，系指眼珠，后用以表示心爱之物，相当于汉语的“掌上明珠”。

荷马跟希罗多德[1]也曾提到苹果树，在阿尔喀诺俄斯的美丽果园里，尤利西斯就看到“诱人的梨子、石榴和苹果（ai mhleai aglaokarpoi）挂在枝头”。据荷马所述，苹果也是坦塔罗斯[2]摘不到的果子，他只要伸手过去，风就会把树枝吹向别处。泰奥弗拉斯特[3]知道苹果树并像植物学家那样做过描述。

据《埃达》[4]所述，“伊丢娜在箱子里替诸神存了若干苹果，一旦感到暮年将至，他们只需尝上一口便可以重返韶华，这样，在拉戈纳罗（诸神的毁灭）来临之前就能永葆青春”。

我在劳登的作品中读到，“古威尔士诗人赛歌取胜便会获赐苹果嫩枝作为奖励”，而“苏格兰高地的拉蒙特家族则以苹果树作为族徽图案”。

苹果树（Pyrus malus）主要分布在北温带。劳登说，“苹果树天然分布在欧洲除寒带以外的所有地区，而在西亚、中国和日本也广泛分布”。我们北美也有两三种本土的

1　希罗多德（公元前484？—公元前425？），古希腊史学家。

2　坦塔罗斯身为国王，成了诸神眷顾的宠儿，他因此滋生傲慢遂有亵神之举而遭受严惩，遭受焦渴饥饿之苦：他站在地狱没颈的水中，想喝水，水便退去，想摘食头顶的果实，刚一伸手，树枝就会离去。

3　泰奥弗拉斯特（公元前372—公元前287），古希腊哲学家，亚里斯多德门徒，学问淹灌，兼涉好多领域，有乃师之风。

4　冰岛13世纪两部诗作的合集，日耳曼神话最完备详尽的渊薮。

品种，培植的品种则由最早的那批移民引入，人们觉得它在这里不比别处差，甚至还要更好。现在种植的好些品种可能是由罗马人最先引入英国的。

普林尼[1]袭用了泰奥弗拉斯特的树种分类，他说，“有些树木完全野生，有些则是栽培的结果”。泰氏将苹果树归为后者，从这个意义上说，苹果树的人工培植程度确实最高。它温良如鸽子，漂亮似玫瑰，并且像牛羊那般重要。苹果的栽培历史最长，因此“人化”的程度也最高。谁能料到，它最终会像家犬那样无法追溯原生始祖？它随人搬迁，就像家犬和牛马。最初或许是从希腊到意大利，接着到英国，然后到了美洲。而我们西迁的运动还在稳步推进，搬迁者或是口袋里装着苹果种子，或是行李中裹着苹果幼苗。与往年的情况相比，今年至少又有数以百万的苹果树栽到了更西的地方。可以想见，芬芳的果花会像安息日那样，每年都在大草原上扩大地盘。因为人们搬家时，不仅会带上家禽、家畜、鸟虫、蔬菜，以及刀剑，也会把果园搬走。

很多家畜，比如牛马、绵羊和山羊，都喜欢吃苹果树

1　普林尼（23—79），亦称老普林尼，以别于其侄小普林尼，他是古罗马百科全书式的作家，有名著《自然史》和《博物志》传世，这两部作品直到中世纪依然保有权威地位。

叶子和嫩枝，而猪和牛还喜欢吃果子，所以，从一开始，苹果树就跟这些动物存在天然的联系。“法国树林里的沙果”据说是“野猪最主要的食物来源”。

欢迎苹果树移植到美洲的不只是印第安人，还有昆虫、鸟雀和走兽。苹果树的嫩枝刚刚发芽，天幕毛虫就会在上面产卵，从此便开始跟洋樱桃分享来自果树的呵护，大批的尺蠖也放弃了榆树来这里觅食。因为苹果树长得很快，蓝知更鸟、知更鸟、雪松太平鸟和食蜂鹟便迫不及待地前来筑巢，蹲在枝干上唱歌，于是成了果园之鸟，并且数量激增，前所未有。历史上有一个阶段就属于它们。山上的啄木鸟发现树皮下藏着美味，所以会绕着树干啄上一圈方始离去，据我所知，此前它从来不会有这种举动。山鹑也很快发现苹果树嫩芽极其可口，所以秋末冬初就从树林里飞来采食，后来成了习惯，延续至今而让农夫苦恼不堪。兔子尝到嫩枝和树皮的滋味也不算晚。一旦果子成熟，松鼠会连滚带搬地运进洞里。连麝鼠也会在夜晚摸上岸来饱餐一顿，频频来去，最后在草皮上留下了一条小路。等到冻苹果消解后，乌鸦和松鸦偶尔会来享受一番。猫头鹰摸进了第一棵长空的果树，兴奋得大呼小叫，因为它发现那是供它专享的空间。从此在那里安身，再也没有换过地方。

尽管本文的主题是野苹果，但我打算先将培植苹果每年生长的各个时段扫上一眼，然后言归正传。

苹果花可能是最美的树花，花团锦簇又芬芳馥郁。果花绽放到三分之二更是美丽无比，常常惹得路人频频回顾，流连徘徊，不忍离去。相较之下，梨花就大为逊色，它既无悦目的色彩，又少怡人的芳香。

到了七月中旬，青苹果已经很大，让人担心它会随时掉下而需要呵护，也提醒我们秋天行将来临。树下的草地上常常会有尚未成熟就掉落的小小青果，大自然好像在替我们裁汰挑选。罗马作家帕拉狄乌斯说，“如果苹果尚未成熟就要掉落，在根部的枝丫上放块石头便能起预防作用”。类似的观念至今还有市场，所以，当我们看到果树枝丫上越来越多的石头，或许就能明白原因所在。英国的萨福克有这么一句农谚：

> 米迦勒节[1]前后，
> 半个苹果熟透。

早在八月一日左右，苹果就开始成熟，不过我觉得，这时候有些果子很好闻，却没有一个好吃。一枚果子就能

---

1 米迦勒节，9月29日纪念天使长米迦勒的节日。

让手帕余香悠悠，这种效果店里售卖的任何香水都无法比拟。有些苹果芬芳馥郁，兼有花香，让人难忘。我在路上捡到过几枚糙皮苹果，其味沁人心脾，让我想起了果神的所有财富，思绪不觉飘到果园，飘进酒坊，那里小山累累，满眼鲜红，一片金黄。

一两个星期后，当你走过果园或花园，尤其在夜晚，成熟苹果弥漫的香气就会把你包围，你可以尽情享受而无需付费，也不会让任何人蒙受损失。

所有的天然产品都有某种飘忽迷离、稍纵即逝的魅力，那正是它们的无上价值，跟尘俗无缘，休想买进卖出。凡夫无缘享受果实的天香，只有圣人才能品尝这种美味。因为精纯的香气是人间果品唯一可取的品质，而我们呆笨的腭叶却无法消受，正如我们占据了诸神的天国而浑然不觉。某些无比卑琐的人会满载一车早熟苹果的美丽和芳香前往市场，我看到这一情境，眼前总会出现较劲的场面，一边是那人和他的马匹，一边是车上的苹果。在我看来，获胜的总是苹果。普林尼说，苹果是最沉的东西，满载苹果的车子只消让牛来上一眼就会冒汗。天地间最美的地方才与苹果般配，绝不能将它送到并不相宜的地方，车夫只要萌生此念，当刻就会蒙受整车的损失。虽然他会屡屡下车，不停地摸摸，确保没有任何问题，但我看到那飘渺纤弱的美质逸出了车子，飘进了邈远的天国，而送往市场的仅仅是些果肉、果皮和果核。那不是苹果，那是果渣。难道那还是伊丢娜的存储，那只需一口就能让诸神永葆青春的果子？你且想想，他们在皱纹满面、鬓发苍苍之时，难道会让洛基和特亚西将这东西抢到约坦海姆那里？不，当然不会，因为拉戈纳罗，即诸神的毁灭，尚未降临。

大自然还要来一次精选，通常是在八月底或九月，这时地上到处是风吹落的果子，这种情况在雨后疾风发作时尤其明显。如果是在果园，四分之三的苹果都会落地，树干四周就会铺满硬硬的青果，如果树在山坡，则会远远地滚到山下。不过，凡事皆有利弊，风刮得再不合时宜，也未必一无是处。这时候，到处都有人在捡拾吹落的果子，这样，早早地做苹果饼就不会成本过高。

到了十月，苹果树开始落叶，树上的果子分外醒目。记得有一年，附近镇子上有些树缀满果实，状况之盛，前所未见。小小的苹果悬在大路上方，一片金黄，树枝沉沉垂下，姿态优雅，像是丛聚的小檗，让整棵树气象一新。向上看去，就连最高的枝条也不再挺立，或是斜逸侧出，或是弯下腰身，下面的枝条则撑了好多杆子，像是画中的榕树。正如一部英国古书所言，“树上果子越多，越会向人弯腰致意”。

在果实的世界，苹果绝对尊贵无比。就让最卓越最睿智的人拥有它吧，这才是苹果的“时”价。

十月五日到二十日之间，树下会摆满下果的桶子。我看到有人为了一份订单在精挑细选，于是便在想象中跟他交谈一番。他拿起一枚有疤的果子反复摩挲，然后丢到一边。如果要我谈自己心里的想法，我就会说，果子只要经他摩挲便会生疤，因为他擦去了果霜，那飘渺纤弱的美质便不复存在。夜晚天气清凉，农夫在抓紧时间干活，果园里只剩梯子靠在树上，随处可见。

如果我们满怀欣悦又心存感激地接受这些馈赠，同时也不觉得给果树培上一车粪土就算完事，这种表现就相当合适。至少某些英国古俗值得借鉴，这些信息大多载于布兰德的《古风》，主要做法为：“圣诞前夕，德文郡的农夫会同家人盛上一大碗果酒，其中浸有面包，然后非常庄重地端进果园。他们会通过多种仪式向果树致谢，希求它来年丰产。”这些仪式包括“给树根泼上果酒，给树枝献上小块面包”，然后“围在园子里最丰产的树边，祝酒致辞，三巡而毕”：

向你致敬，我的苹果树，
愿你发芽，愿你开花，

愿你多多把果挂！
帽子装满，头巾装满！
蒲式耳装满，再装满，麻袋装满！
我的口袋，也装满！哈啦！

英国好多郡县在元旦前夕都要举行所谓“苹果吼”的活动，一群孩子会来到各式各样的果园，围在果树边，反复吼叫：

牢扎根，多结果！
老天给我们大收获：
所有小枝苹果大，
所有大枝苹果多！

“他们齐声呐喊，由一个孩子吹牛角应和。其间他们会拿棍子敲打树干。”他们将此举称作为苹果“祝酒”，有人认为这是“野蛮人为果神献祭的遗风”。

赫里克如此吟咏：

向果树祈求，向果树祝酒，
但愿李子和梨子如愿而收。

因为，只要你有这种祈愿，
它多少会叫你如愿所求。

今天，我们的诗人不但要为葡萄酒吟咏，更有理由因苹果酒放歌。但是，他们理应唱得比英国人菲利普斯更加优美动听，要不，他们的缪斯就会因之蒙羞。

野苹果

人工培植的苹果树（urbaniores，如普林尼所称）就说到这里。一年四季任何时候，我更乐意去未经嫁接的老苹果园里走上一会儿。这里的树栽得极不规则，不时会有两棵树靠得很近，园子里也几乎没有行列可言，让人不由觉得它们生长的时候主人在睡觉，而且栽植的时候此人也在梦游。我喜欢来这里徜徉，嫁接的果园整齐划一，我丝毫提不起兴趣。但是，多么可惜，它们早已蒙受蹂躏！此刻我在据记忆讲述，并非凭新近的体会而论！

在有些土里，比如我们周边一个叫伊斯特布鲁克乡的地方，那一带是大片砂土，果树无需任何照料也会长得更好，或者，如果栽到那种每年只翻一次的土里，也比精耕细作的地方长得要好。业主承认，那种土质确实最适合果树生长，但因为土中石头太多，他们实在没有耐心开垦，加之离得太远，所以一直没有经营。那里有个毁掉不久的园子，面积很大，树木长得杂乱无序。不，那压根就不算什么园子，有松树、桦树、枫树和橡树，果树野生其间，果实繁多。我常常惊喜地发现苹果树浑圆的树冠从林子里冒出，缀满了鲜红或金黄的果子，流光溢彩，跟林中秋色相映成趣。

十一月一日，攀上一处悬崖后，我看到了一棵小苹果树。它为鸟雀或黄牛所种，蹿出林际与岩间，茁壮挺拔。这时栽植的苹果已经收完，这棵树上却果实累累，没有遭霜。这棵野树生机蓬勃，依然绿叶满枝，密密实实，好似荆棘。树上的果子坚硬青翠，在冬日却是秀色诱人的美味。有些果子悬在细嫩的枝头，多半或埋在树下湿漉漉的叶子里面，或远远地滚在山下的岩石之间。这块地的主人对此却一无所知。除了山雀，没人知道它何时绽开了第一朵花蕾，也没人知道它何时结上了第一枚青果。树下的草地上不曾有献给它的舞蹈，此时也无人摘取它的果实（我发现只有松鼠会前来品尝）。这棵树有两重任务：结出自己的果实，也让每一条嫩枝向空中伸出一英尺。且看这果子，显然比不少浆果大出好多，如果带回家里，在次年春天依旧会完好如初，鲜美可口。有它在手，我会在乎什么伊丢娜的苹果?

当我行经这棵深冬犹荣、坚韧耐寒的小树，看到挂在枝头的果子时，我不由心生敬意，尽管无法品尝这美味，却也对上苍的慷慨馈赠满怀感激。就在这草木丛生、坎坷崎岖的山边，却有这么一株果树，不曾有人种植，也看不出有过果园的痕迹，它完全野生，如同松树与橡树。可是，我们赞美并食用的好多果实，却完全离不开我们的照料看护。诸如五谷、杂粮、土豆、桃子，以及甜瓜等等，完全由人种植，而果树却在跟人类的自立能力和进取精神争胜抗衡。如我先前所言，它不仅仅被动地为人类移植，而且，在很大程度上，也跟人类一样，主动迁徙到了这块新大陆，甚至所到之处，都会在周围的原生树木中拼出一条生路，好似某些走失的牛马和犬只完全依靠自我维持。

有一种苹果生在环境无比恶劣的地方，味道极酸，刺激口舌，即便是它，也在印证如是观念：苹果，如此高贵。

沙 果

然而，这里的野苹果仅仅如我一般具有野性。它并非本地的土生品种，却经由嫁接而混入了林木世界。我曾提到更有野性的苹果，那就是沙果（Malus coronaria）。它长在本国其他地方，土生土长，野性如初，“不曾因栽培而改变天性”。从纽约以西到明尼苏达，以及南边的地方，都能发现它的身影。米肖说它一般高达“十五至十八英尺，个别会在二十五到三十英尺之间”，而大树则“跟常见的苹果树相似无异”。“其花白里透红，为伞状花序”，因芬芳迷人而知名。据米肖说，沙果直径约一英寸半，奇酸无比，却能做精品蜜饯，也可以酿酒。他最后说，“即使栽植，沙果依然如故，不会成为什么美味，但至少因为花色娇艳，花香芬芳而招人喜爱”。

一八六一年五月之前我从未见过沙果，只是通过米肖的描述有所耳闻，但是，据我所知，当代植物学家却认为它无足轻重，所以，我对这种树木的了解限于道听途说。我曾谋划前往宾夕法尼亚的葛莱兹朝圣，据说那里的沙果堪称完美。我也曾打算前往苗圃探个究竟，但又拿不准那里是否有这种树，或者，即便有也可能跟欧洲的品种混在一起。我最终得间前往明尼苏达，火车刚进密执安，我就发现窗外有一种树，色如玫瑰，相当漂亮。我起初认为那是一种荆棘，然而很快就恍然大悟：这不就是我心仪既久的沙果树？当时大概五月中旬，窗外望去，这种灌木，或曰树木，鲜花怒放，芬芳满枝。但是火车根本不曾在树前停下，我被送到了密西西比的腹地而无缘碰它一下，算是体验了一番坦塔罗斯的命运。到圣安东尼瀑布后，我无比遗憾，因为得知此地已距沙果北去甚遥。不过，我最终在瀑布以西大约八英里之处如愿以偿，亲手抚摸并享受芳香，还采得一朵作为标本。这里肯定接近它生长的北限了。

野苹果如何生长

尽管沙果跟印第安人一样属于土生品类，然而，跟苹果树中的那些边鄙蛮民相比，它是否更加坚韧强毅却不好说。那些树虽然也有栽培的前身，却长在辽远的森林和荒野，那里的土地更适合它们。我不知道跟它们相比，还有什么树会面临更多的挑战，要更为刚健地面对敌人。我们一定要说一说它们的际遇，情况通常如此：

五月将至，就像在我们伊斯特布鲁克乡的砂地，或者在萨德伯里的纳波斯科特山顶一样，牛群早已在草场上显身，但见一丛丛小小的果苗在草地上刚刚破土。开始，或许有那么一两株会逃过干旱和其他变故，并且因为长对了地方，也会免于野草的侵凌及其他风险。

两年过去，它已经

长得跟岩石齐平，
但愿世界日渐辽阔，
又何惧头顶的飞禽。

尽管它年纪轻轻，
然而苦难却已逼近。
走来一头吃草的公牛，
啃去了一拃之长的幼茎。

公牛这次可能没有看到草里的果苗，但是，等来年果苗长得粗壮，它便会认出这位从故乡迁来的同伴，那叶子和嫩枝的味道它再熟悉不过。它迟疑片刻以示欢迎，惊讶之余，知道了根由："你来这里的原因跟我一样"，虽然如此，它或许想起自己曾有的某种权力，于是又来了一口。

出头的幼芽每年都被这样啃去，可它并不灰心，反倒在断茎上冒出两条小枝，贴着地皮在坑洼或岩石罅隙中伸展。这样，它长得越发茁壮，越发葱茏，虽然最终长不成树身，却如一丛锥形灌木，硬挺、茂密，几乎像岩石那样牢实坚硬。就经见所及，这是最密最牢的灌木丛，因为棘刺遍布，更兼枝条浓密硬挺，所以最终成了低矮的野苹果树丛。它们颇似低矮的冷杉和云杉，你有时会踩踏而过，有时会穿行其间，由于长在山顶，寒冷的气候成了它们最大的敌人。难怪它们最终长出棘刺，原来是为了保护自己，跟强敌斗争。不过，这些棘刺无毒，仅仅微有果酸。

前文提到的那块砂土草场密密麻麻地点缀着这种树丛（它们在多石的地上长得最好），让人想起坚硬的灰色苔藓或者地衣，其间数千小树挺身而出，上面还挑着种子。

树丛四周每年都会被牛定期修剪一番，好似大剪刀打理过的树篱，常常呈为规则的锥状或金字塔形，高在一到四英尺之间，几乎都有锥尖，好似园丁的手笔。在纳波斯科特山间草场及尖坡之上，每逢太阳西斜，它们就会投下优美的阴影。好多小鸟在其间筑巢栖息，因而觅得躲避老鹰的理想去处。夜间，群鸟都会来这里栖身。有个树丛直径六英尺，我发现里面有三个知更鸟的窝。

若从种子入土之日算起，它们毫无疑问算是老树，若考虑生长状况和来日尚多的前景，则它们还算幼株。有几株高仅一尺，宽亦同此，数过年轮后得知树龄约为十二年，却茁壮挺拔，生机蓬勃！它们很低，甚至到了被行人忽视的地步，而它们的园中同类却早已挂上了硕大的果实。不过，生在园中可谓得之时而失之力，亦即，丧失了树木的元气。这就是它们金字塔式的生长情况。

牛还会这样啃上二十年甚至更久，致使树丛很低，只好横向生长，最后长得很宽而成了自己的一道围篱。如此一来，里边的幼芽便使敌人可望难及，由于它依旧铭记高处的召唤，因而满怀欢欣地向上猛长，并结出属于自己的果实而最终获胜。

它最终击败呆笨对手的策略如上所述。如果目睹了某一植株的生长过程，现在你就会明白，那简单的锥状或塔形外观不会保持多久，锥尖上将会长出一两根嫩枝，可能比在果园里长得还要滋润，因为植株已将遭到压抑的所有能量都释放在了顶端。这些嫩枝不久便会长成小树，于是，一个倒置的金字塔就会出现在原有金字塔的顶部，整棵树最终成了一个巨大的沙漏。下方横铺的基座既已完成使命，所以会最终消失。牛群至此无法施害，因此获允靠近，在树荫里纳凉，在树干上蹭痒，让红色的牛毛沾上一度遭它威胁的树干，乃至尝上几口果实，当然，也会替它传播种子。

牛群借此为自己创造了树荫和食物，而果树，也似乎因为沙漏倒置，随着时光倒流而获得了新生。

今天，好多人面对的一个重要问题是：果树该修剪得跟鼻子齐平，还是跟双眼等高？牛的修剪止于自己力所能及的高度，我想，这应该是恰当的标准。

这种灌木毫不起眼，唯一的垂青来自小鸟，因为这是躲避老鹰的庇身之所。它们虽然面对往复不已的牛群，虽然身处逆境，但终究拥有自己的花期，也终于有了自己的收成，尽管所获有限，却也实实在在。

我在观察树丛中央的那些枝条时想，它们是否也会像我一样忘了自己的使命。于是，十月将终，它们叶子落尽的时候，我便屡屡前往查看。但见枝头挂着第一批收成，小巧的果子或为翠绿，或呈金黄，或是显出玫瑰的光色，因密实多刺的围篱阻隔而没有被牛群掠去，我便开始迫不及待地品尝这无可名状的全新品种。我们都听说凡·蒙斯和奈特[1]培育了为数不少的水果品种，眼前的培育方法却属于凡·母牛，它创造的品种不但远较两人为多，也让人格外难以忘怀。

历经多少艰辛它才能培育出这枚香醇的果子！这种野果虽然略小，但是，若论滋味，纵使不比园中的果子好吃，至少也跟它不相上下；若虑及它经历的磨难，这小小的果子自然更加香甜，更加甘美。这枚野果由母牛和鸟雀偶然所植，生于砂石遍布而不为人知的荒远山坡，谁又敢说它不会成为果中极品，不会传进域外君王的耳朵，不会让皇家学会为了推广而四处寻访，而粗鄙卑下的砂地主人尽管

1　凡·蒙斯，比利时物理学家、化学家和植物学家，在园艺方面卓有建树，因培育了四十余种梨子而知名。奈特，英国植物学家和园艺学家。

不为人知，其名声却不会借以越出他那个小镇？鲍特和鲍尔温这两种果子就经历了这种培育过程。

所以，每一丛野果树都会让我们心怀缅想，这多少有点野孩子激起我们期待的意味。它或许就是一位乔装的王子。人类何尝不然？秉受生命的极致，意欲成就仙品，却为命运所噬。多么惨痛的教训！唯有坚忍不拔、强悍无比的天才才能保全自我，获得成功，最终向天空伸出一条嫩枝，而后让精美的果子落向忘恩负义的大地。诗人、圣哲和政治家也是如此，他们从乡间的草野奋身而起，卓尔不群，赢得美名。

求知之道亦复如此。所有仙果，金苹果园中的那些果子，永远都由不曾入睡的百头之龙看护，因此，付出赫拉克勒斯的艰辛方能采摘到手。

这是野苹果的一条衍生之道，也是最为卓越的一种方式，不过，它通常在林间和沼泽的宽敞空地，以及大路的两旁破土，而且长得更快，因为那里的泥土于它更为相宜。它若生在密林，则会又细又高，我常常能从这些树上采得味道极淡的果子。诚如帕拉狄乌斯所说，“Et injussu consternitur ubere mali”：果树不为所喜，因而烂果满地。

人们认为，假如这些野树结不了好吃的果子，就可以充作理想的砧木[1]，如此，其他水果的精纯品质就能借以传之子孙。这种观念由来已久。不过，我无意寻找砧木，我找的就是野苹果本身，它那尖利的气味容不得任何“改良”。

培植香柠檬
非我意中求

果实及风味

野苹果的节令在十月和十一月之交，这时的果子才鲜美可口，因为它们成熟得较晚，这个时候恐怕仍旧美丽如常。我对这些果子尤为珍视，农夫却认为不值得采集。这是缪斯的野味，活泼奔腾，让人激动。农夫觉得他桶里的才是好东西，但他错了，如果他有行人的胃口和期望就知道是怎么回事。可是，这两样东西他都没有。

这是纯天然的果子，可在十一月一日前都没人理会，我想可能是主人无意采摘的缘故。它属于跟自己一样野性未泯的孩童（那些我认识的活跃孩子）；属于身在野外、眼神粗野的妇人，她在全世界拾荒，任何东西在她眼中都

1 砧木是嫁接时承受接穗的植株。

没有缺陷；此外，它还属于我们行人，途中相遇便归所有。这是行使既久的权利，在好多古朴的乡村已经沉淀为习俗，果子知道在这里该怎么生长。我听说“一种叫戈兰搏的风俗，这种风俗或许也可以称作‘捡苹果’，在今天或昔日的赫里福郡颇为流行。正式的采集结束后，会给孩子们在每棵树上留几枚果子，这些果子就叫戈兰搏，由他们带着爬杆和口袋去摘”。

还在我小的时候，有些树就行将死去，不过直到现在依旧活着。主人不抱什么指望，已将它们扔掉，因此懒得去树下看看，只有啄木鸟和松鼠会前来光顾。它们是这里土生土长的果树，在我眼中，我来这里采摘的是野果。从稍远的地方看去，树上除了挂满地衣别无所有，可是，你若心存期望则必然会得到报偿，因为树下就有鲜美的果子。有些果子留有松鼠的齿痕，它可能是想搬进洞里，有些里面有一两只蟋蟀在悄悄地享用，而有些里面则是没有壳儿的蜗牛，碰上阴湿的天气更是如此。树上依旧垒放着棍棒和石头，你会明白这里的果子有多香醇，人们当年对它是何等地热衷。

我在《美洲水果和果树志》里没有看到对这种果子的交代，然而，与嫁接的果品相比，它更是我的钟爱。经过十月和十一月，或者十二月到次年一月，甚至二月到三月，它的味道略有缓和，却依旧不失鲜活泼辣的美洲风味。邻家一位老农的说法总是恰如其分：这种果子味道特别，爽利如箭。

用以嫁接的苹果常因其味绵甜，个头甚大，产果丰足而选，非因味道爽烈而取，人们看重的是精纯不二的美质，而非一无瑕疵的漂亮。我对栽培专家遴选的名录实在没有信心。所谓“精品”、“独一无二”、“空前绝后”的品种，我经栽植后发现，其味寡淡无比，让人意趣索然。这种果子吃起来毫无感觉，没有那种正宗的烈性和劲道。

如果某些野果味道刺鼻，让人皱眉，难道不因为它们仍旧属于对人类温情满怀、一腔赤忱的果神？将它们送往酒坊更让我愤愤不平，它们或许尚未彻底成熟。

难怪人们觉得上品果酒该用色彩浓艳的小苹果加工。劳登援引《赫里福德郡公报》说：“在品质相当的情况下，小苹果比大苹果更得青睐，因为果皮和果核占的比重更大，而它们恰好可以提供最甜的果汁。”他接着说：“赫里福德的西蒙兹博士为了验证此说，大概在一八〇〇年酿了两大桶酒，一种完全用果皮跟果核，另一种只用果肉，结果证明前者异常爽烈强劲，后者却绵甜平淡。”

伊夫林[1]说“红斑苹果”在他们那时是酿酒的首选，他

1　伊夫林（1620—1706），英国作家，乡间士绅，有三十部作品行世，坚持《日记》，终生不辍，这部作品成了17世纪英国社会的见证和写照，有极高的史料价值。

引用某位纽伯格博士的话："我听说在泽西流传这种说法，果皮越红，越适合酿酒，酿酒桶里的白皮苹果都会被剔除。"这种看法至今盛行。

所有的苹果到了十一月都会很好。有些果子会因为在市场滞销或买主觉得味道欠佳而被农夫冷落，对行人而言，那却是果中珍品。有些野苹果在野外或林中吃来，真可谓爽口带劲，可是，一旦带回家里，味道往往酸涩不堪。漫游者的苹果连他本人都不会在家里享用。上颚在家里会拒绝这种东西，正如它会排斥山楂和橡子，因为在这里它需要平和的感觉。究其原因，乃是家里少了十一月的空气，它恰好是享用野果的佐料。所以说，提蒂卢斯看到日影西斜，邀请麦里布斯到家做客时，曾许以绵甜的苹果和嫩嫩的栗子，mitia poma, castaneoe molles[1]。我常常采摘野苹果，其味泼辣强劲，我不禁想，园艺师都不会从这种树上选取嫩枝，不过我却没有忘了装满口袋回家。然而，我从桌子里拿出一枚到卧室品尝的时候，偶尔也会觉得味道竟然浓烈无比——酸得足以使松鼠倒牙而让松鸦失声。

这些果子挂在风霜雨雪之中，最后都吸收了时令与节候的气息，经过这样充分调制后，它那股劲道就会激刺唇

1 典出维吉尔《牧歌》。

舌，螫痛口腔，灼烧喉咙。因此，它们只能在合适的场合，也就是户外食用。

这些十月之果野性十足，味道强劲，要想领略个中滋味，就得呼吸十月或十一月的凛冽空气。户外的空气和行动会给漫步者的上颚赋予特殊的敏感，使他希求深居简出者谓为尖利酸涩的水果。这些果子非得在旷野品尝不可，这时全身因户外活动而生气勃发，手指被风霜冻木，枯枝败叶在寒风中瑟瑟作响，松鸦在四周凄厉地啼鸣。旷野漫步让人心旷神怡，它会将室内的尖酸点化为甘甜。这些苹果该贴上标识：随风品用。

果实的任何风味皆非多余，都为不同的嗜好而备。某些苹果有两种截然不同的味道，或许一半须在室内享受，而另一半必得户外食用。一七八二年，某位叫彼得·惠特尼的人在诺斯伯勒为《波士顿学会公报》撰文，他说该地有棵果树会“结截然相反的果子，同一个苹果往往一半酸而一半甜”，或者有些苹果酸，而有些苹果甜，整棵树都是这种情况。

我们镇里的纳肖图科特山上有一棵野果树，它为我提供了无比怡悦的粗犷美味，吃完大半个果子才能领略。那种气味会留在舌尖。咬上一口，就有一股活似缘蝽的气味。品赏这种美味让人觉得很有成就。

我听说普罗旺斯有种李子“称作Prunes sibarelles，因其味极酸，吃后无法吹口哨而得名”。所以如此，恐怕是只在夏日并且室内食用的缘故，不妨在天气恶劣的户外试试，说不定哨音会提高八度，而且格外清亮高亢。

大自然的尖利酸涩唯有身处旷野才能欣赏，恰似樵夫的饭食在阳光和暖的林间空地上吃得最香。时届隆冬，沐浴着正午的阳光，他心满意足地缅想着夏日，而身外的酷寒却会让室内的学生悲戚哀叹。户外干活的人不会觉得冷，感到冷的反倒是那些在室内坐着瑟缩发抖的人。气温如此，气味同理；冷暖如此，酸甜亦然。上颚残障的人会排斥尖利酸涩的气味，而这种天然的活跃因子恰恰是真正的佐料。

将你的佐料存于感官之中。领略野苹果的风味需要强健的官能，让上颚和舌头的突触牢牢地挺耸，不要让它轻易倒伏而萎靡迟钝。

因为对野苹果的如许认识和体会，所以我能够理解，为什么好多为文明人所排斥的食品却能得到野蛮人的钟情。野蛮人有户外活动者的上颚，品味野果恰好需要野蛮，或者野性的趣味。

品味生命之果，领略世界之最，又需要何等健康的户外胃口！

好多苹果非我所愿
就算世人交口称赞
长命的果子也不例外
红润的格林尼亦非所盼
伊甸园中的那枚又复如何
女神争抢的金果亦属枉然
不！都不要！
我要的果子系在生命的藤蔓

所以，人在野外是一种想法，在室内又会是另一种感受。但愿我的思想如同野苹果那样成为漫步者的食粮，至于室内品尝是否爽口，我却无从保证。

野苹果之美

几乎所有的野苹果都体面大方，就算节瘤蔽体，锈斑覆身，而使本色漫灭难辨，也不会到不足一观的程度。纵使节瘤遍布，也能为双眼提供某种补偿，你会发现结疤和坑凹里腾跃闪烁着西天的霞彩。夏日若不在它的面颊上留下彩带或花斑，就几乎不容它继续前行。它只要目睹晨曦和晚霞，就会染上红斑以为存照。若是日光隐辉，大雾绵绵，而或空气酝酿着霉变，它的记忆里就会烙下晦暗的锈色疹斑。宽阔的绿色空间辉映着大地的基色，有时甚至翠若绿原，而那些意味着平和风味的黄色板块，若非灿似丰收，则应褐如山峦。

这些苹果，就是我所说的这种苹果，美得难以言状。它是浑然天成的康科德美味，而非杂乱无序的“敌克德”之果。美丽如许，却在荒僻的地方随时可见，卑微的人群尽可以拥有。一经风霜点染，则美轮美奂，异彩纷呈。有的或橙比黄金，或艳似丹彩，或红若胭脂，好像在匀匀地转动脸颊，无所遗漏地接受太阳的光热；有的靥着桃花，微泛绯红；有的棕质褐章，条纹着身，浑若母牛，而那殷红的细线从花蒂这端流向果柄的酒窝，纤细悦目，匀称规则，宛若数千条子午线穿过麦秆蔽野的大地；有的着上微绿的锈斑，如同鲜亮的苔藓，一旦雨水浸身，则见血红的疹斑和洞眼融为一体，烧成了一团火焰；有的则为结疤所覆，在果柄近旁的空白处洒上猩红的亮点，好像那位妆扮秋叶的画师不小心甩出的油彩；还有的果肉泛红，被一重红晕抹成了仙果，美得让人不忍下口——金苹果园之珍，夕照成就的仙品！它若身卧湿漉漉的草丛便分外抢眼，若身处幽谷，在秋色浸染的山林，那枯叶间的亮色会格外醒目，好似海滨的贝壳和卵石。可是，一旦带进屋里便会干瘪委顿，光彩尽失，非复往昔。

取 名

上百种野苹果运进酒坊后聚成了一堆，替它们取个恰当的名字也足以怡情悦性。若不袭用人名而用日常辞藻，要想找到合适的名字，恐怕会让人绞尽脑汁，搜肠刮肚了。谁该充当替野苹果施洗命名的那位教父呢？日常辞藻会捉襟见肘，就算拉丁文和希腊文也难胜此任。看来我们只好求助日出、日落、彩虹、秋林、野花、樵夫、紫雀、松鼠、松鸦和蝴蝶，以及十一月的旅人和逃学的顽童了。

一八三六年，在伦敦园艺学会的果园里，名贵品种超过一千四百余种，我们眼前的这些品种却不见于这份名录，遑论由沙果培育的其他品种。

且容我列举几种。但我发现，为使不谙英语的人方便起见，我还是不得不采用拉丁学名，因为拉丁学名似乎已经得到世人的广泛认可和接受。

简要列举如下：木苹果（Malus sylvatica）、蓝鸦果、林中幽谷果（sylvestrivallis）、草场洼地果（campestrivallis）、废窖口果（Malus cellaris）、草场果、山鹑果、逃学果（cessatoris，孩子们上学路过非要对它动一下手脚，哪怕再迟也不管）、迷路果（迷走好久才能找到它的所在）、艳果（decus aëris）、十二月享用、解冻果（gelato-soluta，冻结消融后才好吃）、康科德果（可能就是Musketaquidensis）、阿萨布果、棕底深斑果、新英格兰之酒果、山雀果、青苹果（Malus viridis，这种果子叫法很多，尚未成熟时叫choleramorbifera aut dysenterifera, puerulis dilectissima）、阿塔兰特[1]驻足所摘果、篱果（Malus sepium）、刺蛾果（limacea）、铁道果（可能因车厢里扔出的一枚果核而生），还有年轻时曾吃过的苹果，不见于任何名录的本地苹果，pedestrium solatium，挂有遗忘镰刀的苹果，此外有伊丢娜的苹果，洛基在林中发现的苹果，等等，还有好多见于我的名录但不烦枚举。所有这些野苹果都相当出色。波迪乌斯谈及苹果时曾经编引维吉尔，那我也要编引他的说法：

就算我多舌多口
嗓音清亮，也难以
列全野苹果的名目

1　阿塔兰特为希腊神话角色，著名女猎手，幼时遭父遗弃，得母熊哺育而生，后为猎人养大。她与求婚者赛跑，输者将被刺死。弥拉尼翁得女神阿芙洛狄忒之助，一边跑一边扔女神赐予的金苹果，在阿塔兰特捡苹果的时候终于获胜。这一题材后来进入了奥维德的诗篇。

拾　遗

到了十一月中旬，野苹果便不再那么光鲜，并且大部分都会落下。落地后，大多都会烂掉，完好无损则越发可口。在老树间漫步，山雀叫得更加清脆，秋日的蒲公英小伞半拢，毛絮飘飞。这时，人们以为野外的果子早已一颗不剩，但是，只要你是高手，就连栽植的那种苹果都会收拾满满一口袋。我知道沼泽里有一棵布鲁·皮尔曼果树，美得如同野生。切莫看上一眼就觉得那里一个果子都没有，你得顺着枝干寻找才行。有些果子掉在地上露在外面，这时就会颜色变黑而烂掉，但在潮湿的落叶中，偶尔却会露出几个鲜亮的脸颊。而且，我的双眼训练有素，不论是在越橘丛还是光秃秃的桤木间，而或在萎谢的莎草里还是岩石的缝隙中，我都有收获，甚至在地上厚厚的枯败蕨草里，我也能翻出东西来。因为我知道，苹果掉下后便会滚到低处，为树下的落叶所覆而藏身其中，打上了稳妥的包装。树下随处都有它们的藏身之所，被我揪出后，一个个湿漉漉地晶晶闪亮，可能被松鼠咬过，也可能被蟋蟀吃空，有时还沾着一两片树叶，好像修道院阴湿地窖中的柯曾古卷[1]。但它们依旧光艳如初，至少因为已经熟透并且保藏完好，所以，纵然味道不及桶里的苹果，却也爽脆如常，口感极佳。如果这种地方空无一物，我就会在侧生大枝上密密麻麻的吸根间察看，因为不时就有一两颗住在里面，或者就在桤木丛中搜寻，因为它们为树叶所覆，路过的母牛无从发现。布鲁·皮尔曼果子我也接受，所以肚子饿了的时候，我就会装满两边的口袋。风霜前夜我会走出家门到四五英里之外访旧，为了保持左右平衡，一路上我会从两边的口袋交替取食。

格斯纳[2]似乎对阿尔伯图斯[3]服膺备至，我经由他的托普赛[4]译本了解到刺猬搜集苹果并搬运到家的方法。他写道："刺猬以苹果、虫子和葡萄为食。它在地上发现苹果或葡萄后，就会在上面打滚，待刺上戳满便带回家去，其间用嘴叼的也就不过一颗。如果在路上偶尔掉下一颗，它便会将身上剩下的全部抖落，再打一次滚，将它们全部载到

1 柯曾（1810—1873），系英国旅行家和外交官，他曾负责在东正教修道院寻找《圣经》古本，于1834年和1837年通过购买得到了部分抄本。

2 格斯纳（1515—1565），瑞士博物学家，苏黎世大学教授，有《动物史》和《自然史》行世，前者是关于该题材的首部作品，后者卷帙浩繁，超过四千五百页。

3 阿尔伯图斯（1200？—1280），德国人，中世纪知名的经院哲学家和神学家，终生写作不辍。其作品于1899年汇集出版，共三十八卷，涉及逻辑、神学、生物、地理、化学等十一个学科领域。

4 托普赛（1572—1625），英国教士，翻译家。因格斯纳作品风行当世，遂发愿翻译，1607年完成的部分名为《四足兽史》。

身上。因此，它一路前行，会像车轮辚辚而过。洞里若有幼崽，就会从它的背上卸货，找喜欢的吃，而将剩下的存起来，留待来日享用。”

冻　果

将近十一月之末，有些品相完好的野苹果仍旧果汁饱满，也可能格外好吃，却常常会像树叶那样失去光彩而渐渐上冻。天气滴水成冰，农夫虑事周全，会把整桶的苹果搬进户内，同时也会为你奉上收获的苹果和酿制的果酒。窖藏的时候已经到了。少许野果可能会衬着初雪展示红颜，有些甚至整个冬天埋在雪里而容颜不改，完好如初。不过，它们常常会在入冬后冻硬，虽然不曾腐烂，但很快就会通身发黑，变成烤苹果的模样。

十二月尚未过去，冻果就开始消解。对文明人来说，一个月前，这些果子还酸涩不堪，无法忍受，可是，只要天气转暖，一经太阳解冻（它们对太阳极为敏感），果皮完好便有一包芳醇甘冽的果汁，胜过所知的任何瓶装果汁，较之熟悉的果酒我也了解更多。所有苹果经过这种变化都相当好吃，口腔就是榨汁机。有些则果汁不多，那些果肉却成了甘美异常的食品，我觉得比西印度一带进口的菠萝更加好吃。有些果子，不久前连我都因为咬了一口而为之后悔（因为那时我还处于半开化状态），农夫也任由它们留在树上不闻不问，但我现在欣然发现，它们也跟橡树嫩叶一样自有理由挂在枝头：如此一来，不用瓶子也可以保存果汁了。它们先由风霜冻结，硬得像石头，接着让雨水或温暖的冬日化解，这样，似乎便经由置身其中的空气而吸收了天国的芳馨。有时你走在回家的路上，它们会在口袋里磕磕碰碰，但是消解后，那冰花就会成为果汁。当然，经过三四番解冻消融，味道就会变得寡淡。

酷寒的北方成就了这些水果，跟它们相比，从灼热的南方进口的那些水果还算什么？我曾拿这些冻果哄骗朋友，“满脸诚意”地怂恿他吃。但现在我们都贪婪地装满了口袋，弯腰享用以免那溢出的汁液弄脏了衣襟，这种美酒让我们相得甚欢。可曾有什么果子在纷披交错的枝叶间长得很高，使我们拿杆子都敲不下来？

我很清楚，这种果子绝不会有人带进市场，它跟市场上的苹果迥然不同，也跟干瘪的果子和果酒判然有别，如此完美的果子，不见得每年冬天都有产出。

野苹果的时代行将落幕，它可能会在新英格兰绝迹。有些种植本地水果的园子相当大，你依旧可以在里面漫步，以前这里的果子绝大部分送进了酒坊，现在它们都腐变霉烂了。我曾经听说，在一个遥远的山脚小镇上，苹果从山上滚下，业主唯恐它们混进榨汁的果子里，于是筑墙阻拦，使墙下堆积的果子居然有四英尺之厚。我常常会在荒弃的草场见到本土的果树，它们为日渐起身的林木所围，但是，由于气候变迁，也因为改良品种大量涌入，这些果树仍旧无人经营。恐怕一百年之后，有人走过这些荒原时，再也无从领略手执长杆采集野果的乐趣了。可怜的人啊，多么可惜，乐趣如许之多，你却无从得知！今天，尽管鲍尔温和鲍特风靡一时，但百年前这里是否也像今日一般建成了好多如许之大的园子，我无从确定。但我知道，那时候，我们镇上为酿酒所建的果园绵绵相望，人们既吃苹果，又喝果汁，给果树的唯一养料就是果渣，因此除了栽植之外无所耗费。当时，人们只需沿着围墙插上果苗，然后便无所用心，由它自己去碰运气。今天，没人会把苹果栽到如此僻远的地方，或是沿着人迹罕至的道路和小巷，或是在林中幽谷的深处。现在，人们既然付出代价获得了改良品种，便在房屋近旁辟出一块地建成林子，然后圈上篱笆。结果只有一个：我们只好去桶里找苹果了。

“耶和华的话临到毗土珥的儿子约珥”如右：[1]

---

1 梭罗所引经文为《圣经·旧约·约珥书》第一节之摘录，中译采自中国基督教会NRSV（新标准修订版）双语对照本1995年版，见原书页1388—1389。

“老年人哪，当听我的话；国中的居民哪，都要侧耳而听。在你们的日子，或你们列祖的日子，曾有这样的事么？……

“剪虫剩下的，蝗虫来吃；蝗虫剩下的，蝻子来吃；蝻子剩下的，蚂蚱来吃。

“酒醉的人哪，要清醒哭泣；好酒的人哪，都要为甜酒哀号，因为从你们的口中断绝了。

“有一队蝗虫[1]又强盛又无数，侵犯我的地；它的牙齿如狮子的牙齿，大牙如母狮的大牙。

“它毁坏我的葡萄树，剥了我无花果树的皮，剥尽而丢弃，使枝条露白。……

“农夫阿，你们要惭愧；修理葡萄园的阿，你们要哀号！……

“葡萄树枯干；无花果树衰残。石榴树、棕树、苹果树，连田野一切的树木也都枯干；众人的喜乐尽都消灭。”

---

1 “蝗虫”原文nation，意为“民”。

夜色和月光

几年前，一次偶然的月下漫步让我难以忘怀，于是，我决定经常这样，以熟悉自然的另外一面。我也是这么做的。

据普林尼所说，阿拉伯有一种石头名为塞利纳特，“其中泛白，随月光消长”。如此说来，我近一两年的游历倒有点这种石头的意味。

在多数人眼中，午夜难道不跟中非一样让人着迷？难道我们无意对它也来一番探究：穿过它的乍得湖岸，找到它的尼罗河源头，或许还会发现它的月亮山[1]？谁知道那里将会呈现何等丰饶的美景，又会提供何种本色的启示？正是在中非的月亮山，尼罗河的所有源头就藏在夜色之中，而我们溯流而上的探险才到大瀑布，间或才到白尼罗河入

1　从古希腊时代起，尼罗河探源就是非常诱人的趣事，这个问题直到19世纪才得到解决，此前却有很多传闻。比如，公元前一位商人就声称找到了尼罗河发源的山脉，并根据土人的描述，将这座山脉称为“月亮山”，月亮山由此知名。月亮山即今日的鲁文佐里山（Rwenzori），位于乌干达刚果（金）两国边界。

口。然而，青尼罗河[1]才是我们的目标。

如果我能从夜晚开辟若干领域，如果我能在报纸撰文告诉读者，夜间对我们充满启示，他们真该予以关注，如果我能告诉世人，就在他们沉睡之际，美妙动人的一切才开始亮相，如果我能为诗歌拓展领地——如果这样，世人就会因我获益。

较之白昼，夜晚肯定格外新奇，而且更少不洁气息。我不久才意识到自己对它的了解限于表相，至于月亮，我也好像仅仅透过百叶窗偶获一瞥而已。为什么不乘着月色走上几步？

月亮每个月都会给予启示，尽管常常归于徒然。如果你曾留意，难道不觉得它跟文学和宗教的启迪迥然相异？为什么不参究一番这神秘的"梵文"？月亮来去之际，都会营造出一个诗意世界，提供耐人寻味的教益，也会留下神圣崇高的开示——庄严如许，意味深长，我却漠然置之，将会怎样？乃至月亮淡出天际，人们都不曾留意，又复如何？

有人说，他放眼周遭便能汲取灵感，未必非要仰首邈远的苍穹，借以批评柯尔律治。我想，此人该是查尔默

1　白尼罗河，英文作White Nile，青尼罗河为Black Nile，表示黑色的black暗切夜晚，梭罗因之据以申说。

斯。人们会说，像他那种人自然要对月亮不屑一顾，就因为月亮从不将另外一面掉给人们。思想的光芒自有其遥距地球的轨道，并且会予夜行者以鼓舞和指引，毫不亚于星辰和月亮。对此，查尔默斯先生当然会出语批评，而戏称为“朦胧月光”。那是朦胧月光？那好，请你在没有月光照亮的夜间走走。纵使星光微弱，我也心存感激。星星的明暗完全取决于我们自己。不管是领会了深远思想的点滴，还是目睹了绚丽彩虹的片段，而或欣赏到薄暮天空的一隅，我都会满怀谢意。

人们对月光摇唇鼓舌而出言不恭，俨然一副行家派头，恰似猫头鹰大谈日光。算了吧，什么日光！当然，“月光”这一辞藻通常只是意味着他们无法理解的东西，真该离床起身，警醒以之，他们却身在卧榻，付之酣眠。

尽管月光使沉思的漫步者无复他求，并且跟我们内在的光芒相应相辅，但不得不承认，无论亮度还是强度，它同日光根本无法相比。不过，月亮不能单纯以光线的明暗而论，还需根据它对地球及其居民的影响评判。“月亮为地球所吸引，而地球反过来又会接受月亮的作用。”月下漫步的诗人很清楚，因为月亮，他的思想才会潮流涌动。我要竭力避免白日的纷乱思绪对自己思想浪潮的干扰，并且提醒诸位读者，切勿以日光为标准评判我的思想，而务必明白只因夜色我才命笔宣说。怎么看完全取决于你自己。华弗曾在德拉科的《出洋记》中提到过达里恩印第安人中的白化病人:“他们很白，不过，那是和马匹相似的白色，跟欧洲人的纤嫩白皙判然不同，因为他们的肌肤毫无血色……他们眉毛呈现乳白，头发亦然且无杂色……这些人白天很少出门，因为难以适应日光，加之双目会畏光半闭而泪流不止，这种情况在太阳直射时尤为明显。不过，他们的视力在月光下极其出色，我们因此称之‘月眼’。”

我想，在月下漫步的时候，我们思想的“肌肤”也“毫无血色”。不过，我们在心智和情操方面是白化病人，我们成了恩底弥翁[1]的孩子，这便是跟月亮过从甚密的结果。

极地荒寒无比且亘古不易，极夜晨昏莫辨始终如一，但是，都怪极地航行者记录不详，我们才知之甚少。因此，评说“朦胧月光”的人便无从置喙，不得已之际，也只有拿月亮说事了。

多数人在白天散步，个别人却选择夜晚，两者差别势同霄壤。拿七月夜晚的十点来说，此时人们已经入睡，白天的迹象一丝不存。皓月当空，牛群在空寂的牧场上吃草。

1 恩底弥翁为希腊神话人物，关于他存在多种说法，但核心因素有两个：其一，他长眠不醒，其二，他是个美男子，得到月神的钟情。

天地间一派新奇。天上不见太阳，只有月亮和星辰，树上没有画眉，唯有夜鹰翻飞，看不到蝴蝶的影子，但见萤火虫翅膀上点亮的火星儿——宛若凝露的身躯，熠熠闪耀的光辉，优游从容的镇静，三位一体，令人难以置信！如此看来，人类的双眼、血管和大脑里也有闪耀的光辉。四周没有鸟鸣，却传来青蛙的鼓噪，蟋蟀的劲歌，及布谷鸟在天上欲说还休的倾诉。独领风骚的却是牛蛙，它喇叭高鸣，从缅因传到了佐治亚。土豆秧挺直了腰杆，玉米在飞快拔节，灌木丛阴郁幽暗，麦田一望无垠。河边曾是印第安人的梯田，此刻麦浪翻滚，好像被军队所占，士兵们在微风中频频点头，小树和灌木混生其间，似乎陷身于滔滔洪流。岩石、灌木、乔木和小山投下了清晰的身影，比它们本身更加醒目。地上微不足道的坑坑洼洼也在阴影中得以显身，平时走来还算平坦的地方则成了一连串斑驳的乱影。整个大地变为影子的世界，较之白天更加姿态万千，美丽如画。岩石上极小的坑洞幽暗深邃，林中的蕨草格外健硕，好似它的热带同类。木蓝和香蕨木在林间小道上疯长，一路过去，露水会打湿腰身。橡树叶片闪闪发亮，好似有液体在上面流淌。从林间望去，湖面一片光辉，如同碧空，就像《往世书》对大海的描绘：白日的光芒藏进了它的胸膛。白色物体比白天更加醒目，远方的山崖好似一片磷火在山边跃动。森林凝重深幽，漆黑一片，大自然陷入了沉睡。月光好像选择了对象特予垂青，在森林深处的树桩上跃动，细碎的光斑让人想到一种叫月籽藤的植物。此刻，月亮好像就在林间播种。

眼睛在夜晚就会处于半闭状态，或者钻进脑子不再管用，这时，其他官能就会占据主导，行人照样能用嗅觉认路。原野、森林和所有植物都会散发各自的气味，草地上弥漫着蓝药花的芬芳，道路上散发出艾菊的清香，玉米已经抽穗，空中一股干燥气息。这时，听觉和嗅觉会格外敏锐，小溪潺潺，泠泠作响，而我们以前根本不知道它在哪里。走在山上，不时会感到阵阵暖意，那是午间湿热平原上腾起的热浪。它让人想起白昼，想起正午波光潋滟的浪涛与河岸，想起正在擦去额头汗珠的劳动者，想起花丛中嗡嗡翻飞的蜜蜂。就在这翻腾的热浪之中，人们告别了一天的劳作。此刻，太阳已经离去，这股热气在林间和山坡上往复飘荡，像走失的狗在寻找主人。岩石吸收了太阳的热量，整个夜晚尚有余温。沙子同样如此，只需挖上几寸，就会有一张热热的床铺。时值午夜，若能在山巅找到一块石头躺下，就可以盯着群星闪耀的高迥天幕驰骛思绪。星星是黑夜的珍宝，恐怕比白昼的陈列更胜一筹。有天晚上，月朗星稀，劲风漫吹，我们在河上泛舟。同伴觉得，人即使拮据困顿，也可以跟群星相依为命，因为那就是面包和奶酪，而且用之不尽。

难怪世上有了占星者，也难怪有人觉得他们跟某些星星两两相应。据西尔维斯特译出的迪·巴尔塔[1]，作者说他不信

> 宗匠用星火装点了苍穹，
> 却只为了炫示于众生，
> 他让天幕璀璨耀眼，却只为
> 唤醒原野上苦苦守望的牧人。

也不信

> 小花儿，在路边寂寞绽放，
> 也点缀着花坛，毫不起眼；
> 石子儿，被大地揽入怀抱，
> 贪婪地享受着母爱的温暖；
> 它们，都有各自的使命，
> 而耀眼的星星却与此无关。

1　迪·巴尔塔，16世纪法国诗人。

瓦尔特·雷利爵士说，“星辰藉以彰显大用，非徒以微光示人，亦非日落后用以凝望”，他援引普罗提诺以为印证：它们“含蕴深远，却跟功利无关”，还借用奥古斯丁的说法：Deus regit inferiora corpora per superiora，上天以在上者临视下界万类。不过，一语中的者莫过另一位作家的道白：Sapiens adjuvabit opus astrorum quemadmodum agricola terrae naturam，农夫成就泥土之性，智者参赞群星之功。

月光皎洁清朗，还是晦暗不明，对卧床而眠者毫无区别，而于夜行者关系甚大。月破层云，清辉满天，大地顿时清旷畅朗，若非茕茕独处，久在户外，个中欢欣实难领会。月亮似乎因你而与云团苦斗不休，而我们也将云团视为她的对手。她一上场就用光芒渲染自己的困境，使它们在硕大的暗影中显身，接着，突然将它们抛向身后隐匿的光芒之中，然后，驶向云团的罅隙，借一方澄澈的天宇奏凯前行。

若有微云挡道，月亮就会横贯而过，至少看似如此。她时而为层云所隐，时而驱散障翳而照彻它们——总之，她在为观察者和夜行客上演一出关于月夜的戏剧。这一场景在水手看来，则是月亮吞噬了乌云。当云团密集，遮蔽了森林、湖泊和群山，夜行者若非跟月亮灵犀相通，则双方只能孤身迎敌，苦战不休才能得胜。她若为层云所掩，韬失光彩，他会满怀同情，像印度人那样拿鞭子抽狗替她解围。如若天宇澄清，琼田万里，使她能够一泄无余地洒播光辉，他就会替她高兴。若她为云团所阻，苦战前行，最终安然无恙，雍容庄严地跃上中天，前路无复任何障碍，他就会满心喜悦，踏踏实实地随她前行。这时，连蟋蟀也好像兴奋难禁而放声歌唱了。

如果不是夜晚用露珠和黑暗滋养这委顿的世界，白天将会多么不堪忍受！当夜色在我们身边渐渐合拢，我们的原始本能就开始苏醒，我们会像丛林居民那样，悄悄地溜出那个窠臼，循着些微思路陷入宁静的沉思，而摆脱智识的奴役和约束。

里克特说:“大地每天都会为夜的帷幕所覆，原因如同遮上鸟笼，这样，身处略无喧嚣、寂然无声的黑暗，会让我们更容易领略思想的高度和谐。思想会被白昼化为云烟，但在夜晚，它会像光焰与火苗腾跃在我们身旁。就连维苏威火山也是如此，白天的火山口烟柱腾空，夜晚那里却火焰冲天。”

夜的氛围如此恬适，如此静穆，如此美丽，给灵魂以疗救，予精神以滋养。我因此觉得，人但凡天性敏锐，绝不会将它葬送给昏睡，但凡在户外度过夜晚，没人不会智慧见长而焕然一新，即便因此需要补偿，如古语所谓，像恩底弥翁那样在次日睡上一天。夜使希腊人的赞词“馥郁芬芳”恰如其分，此时露香弥漫，乐音缭绕，一似比乌拉[1]的国度，我们也得到休憩然后觉醒，而月亮，丝毫不亚于太阳，此时

她借来了太阳的灼目光华，
但收敛了火舌，一派娴静优雅；
她，时而好像俯身走过云层，
时而又庄严地跃上了苍穹。

狄安娜[2]还在新英格兰的天空行动。

她，是遥居天国的天后，
又像是主妇，使万物不染尘垢，
她是永生那姿态万千的化身，
端方娴静，让美天长地久。

时光不能消磨她，却跟着她行走，

1 比乌拉为安静和平之国，源出17世纪英国作家班扬的作品《天路历程》。

2 狄安娜为罗马神话中的月亮和狩猎女神。

她以光环笼罩众生，给以庇佑，

群星在她身旁光彩尽失，

贞洁女神的完美塑像依她铸就。

印度人将月亮比作肉身行将辞世的圣人。

伟大的复古者！伟大的魔法师！在祥和的夜晚，只要获月[1]或猎月[2]一泄无余地照临人间，城里的房屋，不论白天由谁设计，这时却只认可一位主人。街巷跟森林一样神秘古朴，新旧事物消弭了界限，浑为一体。我搞不清自己坐着的是残墙断垣，还是待建的砖木瓦石。大自然是一位富于教益又无所偏私的教师，她不会传播粗鄙的观念，也不会取悦任何人，她既不偏激，又不保守。想想吧，月光是如此温良，又如此粗犷！

跟白天相比，夜晚的光芒与我们的识见更加般配。平时，它和我们程式化的心灵世界一样晦暗，一旦皓月当空，它又同我们豁然醒悟时一样敞亮光明。

就让我沐浴着夜色一直待在外面，

到东方破晓，万物再度混入茫然。

1　获月为秋分后两周内第一次出现的满月。

2　猎月为获月后的第一个满月。

如果白日的光芒并非内心黎明的写照，它能有什么意义？如果早晨没有给灵魂带来启示，则为何要揭去夜的帷幕？那只是眩惑双眼的折腾。

奥西恩[1]在给太阳的献词中放声询问：

黑暗住在什么地方？
你紧跟着星星的脚步，
像猎人在空中穷追不舍，
你登上了高耸的山峰，
它们却坠向荒芜的群山，
星星幽邃的家园又在哪里？

谁不曾在思想深处伴着群星“坠向荒芜的群山”，又随同它们走进“幽邃的家园”？

然而，即便在夜晚，天空也并非一片漆黑，而是一派湛蓝。因为，透过地球硕大的阴影，我们看到了遥远的白昼，那里，阳光正在恣意地狂欢。

1 奥西恩，传说中公元3世纪爱尔兰英雄和游吟诗人。

爱　情[1]

男女根本有别，居然因此而存在如此强烈的吸引，但这区别究竟是什么，迄今却没人做出圆满的解答。或许，我们只好接受如下区分并以为公允：聪明属于男性而可爱归于女性，尽管两者并非各自的专属。男人老是跟女人说：你怎么不聪明一点？而女人则老是跟男人说：你怎么不可爱一些？聪明抑或可爱并非各自的本愿，不过，如果各自既聪明又可爱，则世间就会既无智慧，又无爱情了。

至善无异，纯美相同，尽管欣赏角度容或有别，且感知方式存在不同。这一品质我们见之于美，闻之于乐，嗅之于芬芳，品之于美味，也感之于强毅健康的体魄。美的

1　本文及《贞操和情欲》为梭罗1852年9月给哈里森·布莱克书信的附件，由作者从日记中辑出。布莱克较梭罗年长一岁，但很早就服膺于他的品格与智慧，并且长期保持通信，请教精神和思想方面的问题。1852年，鳏居六年的布莱克打算跟年幼自己十三岁的珂南特结婚，因致函奥尔科特和梭罗就婚姻问题征询意见，梭罗附上日记文字以为答复。梭罗在信中说："随函奉寄关于贞操和情欲的文字。谈论这一话题我颇感羞赧且力不从心，不知自己因此而暴露了多少缺陷，也不知文中所论有多少合乎常理常情。您若有高见，伏乞见教。"

表相或现象纷繁如许，其中相同的特质却难于表达。恋人在对方一瞥之际看到的美景，犹如从日落的画幅中看到的西天霞彩。这捉弄人的精灵，时而潜藏在人类的眼睑背后，时而隐匿在白昼行将闭目的一瞬。夜晚和清晨的美景古老悠远且自然天成，它就藏在这小小的界域之中。眼睛是那样地深邃渺远，曾否有可爱的天文学家探测过它的深度？

少女的心里藏着一朵鲜花，也藏着一枚果实，这鲜花和果实较之田野花萼的包孕更加娇美，更加芳醇。她若对自身的纯净和坚定的心念满怀信心，且心无旁骛地一路走去，就会引得诸神回顾，而让整个天地谦卑地奉为女神。

男子若为这一情愫感染，就会成为风弦琴的一根丝弦，跟永恒清晨的微风相和而鸣。

爱情无处不有，无时不在，所以初看之下似乎有点不足为奇。在过去的岁月里，好多滨河而居的印第安少男少女都被强势的文明所化。不过，今日印第安青年的婚恋却一如既往，不为所沮，因为爱情的力量不会受个人一己经历的影响。虽然爱情会光顾我们这些尚有缺陷的生命，却不会习染我们的缺陷；虽然我们的生命有始有终，可它无始无终，垂之永恒；不论什么人住在这些河畔，圣洁的爱情守望却不会更易，甚至，纵然人类不再居留，它仍旧会一如既往，呵护着这片天地。

纵是炽热的爱恋也可能会给某种直觉留下一方天地，彻底的放纵和全然的付出因此得以避免，痴情的恋人也会因此而有所保留。这种直觉便是对变故有所预见的天性。实际上，全心以之的恋人也不会丧失智性，他们在寻求地久天长的爱情。

试想，充满诗意的爱情何其之少，而相形之下，步入婚姻的关系又何其之多。人们好像轻易屈就于本能而未曾就教于智性，耽溺于爱情而根本不曾寻求伴侣。就动机而论，好多婚姻源于本能者多，而出自理性者寡，但本能须接受精神和智性的导引才行。如果人们诉诸常识，好多婚姻便不会出现，如果人们遵从超拔识见或智慧的引导，我们经见的婚姻又有多少能够发生？

我们的爱情可能会趋于堕落，也可能会获得升华。设若爱情如下所言，则它到底是怎么回事：

礼敬须归神灵，
爱情仅属世人。

爱情是位严苛的批评者，仇恨易解而爱情难消。人若希求真正的爱情，则不啻委身于空前严峻的考验。

你的恋人是否是这么一位：你有所进益，她准会离你越近？你高贵的品性是否对她更加富于感召，你独异的美德是否让她格外留恋？而或，她对此无动于衷，视而不见？唯有卑下的迎合才能取悦于她，才会赢得她的爱情？若然，你就该遵从天性离她而去。

爱情必得像火焰一般明亮。

如若缺乏识断，至圣人物的行止也不免浅陋粗鄙。

与女子纯粹的多愁善感相较，男子的细腻感受更多女性气质。心可以为目盲所扰，爱却不会丧失明察，任何神明都不会如它那般洞幽烛微。

智识和感情在爱情与友谊中同样重要，若一者有损则另一者就会疏离，当然，最易受伤的常常是智识而非感情，因为它更为敏感。

相对而言，我们常常会宽恕感情遭受的伤害，对智识蒙受的冒犯却难以释怀。智识位居高处，一瞥之际便让一切无所遁形，它明察所有，也控制情感。我固然向往前方的山谷，智识却不容我逾越横亘在前的悬崖，因为它已受伤，因为受伤的双翼无法奋飞，连飞向低处也没有可能。有位诗人说道，我们“冒失的心啊！”智识从来不会遗忘，因为它是记忆的府库。它非但不会无所依凭，反倒极富理性，智识所据的一切唯有它可以利用。

爱是极其幽微的秘密，一经泄露便不复存在，纵然跟爱人暗通款曲亦复如此，好像爱你的只是我一个人似的。爱情消失便意味着这份秘密外泄。

在跟恋人交流的时候，我们希望回答那些无意反问、句末不带问号的问题。我们给予回答，憧憬着永恒如初的目标，这目标指向你我世界的点点滴滴。

我的恋人，你该明晓一切而无需我来告知，而你却质询于我非要作答，我于是离你而去。你本当心领神会，所以，我只好告诉你我们的分歧，那就是误会。

你若告诉恋人什么，他从来不会留意，因为那些话不是谬言便是套语。他会留意正在发生的事情，就像看守听到特伦克在地下挖洞的声音，却认为那是鼹鼠弄出的响动[1]。

恋情会因为诸种行为遭到亵渎，两人未必都会满怀敬畏，严肃庄重。如果惊悉恋人在贩卖符咒和春药会是何种感受！一旦得知对方请巫者解疑释难又复如何！爱的魔力就会即刻消失。

讨价还价如果在交易中属于恶举，则在爱情中尤为不堪。爱情须得率直，如同飞矢。

1　弗里德里希·特伦克（1726—1794），普鲁士作家，曾因政治原因两度入狱，首次入狱后越狱逃脱，有自传行世。他在传记中写道，自己在越狱时弄出的声音被看守误认为是鼹鼠弄出的响动。

我们可能会注目于恋人呈现的一切，而无视她的全部。恋人无需偏私。他说，予我温情，亦予我公正。

你的柔情可有智慧，
你的智性可有温情？
你是否仁厚善良，
并且发乎迷人的天性？

你能寻遍大地、海洋和天空，
以求随时看到我的身影？
历尽沧桑，我矢志不移，
人海茫茫，我要向你求婚。

爱我多切，就恨我多深吧，你可以厌弃我的恶性，却不能彻底拒绝我这个人。

无法搞清，我实在无法搞清，
虽然我苦苦思索，竭虑殚精，
到底什么容易表白，
是我的爱情，还是我的恼恨？
毫无疑问，你肯定给我信任，

就算我明白你厌弃我的恶性，
是啊，我是讨厌你，
可这感觉肯定会轻轻地逃遁。
但是我依旧爱你，我的恋人，
虽然有时，这有违我的本衷。
这懊恼公正无私，动机纯正，
若要使它有一丁点儿的减损，
非但是对爱的背叛，
而且在上帝面前也罪孽不轻。

忠于爱情并非全部，我们犹须忠于呵护在心、力加践行的崇高目标。

我们邂逅某人意欲缔结良缘，而她同样心存此念，这种情况实属罕见。我们应该无所保留，我们应该全心付出，我们无权弃约背盟。就算天天为她奉上美妙瑰丽的溢美之辞，她也受之无愧。我愿让恋人摆脱那个狭隘的自我，获得升华，那个境界难以穷尽，就让我们在那里相识相知。可是，人们畏怯爱情一如担心怨恨，事情常常如此。他们陷于庸常的婚约，营谋眼前的需求。如何成就人生，他们智识不济，于是只能修补水桶，千真万确。

邂逅于道者尽是陌路之人，共处一室者能够相识相知，两者相差何啻霄壤！拥有兄弟或姊妹，在田地中拥有金矿，在门前的砂堆中觅得钻石，这是何其难得的珍稀！跟你分享时光，与你共居于大地。在人生中，你到底在跟一位神祇结伴前行，还是仆役在侧，歹人并肩，或是俗客作陪，而你却郁郁独行？野鹿或野兔会让大地为之生辉，良伴何独不然？整个天地会接纳这一关系并为之效劳，不管是田野中的玉米，还是草场上的越橘，都会如此。百花会因之绽放，群鸟会为之放歌。往后的日子会更加美丽。

爱会广被一切，延及万有，最终将所有可爱者囊括净尽，而我们也会为爱所化，知道怎么去爱。

贞操和情欲

性这个话题颇不寻常。不论直接还是间接，它都跟我们大有干系，并且每个人迟早都会付之思考。可是，人们似乎一致认为对此应该保持沉默，至少两性之间向来如此。性是极端耐人寻味的现象，却被遮蔽得严严实实，甚于任何秘密。人们对它讳莫如深，敬而畏之，对任何宗教都不曾有这样的态度。世人对于婚外恋情及前因后果会津津乐道，然而事涉己身，纵属密友也不会谈及与此相关的享受与渴望。他们对此缄默以之，相形之下，震颤派[1]教徒言及此事的态度就不算夸张了。人们对此及相关话题回避不谈，并非其他问题更有价值，显然因为人类的教化几乎尚未开启——人和人之间充满诚意的沟通如此其少。

1　震颤派（Shaker）为基督教新教的派别。该派的仪式会伴以歌舞，因四肢颤动逐渐延及全身，被视为跟圣灵相通，因之得名。他们看重独身生活，认为耶稣并非“男女交媾的倡导者”，所以真信徒在性行为方面应该纯贞、圣洁。他们朴素真诚，勤劳友善，不过，其影响在南北战争后渐趋式微，1992年仅有一个社团存续，究其原因，恐怕跟奉行独身禁欲有关。——据《基督教大辞典》

人们常常对婚媾避而不谈，仅仅靠私下的眼神和含蓄的暗示进行，所以如此，乃是因为羞耻而非尊敬。可是，如果世风淳朴便不会有这种情况，人们会无所遮掩、自然而然地言及此事，纵有回避，原因也跟相似的秘密没有不同。如果羞于付之言谈，又如何见诸行动？表相如此，可实际情况绝对更加污秽，也更为纯洁。

人们的婚配意识中每每不无些微的情欲色彩，但世间的所有恋人都笃信它超尘拔俗的纯洁品质。

如果婚姻源自纯洁的爱情，就不该染着情欲色彩。贞洁应予认可而不该否定，这一美德于婚后尤然。欲望和卑下的嬉乐必须让位于高尚的享受，但凡高级生命，携手之后就不该有低等动物的行径。个人无论有何种作为，都没有爱的举止那般可靠真实，由于爱情基于相互之间难得的敬意，因而双方会始终激励对方，慕求更为超拔纯洁的生活，而一无染着的清白又无可比拟，所以两人携手势必纯洁而高尚。如此说来，在人类的诸种行为中，爱是最无可挑剔的举止。只要因爱携手，我们便会虔诚相待，甚于对自我超越的慕想，所以才会像神灵在场那样处事。有什么能够像恋人在场那样让人满怀敬意，备感庄重？

猫、狗和懒汉会围在火旁（人因为怠惰而发冷），你若因相同的需要而借由温情希求温暖，便会堕入卑下之境，最终只会越发怠惰。与其这样，莫如走向冰雪覆盖的荒原，接受太阳那寒栗的温情，或是前往风雪交加的僻静山谷寻求温暖。超脱的爱情充满暖意，这份温暖非但不会让沐浴爱情的人松弛懒散，反倒会赋予胆气和支撑。若要暖和身子，那就去做健康的运动，而不要在火炉旁瑟缩发抖；若要纵横意气，那就去独立从事高贵的活动，而不要在跟你的境况相差无几的伴侣那里卑下地希求认同。人在交谊和精神方面的磨砺一定要跟肉体的锻炼相辅相成。他一定要信赖朋友的坚实胸膛，就像舒心地躺在结实的床上。他一定要将冷水当作唯一的饮品。所以，他绝对不该聆听甜腻媚悦的辞藻，而该留心纯粹警醒的真理。他须将真理视为冰冷的春水，每天在其中洗浴，而不该在友伴的怜悯中获取安慰。

难道爱情注定跟肉欲的放纵难逃干系？让我们在彼此拒绝中相爱，而非在相互接受中放纵。爱情跟肉欲水火不容，前者尊贵而后者卑下。两人若因高贵的天性而心心相印，这便是爱情，可是，如果不加提防就会因粗鄙的本能而声气相投，这就是肉欲。如是一切未必刻意为之，甚或会在无所察觉中进行，但爱的亲密接触可能会使我们彼此玷污，因为，若非彻底相拥，则不会欣然接受。

我们一定要深爱对方，以使她只跟我们至纯至圣的思想有关，感情若有不洁，我们就会在不知不觉间“彼此迁就”。

耽于缠绵便有风险。所以，我们的爱情得像冬日的早晨，不能少了胆识和英豪气质。所有民族的宗教都会隐隐地倡导纯洁，可是，世人恐怕未曾获得这一品质。我们可能溺于爱情却没有相互砥砺。我们被爱唤醒便为它摄持，然后因之堕落。我们必须守望爱情，以免它蒙受玷染，它是何其地完美无缺、纯洁无瑕！就让我们如此相爱，切莫留下悔恨和遗憾。

有多少意味悠远的征象因为情欲而打了折扣！花朵五彩斑斓、芬芳四溢，那是它为草木的婚媾奉上的礼赞，而当人生步入花季，走进真正的婚姻，那份美丽世所公认，充满阳光，鲜花注定是这幅美景的代名。

贞操是待放的蓓蕾，却因不洁的婚姻而横遭蹂躏。人只要喜欢花朵，就会呵护贞操和纯贞。爱情和淫念隔若天渊，犹如花坛之于妓院。

比贝里的《植物学》由林奈编辑，作者在该书中指出（我译自拉丁文）：“很多时候，动物的生殖器官生来就处于隐藏状态，好似羞于呈示，植物的生殖器官则坦露于人。植物成婚的时候，会给观者奉上美妙的享受以为庆贺，那斑斓的色彩和宜人的芳香让人耳目一新。这时，莫说蜂鸟，就连蜜蜂和其他昆虫也会从蜜腺中啜饮花蜜，在娇弱的花粉里采集蜂蜡。”林奈本人则称花萼为thalamus，即洞房，花冠为aulaeum，即帘帷，他进而用类似的方式对花朵的其他部分做了说明。

谁曾知道，邪僻的灵魂会玷污花朵，劫掠绮艳香泽，而最终使它们的婚姻沦为隐秘的勾当而遭到亵渎？纵然千姿百态，姹紫嫣红，婚礼上却会无所例外地以腐臭的气息充塞六月的低地。

我慕想过两性的交合，其美悦难以置信，其美妙不容言传。我曾念想及此，不过，这些感受已经沉入转瞬即逝、难以复现的过去。人们往往对奇迹、天启和灵感等已然消失的一切津津乐道，却对爱情只字不提，令人费解。

若论慧性，真正的婚姻不啻天启。绝对的真实意味着圣洁的狂喜，意味着难以言状的兴奋欢愉，好似男子将未婚妻拥入怀抱。理想婚姻的无上欢乐便源自真实。

无怪乎因为这种结合会诞生不朽的人类，当然，这只是伴生现象而非目的本身。子宫有天地间最肥沃的泥土。

有人曾经存疑，如果不像牛群那样加以饲养，人类是否就要退化。让爱得到升华吧，如此，其他一切自然会顺理成章。纯洁的爱情的确是医治人间百病的万应灵丹。

繁殖的唯一理由是改良物种，上天厌弃陈陈相因。兽类仅仅复制自己，高贵男女的后裔却优于他们，这也是他们的殷切期待。通过孩子，你就能知道父母。

非暴力抵制[1]

“管得最少的政府是最好的政府”[2]，我由衷赞同这一格言，并希望全面迅速地付诸实施。如果这样，我相信它最终会得到升华：“纯粹不管的政府才是最好的政府。”人们意有所待，方能如愿所求。政府无非临时性的权宜机构，可是，所有政府却不时有违此道，而大多政府甚至经常如此。反对常备军队的呼声很高而且很响，这种抗议应该成为社会共识，并且，最终可能也会加诸常设政府，因为常备军队只是常设政府的工具。政府本来只是人们借以贯彻自我意志的一种选择[3]，然而，它可能尚未实现这一功能便

1　本文最初为演讲，发表于1848年1月26日，题为“个人对政府的权利和义务”，1849年正式发表，标题为《抵制政府》。梭罗去世四年后的1866年，本文录入他的文集，标题又改为《非暴力抵制》。美国学者温德尔·格利克强烈建议恢复1849年的标题，因为它更能反映梭罗的本意。梭罗提到，本文题目套用了威廉·佩利《道德和政治哲学原理》某章的标题：Duty of Submission to Civil Government（服从民治政府的义务）。

2　据美国学者研究，这一格言为托马斯·杰斐逊所说。

3　这一思想见于《独立宣言》。

会轻易遭到滥用而堕落。且看眼下的墨西哥战争[1]，这便是极个别人使常设政府沦为一己工具的明证，因为这一举措起初就不会得到民众的认同和支持。

我们的美国政府也无非援例而建的机构，除此而外又算什么？可它尽管成立不久，并试图完好如初地传之子孙，却无时无刻不在沦落变质。它连单个活人的生气和力量都没有，因为个人还能支配自身。对民众而言，政府成了一把木枪[2]。不过，这把枪又不可或缺，要不，他们势必会拥有种种复杂装置并使之发声，以实现自己关于政府的构想。由此可见，政府会轻易让民众委身于强制手段，而它为了自身利益，乃至也会将强制手段加诸己身。我们不得不承认，这一机制确实不错。可是，我们的政府非但没有积极地推进任何事业，反倒热衷于违离自身的职能。**它**没有捍卫国家的自由，**它**没有解决西部的动荡，**它**也没有履行教育的责任。美国的既有成就得益于民众的固有品质，假如

1　墨西哥战争1846年4月24日爆发，1848年2月2日双方签订《瓜达卢佩·伊达戈尔条约》而最终停战，以美国胜利告终。美国通过战争获取了加利福尼亚、内华达和犹他州的全部地区与科罗拉多、亚利桑那、新墨西哥和怀俄明州的部分地区。这场战争的核心是南方奴隶主试图扩张奴隶制度，同时用以加强他们对联邦政府的影响，所以北方基本持反对意见。当时刚刚进入众议院的共和党人林肯就曾旗帜鲜明地予以反对，这也是梭罗撰写此文的根本诱因。战争始于梭罗首次演讲后不久，本文发表时，战争已经结束。

2　在见于《审美》的初版中，这句话后面还有如下几句：一旦他们动了真格，当真家伙互相对准，则肯定会噼啪折断。

政府不曾时而作梗，这些成就或许会更加显著。因为政府是个临时性的权宜机构，这意味着人们会借以欣然自处，互不干涉，而且，如前所述，政府的权宜特征越显明，民众就会越自由。美国的商贸若非具有西印度橡胶那样的弹性，则难以逾越立法者漫无休止的阻挠。如是举止，姑不论某些动机，仅就总体效果而言，则跟铁轨上设置路障的捣乱行径没有两样，应该据此定性且予惩治。

然而，身为公民且据实而论，我无意吁求即刻取消政府，而是希望政府能够**尽快**得到完善，这自然跟那些自命为无政府主义者的立场不同。我意在让所有人明白怎样的政府值得拥护，并且清楚，要想拥有这种政府，这是首先应该迈出的一步。

权力一旦为民所据，多数人便获允统治国家且长期如此。从根本上说，个中原因，并非他们可能非常崇奉正义，亦非此举对少数人非常公正，而是他们拥有非常强大的武装。但是，事无巨细都由多数人掌控的政府却没有正义可言，纵然人们对此了然于胸亦属枉然。正误几乎不由多数人裁定，而应该凭良心判断，亦即，多数人只对事涉权宜的问题做出裁决——难道世间不可能有这种政府？难道公民非要将自己的良心交给立法者，哪怕片刻之暇，点滴之微都不例外？如果这样，人要良知又有何用？我想，我们首先是人，其次才是国民。与其培养人们维护法律的尊严，莫如教导他们敬畏正义的力量。无论何时，做自己认定为正确的事情，这才是我有权履行的唯一义务。公司自然没有良知可言，但是，如果组成公司的人员拥有良知，则公司也势必如此。法律绝不会让人趋向正义，倒反因为对它心存敬畏，致使好人日渐沦为邪恶的推手。试想一支队伍，其中有上校、上尉、下士、列兵和搬运弹药的少年，他们翻山越岭，威风凛凛地开赴战场，但此举却与他们的心愿相违，甚至有悖于常识和良心，如此行军非但困苦不堪，而且心悸不安——这便是对法律过度敬畏的恶果，势必如此，鲜有例外。他们向往和平，肯定清楚自己在染指恶行。现在他们成了什么？是人，还是为某些肆无忌惮的势要人物卖命的小型移动军火库和堡垒？去海军工厂看看，打量一眼水兵，那就是美国政府能够塑造的人，那就是它动用妖法意欲塑造的人。那只是徒具人形的幻影，虽然能够呼吸，虽然可以站立，却似昏昏醉酒，或如人言，早已跟殉葬品一道葬身于武器堆中，纵使如此，又能如何——

没有鼓响，也听不到丧钟
我们将他的尸身扛进土城
我们的英雄就埋在这里

没有战友鸣响道别的枪声[1]

由此可见，大众主要以肉体效力于国家，这时，他们的身份是机器，根本不能算人。他们组成了常备军、民兵、看守、警察以及地方民团。他们几乎不会自觉地思考任何关于是非判断的问题，而是将自己等同于石块和木头。是的，木头也可以加工成人的样子满足相同的需要。他们形同草人和泥俑，又谈何敬意？他们仅仅具有牛马一类的价值。可是，这些人反倒常常被誉为优秀公民。有人则主要以大脑效力于国家，他们大多是立法者、政治家、法学家、部长和部门头脑。这些人几乎是非不分，会在**无意**之间像供奉上帝那样侍候恶魔。还有极个别的人，大率而论，他们是英豪、爱国者、殉道者和真正的改革家，当然也是真正的**人**。他们除了为国家效纳体力和智慧，还会奉上良知，所以好多时候不免会抵制国家，因此经常被目为敌人。智者唯愿生而为人发挥作用，岂能沦为“泥团”以“塞上窟窿遮蔽风寒”[2]，即便如此，起码也要等到化土归尘：

---

1 爱尔兰诗人查尔斯·伍尔夫（1791—1823）的诗篇《长眠克鲁纳，约翰·莫尔的葬礼》。莫尔系英国将领，在西班牙跟拿破仑作战时阵亡。他率部据守克鲁纳，在掩护部队后撤时中炮身亡，只能草草掩埋，未遑体面安葬。

2 见莎士比亚《哈姆雷特》第五幕第一场：（煊赫一世的恺撒变成了）烂泥，会拿去填填窟窿，堵堵冷气。——卞之琳译文

我有尊贵显赫的出身
岂能任由他人操纵
沦为下人和工具
替世上的君主卖命[1]

人，若将自己全副身心地奉献给同胞，就会被视作无能之辈和自私之徒，可他如果有所保留，则会被奉为恩人和救主。

对当今的美国政府，我们究竟持何种态度才算恰当？告诉你，只要跟它发生瓜葛就难免受辱。我连一刻都无法承认，这**蓄奴**的政治组织就是**我自己**的政府。

人们都认可革命的权利。那就是说，如果政府暴虐至极难以承受，或无能透顶无法容忍，则人们有权拒绝为它效忠并予抵制。可是，几乎所有人都觉得目前事不至此，而认为一七七五年革命时才到了这种程度[2]。如果有人告诉我，当今的政府很差，因为它对抵港的国外货物课税，我根本不会对此浪费口舌，没有那些货物我照样可以生活。机器都有摩擦，而这一摩擦或许足以抵消负面影响。当然，不管怎样，扰乱机器的正常运作是巨

1 见莎士比亚《约翰王》第五幕第二场。

2 美国独立战争以1775年4月19日的莱克星顿之战为标志开始。

大的罪恶。可是，一旦摩擦衍生出自身的系统，而纠集为压迫和劫掠的势力，那我要说，这种机器我们还是彻底扔掉为好。换句话说，当一个致力于捍卫自由的国度有六分之一的国民沦身为奴，当一个国家[1]全境遭受外国军队的侵凌而屈服于军事管制，我想，即便老实人在第一时间造反革命都显得为时过晚。而眼下，履行这一义务的要求尤为迫切，因为我们的国家并未横遭蹂躏，反倒是它在恣意施暴。

佩利[2]是研究道德的公认权威。在《论服从民权政府的义务》一章中，他先将公民的所有义务诠释为权宜举措，然后说："凡基于全社会利益考虑的诉求皆属神意，换言之，抵制或颠覆既有政府必然导致公众不便，……既有政府应予服从，如是而已。如若认可这一原则，则所有抵制行为的合理性便简化为一种考量：一方面是风险和怨怼的多寡，一方面是重建的可能与代价。"他说，事涉抵制，每个人都该替自己考虑。可是，佩利似乎未曾审视权宜原则无法适用的情况。如果从个人到全民都义无反顾，不计代价地寻求正义，那又该怎样？我如果罔顾道义而夺去溺水

---

1 墨西哥。

2 威廉·佩利（1743—1805），英国神学家和哲学家。下文所引出自他1785年出版的作品《道德和政治哲学原理》，该书曾是梭罗就读于哈佛大学时的教材。

者借以求生的木板，则一定要还给他，即便自己因此溺水也须如此[1]。而在佩利看来，这样就会导致不便，因为就此事而论，本该生还者反倒会丧生[2]。美国必须停止蓄奴，必须终止墨西哥战争，即便因此影响整个民族的存亡也应该在所不惜。

好多国家的施政举措都跟佩利的倡导相符，但是，可曾有人想过，在眼下的紧要关头，马萨诸塞是在不折不扣地践行正义？

> 这婆娘，蓬头垢面，披金戴银
> 裙裾高高扬起，灵魂拖在泥中[3]

若论实质，抵制马萨诸塞改革举措的并非南方成千上万的政客，而是本地成千上万的农场主和商人，他们对农业和商贸的兴趣甚于对人道的关注，他们无意就奴隶问题和墨西哥战事挺身而出，**即便因此导致任何后果都满不在乎**。我不是在同远方的敌人较劲，而是在跟家门口的对手争执，

---

1 这是古罗马政治家、哲学家西塞罗在《论责任》中讨论过的伦理问题。

2 典出《圣经·新约·马太福音》第10章第39节和《路加福音》第9章第24节。前者记载："得着生命的，将要失丧生命；为我失丧生命的，将要得着生命。"后者记载："因为凡要救自己生命的，必丧掉生命；凡为我丧掉生命的，必救了生命。"

3 见英国剧作家西里尔·特纳（1575—1626）《复仇者的悲剧》第四幕。

勾结并招揽远方同党的正是他们，如果没有他们作梗，远方的敌人也难以为害。我们常说大众尚未成熟，但改革所以迟滞，恰好因为少数人既不比大众良善，也没有他们高明。大众是否跟你一样出色并不重要，关键在于世间需要至善，因为这点酵母会让整个面团膨发起来[1]。有那么多人**嘴上**反对蓄奴和这场战争，却没有实际行动来结束这些恶行。他们以华盛顿和富兰克林的子孙自居，却在一旁袖手安坐，声称不知道该干什么，于是便一无作为；乃至将争取人身自由置于实现贸易自由之后，因此在用过晚餐了解时价之际，会顺便看看来自墨西哥的最新报道，处之泰然，恬不为惊；更有甚者，可能会将这些问题置诸脑后沉入酣睡。什么时价！今天的老实人和爱国者是什么价格？他们犹豫，他们后悔，他们有时也会提出诉求，可就是没有发自内心的切实行动。他们立场正确，却在等别人收拾邪恶，好让自己不再痛心。此辈所为，不过是在正义擦身而过之际，神色勉强，口称祝福，投出那无足轻重的一票。当前的态势是，守望美德者为数九百九十九，身体力行者仅有一人。需知，真正的所有者容易交道，临时的看护者却很

1　典出《圣经·新约·哥林多前书》第5章第6节："你们这自夸是不好的。岂不知一点面酵能使全团发起来么？"这一表述已沉淀为英语熟语，颇有汉语成语"星火燎原"的意味。

难对付。

投票都是游戏，跟跳棋和双陆棋的博弈没有两样，不过微染道义色彩而已。那是对正邪和道义问题的玩弄，自然也会绑上赌注。可是，选民的角色却没有绑定。我间或觉得事情正确而投上一票，至于能否如愿却不曾真切地挂怀于心：还是留给多数人去解决吧。据此而言，选民永远只在投票的那个瞬间履行自己的义务。即使**为正义投票**也**无济于事**，因为那只是勉强告诉众人你希望道义获胜。智者不会将道义问题付诸运气，也不会指望借大众之力获胜。群体行为几乎一无可取。如果有朝一日多数人终于要就废奴问题投票表决，并非他们对奴役行径极为关注，乃是因为要他们投票解救的奴隶所剩无几。而到那时，**他们**就会成为仅有的奴隶。**唯有**将自由系于选票的人才会促进废奴进程。

我听说，为了推出总统候选人，在巴尔的摩还是什么地方有过一次集会[1]，与会者主要来自出版界和政界。不过我想，不论他们推出何人，在一位独立、睿智而可敬的人看来又算什么？难道我们的智慧和诚意不会高他一筹？难道我们无需参考某些独立选票的价值？难道国内那么多人

1 民主党于1848年提名路易斯·凯斯为总统候选人，后来败给了赞克雷·泰勒。

都参加过类似的集会？可是，情况并非如此。我得知，那位“可敬”的人物即刻便放弃了自己原来的立场，他对自己的国家深感绝望，而这个国家却有更加充足的理由对他绝望透顶。他当即在这些候选者中挑了一位唯一**可用**的人选，此举说明，如果遇到任何旨在煽动和颠覆的行为，他本人也会成为**可用**的人选。没有原则的外国人[1]和受佣于金钱的本国人都会投票，而这位“可敬”人物所投的选票跟他们毫无二致。人啊，只要是**人**，就会执着信念，恪守自我。我们的统计数据有误，据称全国人口的数量很大。在美国，方圆一千英里之内到底有多少**人**？恐怕不足一人。难道美国为鼓励人们在此安居而创造了条件？美国人已经沦落为兄弟共济会的会众，以发达的群聚官能见称，也因明显缺乏见识和自立的乐趣而闻名。他们刚到人间，念念不忘的就是救济院必得良好地运行，而在尚未穿上葛兰布[2]的时候，就得为可能出现的孤儿寡妇筹备生活给养。总之，由于相互保险公司[3]承诺了体面的葬礼，他们居然指望仅凭该公司而生活下去。

1　当时移民可以投票。

2　葛兰布系指罗马男子年满十四岁时穿的服装，意味着从此步入成年，开始享受政治权利并履行相应义务。

3　相互保险系指参保者即成为保险组织的成员，向公积金投入定额款项，相互承担赔偿损失的责任。

个人固然没有铲除世间罪恶的责任，纵属滔天之逆也不例外，他完全可以倾心于其他事务。不过，他起码得恪守远离罪恶的底线，而且，即使革除了恶念，也不能沦为帮凶。我如果要致力于一己的念想和追求，首先就得保证，至少不能踩着别人的肩膀去做这些事情。我绝对不能影响他，这样，他就可以像我一样做自己的事情。且看，人们竟然对荒唐的矛盾安之若素，听之任之。我听到周围有人这么说，“让我乖乖地听命于他们去平定奴隶叛乱，或是赶赴墨西哥从军——想得倒美”。可还是这些人，不管直接因为忠心，还是间接通过金钱，都在替邪恶效力。不义政府挑起了不义战争，支持不义政府的人士却在嘉许抵制不义战争的兵士，兵士却又对这些人士的行径和权威嗤之以鼻。政府似乎因造孽而陷于痛悔，转而找人对它施以鞭挞，却又不曾在片刻之际远离作恶。因此，我们名义上在捍卫秩序，拥护政府，实则在向自身的卑劣品性低头屈服。人初次造孽不免心存愧疚，接着就会满不在乎，颠倒是非似乎就会罔顾是非，进而安之若素，终以为常。

若非不偏不倚之士姑息迁就，甚嚣尘上的谬误便无容身之所。家国情怀不免些微瑕疵，因而，爱国之士每每难逃诟病。有人对政府的角色和举措难以认同，却在为它效忠输诚，奉上拥戴。他们绝对为政府提供了发自肺腑的支持，因此也屡屡成了变革图新的严重障碍。有人呼吁州府脱离联邦，呼吁人们对总统的征用指令置之不理。他们自己为何不脱离干系，为何不解除自身跟州府的关系？为何愿意为其府库缴纳自己的份额？难道他们和州府的关系跟州府与联邦的关系存在差别？难道州府无法抵制联邦的根由和他们难以抵制州府的原委有所不同？

人怎能满足于知而不行且引以为乐？意沮心颓还有乐趣可言？如果邻人骗去你一元，不管是自己发现还是别人揭露，甚或你要求他将钱还你，凡此种种，都不会让你甘心作罢，你会即刻采取有效行动获取补偿，并保证自己往后绝对不再受骗。基于原则的行动是对正义的自觉和践行，它会改变所有一切及其关系，它富有革命性质，跟旧的一切全然不容。它不仅会离析政府和教会，也会离析家庭，非但如此，它还会离析**自我**，将自身的魔性和神性加以区分。

不义的法律的确存在。我们是该心甘情愿地遵守，还是竭尽全力地完善？或者，在未得完善之前应该遵守，还是不假思索地违法犯禁？遇到当前这种政府，人们总觉得还是等大众接受劝导以修改法律然后再说。他们认为，如果付诸抵制，则疗救之效会比罪恶现状更加糟糕。疗救之弊**甚于**罪恶乃是政府本身的过错，这是**政府**所致的恶果。它为何不存意改革并提供便利？它为何不珍视少数人富于智慧的意见？它为何不未遭创痛便断喝拒绝？它为何不鼓励公民警惕其错误而预先着手，防患未然？它为何总是将基督送上十字架，将哥白尼和路德逐出教门，将华盛顿和富兰克林判为乱党？

人们认为，在诸种违法犯禁的行为中，政府唯独对蓄意否认其权威且付诸实施的行动视而不见，要不，它何以没有针对此举制定确凿清楚、尺度适宜的惩治条款？有人如果身无分文而拒绝为政府添上九个先令[1]，仅此一次，依据我所知道的任何法律，他都会领刑入狱，时限长短完全由投他入狱的那帮人随意决定。但是，他若是盗窃国家财物，即便数额达九先令的九十倍之巨，也会很快获释出狱，重归逍遥。

如果不义是政府这部机器不可或缺的摩擦要素，那就由它吧，由它去吧！或许它会磨得平滑，不过，这部机器必将磨损殆尽。如果这不义力量自有一套系统，如一副弹簧，一套滑轮，一根绳索，或是一个曲柄，那么，你或许

1 九先令相当于梭罗拒交的人头税金额。

该思忖一番：疗救的代价是否不会比恶劣的现状更糟。可是，如果情况不然，这不义力量却需要你为它代劳，则我会说：那就犯法吧，以你的生命充任反制的摩擦力量阻止这部机器运转。无论如何，我决不染指自己痛厌的任何恶行。

若论采用政府所提供的罪恶疗救方案，我不知道都有些什么。他们的举措耗时太多，而人的生命却会很快逝去。我还有别的事情，我生而为人的要务是在这里生活，且不论活得好坏，而非将它改造成一个生活的乐园。人无法什么都做，只能有所选择，正因为如此，他就不能为恶。正如施政者或立法者没有向我申求的义务，我也没有向他们请愿的本分。可是，我如果提出申告，他们却置若罔闻，我又该如何？政府就此并没有提供什么方案，其体制本身就是一桩罪恶。如是言论似乎太过刺耳，似乎执拗偏激，似乎充满敌意，可是，唯有秉持这种精神才能洞悉其实质，也只有这种态度才于它相宜，这是对它发乎至诚也源自深思的态度。任何旨在完善的变革均是如此，正如分娩和死亡会使肢体抽搐痉挛。

此刻，我毫不犹豫地倡议，只要以废奴者自命，就该立即行动，彻底收回对马萨诸塞州政府无论人力还是财力的支持，而不要一味等待争取到大多数，待他们认可道义的力量才有所行动。我认为只要得到上帝的庇佑即可，其他一切皆非必须，遑论比你的邻居要崇尚正义的人早已占据了多数[1]。

我跟美国政府或其代理者州政府，面对面的直接交道每年仅有一次，那就是跟税吏来往。像我这种人，这是不得不跟它往来的唯一途径。那时候，它会赤裸裸地跟我说：认可我！这时，你若要对它表达丁点的感激，向它倾诉心中的爱戴，则最简单、最有效，也是身处此境的唯一选择，那就是拒绝。这位税吏身为平民，也是我的邻居[2]，却又成了我不得不应付的对象，因为我只能与活人争执，总不能跟法律条文较劲，更何况他又甘愿充任政府的代表。他若非真切地思忖该如何跟我打交道：是将我，这位赢得他敬意的邻人，视为邻居或为人不错的男子，还是看作兴风作浪的疯子；他若非真切地审度一番：面对我不顾乡邻面子的抵制，他要想如愿，若不动用与征税行径般配的粗鄙言辞和鲁莽念头能否奏效——若非如此，他怎能明白，就自己的身份和举止而论，他到底是个政府职员还是个人？我深知，如果我能在马萨诸塞州找出一千个人，或

1　苏格兰宗教改革领袖约翰·诺克斯（1505？—1572）曾说，“与上帝同在的人永远是多数”。

2　此人为萨姆·斯特普尔斯，他是梭罗好友，也曾协助梭罗做过测量工作。

是一百个人，甚或十个人，十个**真率诚实**的人，不，只要**光明磊落，一人**足矣，他如果**不再蓄奴**，如果从狼狈勾当中真正抽身退出，尽管为此而被投进县里的监狱，那么，在美国，这就是废奴行动。这是个开端，纵然看似收效甚微也没有关系，因为出色的开端会永远富于感召。可是，我们却钟情这般说辞：我们的任务是言语表达。报纸若在这方面履责就会在变革事业中留下美名，人却不然。马萨诸塞急于将蓄奴这桩罪孽强加于兄弟州邦，却也只能指控对方待客不周，因而遣使抗辩，而它的那位使节[1]，我那可敬的邻人，立志终身在国会解决人权问题，如若他未遭卡罗来纳的牢狱恫吓，反倒沦为马萨诸塞的囚犯，恐怕只有这样，立法机关[2]才不会将这一议题完全推至来年冬天。

只要政府施行不法监禁，正义之士的归宿就是监狱。在今天的马萨诸塞，对心智自由、尚未泄气的人而言，适合他们的地方就是监狱，这也是政府所能提供的唯一去处。它依据法令将他们付押收监，他们则恪守信念而宁愿

1　文中所指为康科德议员萨缪尔·霍尔，他于1844年前往南卡罗来纳，在法庭就该州有关蓄奴的法令违宪提出抗辩，该法令规定，凡黑人船员抵港后一概收监，船只离港时方可出狱随行（梭罗所谓“待客不周”）。霍尔此行没有结果，遭受暴力恐吓后离开该地。

2　立法机关即国会，国会是行使立法权的最高机关。

自我放逐。也只有在那里，逃亡的奴隶、获释的墨西哥战俘，以及因遭受种族歧视而提出申诉的印第安人才能找到合适的归宿。政府将拒不合作的忤逆之辈投进这方与世隔绝，但更加自由且享有荣耀的天地，在蓄奴政府的统治下，这是自由人能够守住节操的唯一去处。倘若有人觉得他们在里面无法施展影响，他们的声音再无法聒噪官员的耳朵，他们因高墙所限无法再跟政府为敌，那是因为他们不知道真理比谬误要强大多少，不知道对微遭不公的人来说，他们对不义的抗争会多么卓有成效，坚定有力。彻底投出一票，并非那张纸条，而是全部愿力。少数迁就多数则虚弱无力，如果迁就妥协，你连少数都不算，拼力抵制才会无坚不摧。是将所有正义者监禁在牢，还是放弃战争，释放奴隶，政府不用思考都会做出选择。今年若有上千人拒绝纳税，这便是免却暴力、免于流血的举措；相反，纳税之后，便会使政府肆行暴虐，血染无辜。类似举措如果付之行动，则是对和平革命的诠释。往后如果还有税吏或其他公职人员问我，“那我该怎么办？”我的答复是：“你若真想有所作为，那就辞职。”民众拒绝效忠，职员辞职而去，革命便告完成。即使流血又有何妨？良心遭受创伤难道不会流血？人的强毅品格与不朽气质会随之丧失，他将流血致死而万劫不复。现在，我的眼前就在流血。

尽管人身监禁和财物没收会收到相同的惩罚效果，监禁却引我深思，因为人一旦声张纯粹的权利，一旦成为腐化政府的最大威胁，就不会花费过多的时间储积家产。政府为他们提供的服务相对更少，而那点微不足道的税金对他们来说常常成了一笔巨款，这种情况对通过体力挣钱的人尤为明显。假如世上真有人全然不用花钱就能生活，政府才会考虑是否向他征税。富人（无意做招嫌的对比）则不然，他们常常将自己卖给了借以致富的制度。我们完全可以说，钱多则德寡，因为金钱会淡化人的追求，却想通过购买达到目的，何况挣钱也绝对算不上一桩作为。人原本就有好多问题需要劳心费神，却被钱挤到了一边，而且，滋生的唯一问题不但让人头痛，而且显得多余：如何花钱？脚下的道德基石因此便被抽走。随着所谓财富的增加，生活的可能却在降低。致富之后若想修身，最佳方式则是努力实现贫穷时用心呵护的梦想和追求。面对希律党人，基督根据他们的心智水平做了回答：“让我看看缴税用的钱。”有人从兜里掏出了一枚分币，上面铸有恺撒的头像，由他赋予价值得以流通，你若使用它，那就是说，**你若身为臣民**且欣然享受恺撒政府提供的便利，则他欲求无厌，你当有求必应。“那好，把恺撒的还给恺撒，上帝的还给上帝”[1]，关于一码归一码这种道理，基督所说不多，他的开示跟平素一样，因为对方无意了解。

即使羁绊最少的邻人，我也经由交谈获悉，不管他们谈论多么宏大庄严的问题，对世间的安宁有多关切，归根结底却表明，他们不能没有现政府的保护，要想抵制就会面临身家之忧。我并不认为自己依赖过政府的什么保护，可是，我若拒绝政府开出的税单而否认它的权威，很快便会搭上全部家财而消耗一空，让自己和孩子们陷入无尽的烦恼。这可是个麻烦。如此一来，要想心中诚实不欺，而又活得舒心安适断无可能。积累财富真是不值，它终究会得而复失。你完全可以租用或暂居于某个地方，种点东西，很快吃完。你完全可以活在内心，无所傍依，以便随时治装，一无挂碍地启程出行。只要甘愿充当模范顺民，即使在土耳其都能发财。孔夫子说过："如若国家据理而治，则陷于贫贱该引以为耻；如若国家悖理而为，则获得富贵该引以为耻。"[2]不，我绝不仰赖政府发财致富！除非

---

1 典出《圣经·新约·马太福音》第22章第15—21节："夫子（译者按，希律党人对耶稣的称呼），我们知道你是诚实人，并且诚诚实实传上帝的道，甚么人你都不徇情面，因为你不看人的外貌。请告诉我们，你的意见如何？纳税给恺撒可以不可以？耶稣……"梭罗引述这段文字旨在说明心有追求，身无分文，不为金钱所役便能轻易摆脱跟政府的干系，抵制的意愿也会更加决绝。

2 见《论语·泰伯》之十三，原文为："邦有道，贫且贱焉，耻也；邦无道，富且贵焉，耻也。"

我指望马萨诸塞的保护延及某些遥远的南方港口，因为我的自由在那里没有保障，除非我无意竞夺却有心作为，仅仅热衷于在家乡开发产业——若非如此，我便不会为马萨诸塞输诚效忠，不容它支配我的身家性命。我因为抵制政府而遭受了惩罚，但无论如何，因此蒙受的损失却不及俯首帖耳的代价。我如果俯首帖耳，就会觉得自己好像一文不值。

几年前，政府以教会的名义找我，要我支付一笔钱用以供养某位教士。我父亲听过此人的布道，但我从来没有。来人说，“拿钱，要不坐牢”。我拒不支付，可是，遗憾的是，有人却认为我该付款。我不明白为什么要教师供养教士，而非教士供养教师。我并非公立学校的教师，我在依靠捐助从教为生。我不清楚为什么讲堂不能像教堂那样开出税单，并获得政府支持。尽管如此，我应行政委员之求，委屈自己做了如下书面声明：“敬告诸位，本人梭罗无意被视为任何自己未曾加入的社团成员。此证。”我将此据交予本镇书记，现在还在他那里。政府既已知悉我无意被视为该教堂会众，因此再未提出类似要求，不过却说，这次须依据最初的推断办理。当时我若知道自己未曾入会的所有社团名称，就会无所遗漏地一一署名以示关系终止，只是我不知道该去哪里弄这样一份完整的名录。

我已经六年没缴过人头税[1]，因此曾被投进监狱关了一个晚上。我站在牢里打量：石墙两三英尺厚，结结实实，木门铁皮相覆，厚达一尺，铁质栅栏过滤着光线。打量之际，这幢建筑透出的愚蠢让我不禁为之愕然，因为看它对待我的方式，我好像只是一团用以关押的血肉和骨骼。我暗自称奇，它绞尽脑汁，居然认为我的最大用场莫过于此，而从未考虑将我另作他用。我很清楚，如果眼前这堵墙横在我和同胞之间，则在他们尚未如我一般自由的时候，我们之间便竖着一堵更高的墙垣，格外坚固也更难逾越。我连一刻都没觉得身陷牢狱，牢墙倒似乎浪费了不少石块和砂浆。我觉得在同胞中间，完税的好像只有我一人。很明显，狱警除了举止粗鲁，缺乏教养，对我根本无计可施。他们软硬兼施，恩威并重，但一举一动都不得要领，以为我的最大愿望是能站到石墙外面。看到他们在我沉思之际费力锁门，我付之一笑，思绪却毫无障碍地尾随而出，**那**才是真正的威慑和险情。他们无可奈何，只好采取肉体惩罚，就像孩子们遇到自己怨恨却无法下手的人时，就会拿狗出气一样。我发觉政府智能低下，它敌友不分，胆小怯懦，活似手握银汤匙的孤身妇人。于是，我对它残留的那

1 梭罗自1840年之后就没有交过人头税。

点好感也荡然无存，剩下的只有遗憾和怜悯。

由此可见，政府跟人打交道的时候，从未有意正视其理性、心智和精神，在它眼中，人无非肉体和器官。它并没有以卓越的智慧和高尚的诚意来武装自己，相反却迷恋强势和暴力。我来到人间并非为了遭受暴力，我要按自己的方式呼吸。且看谁更强大。群氓能有什么力量？只有遵从更高法则的人才能对我发号施令。他们逼我像他们那样，我还没听说**生而为人**却要**遭受胁迫**而如此这般地生活。如果那样还叫生活？政府跟我吆喝“要钱还是要命”的时候，我凭什么迫不及待地交钱给它？它可能陷入绝境而不知所措，伸手施援却不是我的事情，它必须像我一样自救自助，为它吞声饮泣毫无必要。社会这部机器是否正常运转跟我无关，我又不是技师的儿子。我发现，橡实和栗子并排落地后，非但不会呆呆地替对方让路，反倒会遵从各自的天性，尽其所能地萌芽破土，茁壮成长，直至盖过对方使其毁灭。植物若不遵从天性则会死亡，人也一样。

牢中的那个晚上非常新奇，饶有趣味。我进去的时候，身穿号衣的囚徒正在门道里享受闲谈和傍晚的空气。看守喊了一声：“小子们，回，锁门了。”他们于是四散离去，空荡荡的监舍传来了脚步声。看守跟我介绍狱友：“人很棒，也机灵。”牢门上锁后，狱友指给我挂帽子的地方，

也跟我介绍他在里面如何打理生活。监舍每月粉刷一次，都是白色，起码我们这间墙壁最白，陈设极端简易，大概能算城里最整洁的房间。他自然想知道我从哪里来，犯了什么事。我回答之后，也询问他来这里的事由。我隐隐觉得他极端诚实，照他的回答看，我相信确实如此。他说："得，他们告我烧了粮仓，可我没有。"据我所知，他可能酒后在粮仓里歇息，当时又在抽烟，一个粮仓就给烧了。他被称为聪明人，羁押候审已三月左右，看来还得等上三个月。不过，他在这里住得习惯也很满意，因为伙食免费，也觉得狱方待他不错。

监室的一个窗户归他，另一个归我。我发现，人在里面待得久了，主要的事情就成了向外张望。我很快看了一眼窗户上留下的各种痕迹，接着查看哪里被以前的囚犯打破了，哪里被锯掉了一截。我还听到了这间监室里各色来客的往事，连这种地方都有旧事和传闻，只是从未越出狱墙罢了。这恐怕是城里唯一作诗的房间，创作完成后虽然不会出版，却会经由口耳相授得以流传。狱友向我展示了一长串诗句，某些青年囚犯试图越狱却被识破，就唱出了这些使气泄愤的作品。

我设法打探狱友的信息，以免往后无法重逢，可他最后指给我床铺，并让我吹灯。

在那里躺了一个晚上，我好像走进了一个意外发现的遥远国度。此前我好像从未听到过城里的钟声，以及傍晚时分镇上的响动，因为当晚我们开着窗子睡觉，而窗子又在栅栏里边。我生于斯长于斯的镇子呈现出中世纪色彩，我们的康科德河也成了莱茵河，骑士和城堡在我眼前晃动，大街上传来古时居民的声音。邻镇客栈的厨房里人们在说笑忙碌，浑然不觉之际，一切触目入眼，传进耳朵，成了一桩前所未有的难得经历。故乡小镇的景象越发清晰，我的感触也更加深入，但我以前对它的面貌风习视若无睹。这是它独具特色的一面，因为政府设在这里。我也渐渐明白这里的居民在忙些什么。

天亮后，早餐从门上的洞里递了进来。那是个小小的长方形锡盘，尺寸合适，盛有一品脱巧克力、一点黑面包和一把铁匙。餐后他们收盘子的时候，我这个新手居然要把吃剩的面包递出去，狱友却一把夺下，让我留作午饭或是晚餐。他很快离开监舍前往附近的农田收拾干草，他每天都去那里干活，直到中午才能回来。临行时他跟我道别，并且说，回来后能不能见到我都不太好说。

因为有人出面干预并补缴了税金[1]，我得以获释出狱。

1　据说是梭罗的姑妈玛丽亚。另据传闻，爱默生曾来探视，见面后问梭罗："亨利，你怎么在这里？"梭罗回答说："沃尔多，你怎么不在这里？"他们往后都没有提过这段往事。

走出监狱后，我没觉得周围的一切有什么明显的变化，并不像青春入狱、皓首刑满而步履蹒跚的人眼中的世界。不过，我在表象之外却看到了某种变化——镇子、政府和国家跟以前大不一样，比单纯因为岁月流逝所致的变化更为分明。我对处身其中的这个政府也了解更深，也明白身边的众人在多大程度上可以视作善邻和良友；他们的情谊只是趋炎附势；他们不会非常用心地倡导义举；他们跟中国人和马来人一样，因为偏见和迷信而跟我判然有别；他们罔顾人性就能规避风险，甚至连财产都不用舍弃；他们终究也不那么高尚，遭遇窃贼也会以牙还牙，也会满面虔诚地奉行某些仪轨，念诵少许经文，并不时非常庄重却徒然无益地前往“某个地方”[1]，以期灵魂获救。我对邻人严苛的评断可能就是这些，因为我相信，好多人并没有察觉到自己的村镇里存在监狱这等机构和设施。

我们这里原来有种习俗，可怜的罪人出狱的时候，亲人故旧会去迎他。他们会交叉手指以象征监舍窗户的栅栏，然后透过指缝送上问候：还好吧？但我出狱的时候，邻人并没有前来迎接，不过，他们先是看了我一眼，然后面面相觑，好像我刚刚结束了长途旅行归来一样。我是去鞋匠

1 “某个地方”系指去做礼拜的教堂。

那里拿鞋的时候被抓的，次日早上出狱后，我接着办了这事。我穿上修好的鞋子就参加了一场越橘聚会。这次聚会由我组织，参加的人迫不及待地予以响应。驾车的马很快上好了挽具，半个小时就到了目的地。那是两英里开外的一座小山，在本地最高，我们置身长满越橘的旷野，政府消失得无影无踪。

这就是《我的牢狱生涯》[1]的前后始末。

我从来没有，今后也不会拒付公路捐税，因为我抵制政府的心念有多强烈，与邻人款洽相处的意愿就有多迫切。至于支持学校这种义务，我是在通过教化同胞履行自己的那份职责。我并非拒付税单的某个名目，只是不愿为政府效忠，想实实在在地跟它解除瓜葛，跟它远远地保持距离。不管我那笔税金最终用以雇佣人力，还是购枪杀人，整个过程就算能够追溯清楚我也无意为之，因为钱并没有什么过错，我难以释怀，也想搞清的却是自己尽责的最终结果。究其实质，我是在用自己的方式向政府平和地宣战，尽管我依然会享受它所提供的诸种便利和好处，就连此刻亦属

1 《我的牢狱生涯》系意大利爱国者西尔维奥·佩利科（1789—1854）的回忆录，梭罗模仿借以自嘲。

此列，跟平素没有两样。

有人若是认同政府而代缴了它向我索要的捐税，无非根据自己往昔的做法例行此事，确切言之，此举实属附逆为恶，甚于政府起初的预期。如果他们基于保护财产，免于坐牢这等错误想法而缴纳捐税，乃是因为尚未明白，自己因一己私利而何其不智地干涉了公益。

这就是我目前的立场。遇到这种情况人们怎样警惕都不过分，以免囿于成见或屈从众议而处之不当。因此，还是关心自己的事情，留意眼下的状况为好。

我有时认为，美国民众心存善念，只是愚昧而已，如果明白怎样行动便会做得不错。既然这样，何苦强求邻人违心地予你认同？不过又觉得，我却不能效仿他们，或以其他方式让别人备受熬煎。有时又转而思忖，众人成千上万，冷漠呆滞，心无恶念也胸无己见，如果他们向你索要仅仅那么几个先令，依据他们的逻辑不会放弃或改变这一要求，而你也无法向其他人众呼告吁求，情势如此，你为何要横罹这种铺天盖地的暴虐力量？饥寒风雨当然无法死命抵抗，诸如此类难以左右的局面如是其多，你只好默默地面对和承受。可是，人却不会自己跳进火坑。我并不将众人的威逼视为纯粹的兽性，其中毕竟有人的因素，我面对的这数千数万之众是人，而非单纯的禽兽或非生命力量，所以，上述呼号和吁求绝对可行，当刻自然诉诸他们的造主，然后诉诸他们自身。可是，如果是我自己存心跳进火坑，向火焰或其发明者呼告便于事无补，只能怪我自己了。我若觉得众人理应如此，并且据以对待他们，而非基于自己的要求，或是基于他们和我该当如何这种期望——我若断定自己可以这样，则跟虔诚的穆斯林或宿命论者没有两样，只能竭力让自己安于现状，并将一切归于神意。总之，抵制众议和俗见与抵抗纯粹的动物和自然总有不同，我的抵制会有效果，我总不能指望自己像俄耳甫斯那样去改变岩石、草木和禽兽的秉性[1]。

我无意跟任何人和国家发生争执，我并不存心锱铢必较，吹毛求疵，或是自命优越，高人一等。乃至可以说，我是在为遵从人间的律法寻找理由，而我自己也乐于谨守奉行。但我确实又拿不准如是想法是否合适。税吏每年四处巡走的时候，我总会思考国家及州府的举措和职能，以及民众的观念和意识，为遵从法令寻求理由。

爱国家当如爱父母
只要我们心有旁骛

1　俄耳甫斯为神话中的歌手，据说是他发明了音乐和作诗法，他的歌声能使树木弯腰，顽石移步，鸟兽俯首。

而置她的荣名于不顾
我们理应反思自省以
饱含虔诚，富于良知
而非贪图权势和好处[1]

我相信，政府很快就能让我罢手，禁止我的所作所为，如此，身为爱国人士，我跟自己的同胞便没有两样。退一步讲，现行体制尽管有种种缺陷，却相当出色，立法和司法工作非常不错。就若干方面而言，即使本州和美国政府也非常优秀，而且，诚如好多人所论，也相当难得，真该感谢。不过，若进一步论，或从最高标准来看，谁能说清它算什么，哪里值得一看，哪里经得起考量？

纵然如此，我对政府也兴趣不浓，都不愿耗费片刻之暇去想它。即便生在人间，政府于我的生活也无足轻重。如若心智自由，思绪自由，想象自由，致使幻景长期消失，则无论是不智的统治，还是草率的变革，都不会对人造成根本干扰。

我清楚大众跟我意见相左，研究政治及相关领域的学者同样让我难以认同。政治家和立法者因为彻底居于体制

1 见英国剧作家乔治·皮尔（1556？—1596）的诗剧《阿卡萨之战》。

之内，所以从来没有清晰显豁的体认。他们常常论及社会发展，舍此却无立足之地。他们可能富于阅历，精于识辨，也绝对巧于新创，乃至长于施政，我们对此心存由衷的谢意，可他们的智识和作为却限于一隅。他们总是忘了，管理这个世界并不能依凭策略和权宜举措。韦伯斯特[1]从未研究过政府，其人所言不足为训。在无意彻底变革现有政府的议员眼中，他的言论充满智慧，而在思想者和寻求永恒治道的人看来，他的言论连皮毛都不曾触及。有些人对这一问题明察究里而富于洞见，我知道他们不久便会披露此人的偏颇识见和促狭胸怀。可是，跟大多改革家的拙劣说辞相比，尤其跟政客往往更为下作的见解和喋喋不休相比，几乎只有他的言论合乎情理，富有价值，真该因他而感谢上天。相对而言，他始终坚定强毅，富于创造，尤其能够讲究实际。不过，他的特点是处事谨慎，而非识见卓越。律师的真理不算真理，他们但求首尾一贯，或权宜之举前后相谐。真理却能自圆自足，并非用以揭示那些可能与恶事相容的“正义”。韦伯斯特确如旧称，堪称“《宪法》卫士”，可他仅有捍卫而无批判。他是个追随者而非领导者，

1　丹尼尔·韦伯斯特（1782—1852），美国著名政治家、法学家和律师。他于1850年7月第三次出任国务卿，此时美国奴隶问题的争论日趋激烈，但韦伯斯特此时的态度渐趋保守，他对同年出台的妥协法案表示认同，因为担心过激的举措会导致联邦分裂。

八七年的那批人[1]便是他的领袖。他说:“正是因为当初的约定，美国各州才组成了联邦，我对该约定从未破坏也无意破坏，我对破坏意图未予支持也无意支持。”鉴于《宪法》认可蓄奴，他说:“此为原始条款，且容一仍其旧。”虽然他深于洞察且才干出众，却无法摆脱政治关系看待事相，而彻底留待智者安排处理。比如，面对美国今日的奴隶问题，一个人怎样做才算合适？他的答复令人绝望。他或许在斗胆放言，或许是迫于无奈，言谈之际却又声明自己作为私人发话，并且可能出语武断——如果这样，人的社会责任还有什么新人耳目的卓越规范可言？他这样说:“蓄奴各州政府处置此事的方式属于政府事务，本着对选民，对上帝，以及对公正、人道和正义的普遍原则负责的精神进行。不论出于人道情怀，还是基于其他原因而出现的任何社团均无权过问此事，我对此未予支持，也永不支持。”[2]

有人不知道真理有更为清纯的源泉，也未曾向高处继续追寻，所以聪明地守着《圣经》和《宪法》，满心敬畏，满怀谦卑地在其中汲水取饮；有人却能看到真理从何而来，又涓涓而至，汇入这方湖泊或那片池沼，于是再次励志以待，继续他们探访源头的朝圣之旅。

1　1787年《美国宪法》的起草者。

2　梭罗指出，“蓄奴各州……也永不支持”这段引语为演讲之后所加。

美国没有诞生过立法天才，这种人物在人类的历史上也寥若晨星。演说家、政治家和舌辩之士数以千计，可是，能平息口舌纷争的演说家迄今尚未开腔。我们热衷于滔滔雄辩的辞藻，却忽略了其中可能蕴含的真理，以及可能激发的英豪气质。我们的立法者尚未明白，对国家而言，自由贸易、自由精神、精诚团结以及公平正义有多重要，即使对税务、财政、商贸、农业和工业这类相对低端的问题，他们也缺乏高见卓识。要是立法者在国会连篇累牍的辞说成了我们的唯一指南，而民众及时合宜、卓有实效的批评又被拒绝，则美国在世界列国的地位就会丧失。《新约》问世已有一千八百余年（尽管我没有资格言及此事），该书对法学颇多启示，可是，富于智慧，娴于实务，足以从中获益的立法之士又在哪里？

政府没有天经地义的权力，纵使我甘愿听命也依然如此——我乐于遵从比自己见多识广、能力出色的人物，即使在好多方面识见稍逊，能力不济亦属此列。如果秉持严格的公义，未经被统治者允准，政府断无权力可言。除非经我认可，它没有天然的权力支配我的人身和财产。从绝对王权到君主限权，从君主限权到民主制度，政体的演进趋势指向对个人的真正尊重。就连中国哲人的智慧也到了将个人视为帝国始基的层次，难道我们所知的民主制度就

是完善政府管理的终点？难道认可并强化人权没有继续拓展的空间？个人拥有更高的自主权力，那是政府一切权威的渊源，政府若非最终认可这一权力并据以待人，真正的自由和文明便无从谈起。临了，且容构想一个完美的政府借以自娱：它对所有人都公正无私；它对待个人像对待邻居那样客气；如果有人离群索居，只要对邻人同胞履行了责任，而跟它互不干涉，相安无事，它就不会认为此举有碍它的和平与宁静。如果政府孕育了这类果实，并且准许瓜熟蒂落，则为更趋完美、日益繁荣的**政府**铺平了道路。这种政府同样来自我的想象，但是迄今不曾在哪里见过。

《非暴力抵制》述评

仲　泽

一八三六年，得克萨斯脱离墨西哥宣布独立，旋即申请加入美国联邦，九年后的一八四五年十二月二十九日终于如愿。只因事涉领土争端，美国与墨西哥遂于一八四六年五月十一日开战。

由于得克萨斯支持蓄奴，在申请加入联邦之初就遭到废奴人士的抵制，以免南方的蓄奴势力在政府中做大，因而，随后的墨西哥战争也遭遇了开明之士的强烈反对。早在一八四四年八月一日，爱默生在康科德就旗帜鲜明地发表了废奴演说，而由于抵制墨西哥战争，尚在湖畔而拒绝纳税的梭罗也在一八四六年七月被捕入狱。三个月之后，一位逃奴的悲惨遭际在美国引起公愤，废奴人士奔走呼告，集会示威。

一八四八年一月二十六日，梭罗也在康科德发表了主题演讲，这就是《非暴力抵制》。

一 文本解题

一八四九年，梭罗讲稿刊于《审美》，题名“Resistance to Civil Government”；一八六六年，梭罗殁后四年，师友钱宁录入所辑的《废奴与改革》，易名“Civil Disobedience”，由于影响甚广，历来相沿不替。

美国学者屡屡指出，原题更合梭罗本意。两者差别姑置不论，仅是更改标题的汉译也不无歧异。二十世纪八十年代，三联书店刊有名为“公民的不服从”的节译，此后颇为风行。可是，如此翻译既不合汉语习惯，也有悖原文本意，今略加辨正以求真解。

且看梭罗的论证。

提及公民义务，梭罗指出：“个人固然没有铲除世间罪恶的责任，纵属滔天之逆也不例外，他完全可以倾心于其他事务。不过，他起码得恪守远离罪恶的底线，而且，即使革除了恶念，也不能沦为帮凶。”因而，一旦“不义的法律确实存在”，那就必须“犯法”，“彻底收回对马萨诸塞州政府的支持，无论是人力还是财力”。“若有上千人拒绝纳税，便是免却暴力、免于流血的举措。”最终，“民众拒绝效忠，职员辞职而去，革命便告完成，纵然因此而流血也无妨”。

由此可见，全文以抵制方式为论说中心，而非梭罗已然用为论证前提的“公民的不服从”(抵抗的权利)。因为梭罗倡导平和抗争，钱宁更易标题便不无缘由，可是，又因为他“不妨流血”的补充及随后的申发留有潜在的想象空间，美国学者反对更改也于理可通：除却“无意从命”的消极意味有违梭罗本衷，恐怕更是因为“非暴力”的一偏限定难以概全，且使“抗争”色彩大打折扣的缘故。

原题辞气犀利，立场坚定。梭罗的英豪气质见于resistance（反抗），标识指向的介词to更是锋芒直逼，令人寒栗。或是唯恐刺激过甚，钱宁才易为消极被动的disobedience（无意从命），且以civil（温良平和）修饰限定。

Civil系经由法语借入英语的拉丁词语，意为有别于“军士”的“公民”，并渐次引申为“雅驯平和”，跟“尚武好斗”的military判然相对，所以，civil government便是同“军人政权”相对而言的“民治政府”，而由根义派生的系列词汇也与“文治教化”相关。

正因为这样，牛津系列字典如此诠释录为熟语的civil disobedience：refusal by a large group of people to obey particular laws or pay taxes, usually as a form of peaceful political protest（政治运动，违抗法律或拒纳赋税，常为平和

抗议)。

有鉴于此，本书将梭罗名文Civil Disobedience译为“非暴力抵制”，以见原题蕴指，且与一脉相承的后续政治运动相应相辅。

二　文本论旨

(一)抵制的权利

梭罗明确断言，抵制不义不公的政府是所有人的绝对权利。公民对政府不义行为及其恶果的抵制势必会导致某些后果，虽然某些贴有道德哲学标签的学者对其影响大肆渲染，梭罗却予断然驳斥。他在文中倡导通过经济施压进行平和抵制，比如，拒绝纳税便足以让政府财源枯竭而难以为害。当然，抵制的最终目的并非颠覆民主制度，而是强化它珍视自由、尊重个人的价值核心。

(二)公民的良知和操守

梭罗在文中指出，“一家公司自然没有良知可言，但是，如果组成公司的人员拥有良知，则公司也势必如此”。良知仅属于个人，也唯有个人能运用良知，政府和公司都属于非道德的范畴，但它们又由个人构成，所以，从本质上说，让非人格的政府具有良知并非没有可能。梭罗倡言，个人“无论何时”都该依凭良知处事，这既是权利，又是义务，他必须遵从良知而不能跟不义的政府合谋。他所倡导的抵制行为是个人良知和操守的自然体现，意在重塑个人和政府的关系，以使政府更为理性地对待个人。

（三）政府限权

最理想的政府会尽可能不动用权力，对公民的约束最少。梭罗认为，对个人的创造横加阻挠，是政府的固有性质。他宣称，政治精英难以跟平民抗衡，所以他们的抵制举措注定没有什么效果。不过，梭罗的自由倡导偶尔表现出对政府事业的支持意味，比如公民教育和公共交通。民主政治并非完善政府管理的终点，因为公民的自由和权利的拓展空间还很大。梭罗循着这一逻辑甚至构想一种社会前景：政府彻底取消，因为人有足够的能力自律，人也应该绝对独立自由。

三　主要内容

梭罗的论证依照如下次序展开。

（一）政府和民权

梭罗以“管得最少的政府是最好的政府”开篇。政府本来是民众贯彻自我意志的手段，但是，它可能尚未实现这重功能便横遭“滥用而堕落”，正是这一倾向导致了梭罗对政府这一机构的质疑。明显的例证便是墨西哥战争，它是少数政治精英为了一己之利而操纵政府违背民意的举动。少数人因为攫取了要害地位而将自我意志强加于大众并借以谋利，因此，政府从本质上就有压制民众趋于堕落的倾向。在美国，民主是一种传统，但它经由代代传承而渐趋异化，违离初衷。政府名义上是人民的代表，但在梭罗看来，它根本上却成了社会发展和创新的束缚。梭罗提供的例证是政府对商贸的管制，以及对自由市场所致的负面影响。

从理论上讲，大众管理是民主政治的基础，但梭罗对此持反对意见，他指出群体意识常常会违背道德原则。人有依从良知处事的义务，纵然跟主流观念相违，跟势要阶层抵触，甚至跟现行法律不合，人也应该遵从良知的呼声。梭罗以行军的战士为喻，并借此发问，如果士兵将自己的命运交付立法者，还谈何守住人性。人一旦为别人主宰，则会沦为机器，其肢体便会成为工具。人们将为国奉献视为天经地义的美德，可是，任何为国奉献的举动都必须跟良知相符。在政府为恶的情况下，对于如何为国奉献，梭罗提出了惊世骇俗的意见，那就是反抗。梭罗认为，反抗是爱国的最高方式，因为反抗的本意并非颠覆政府，而是为了让它更加完善。正因为如此，梭罗并不主张彻底反对政府，抵制行为仅限于政府不公不义的举措。他在论证的后半部分明确表态，他不会为墨西哥战争缴税，却乐于为教育事业和公共交通纳捐。

【简评】本文第一段就呈现了梭罗关于政治的自由观点：最理想的政府管得最少，对民众的约束最少。作者接着加以申发，政府完全可以没有，因为人有能力自律并且寻求自主和独立。这一解决之道充满理想色彩，理论上，它是社会发展和更新的终极目标，不过，似乎没有付诸现实的可能。

政府本该是民众自由和平等的保障，但是，从废奴问题上可以看出，它却跟梭罗对政府限权的要求存在固有的冲突。梭罗的立场从根本而言并没有反政府色彩，他只是衷心希望自己缴纳的税金用于社会公益。他并非出于对政府的愤慨或无政府的念头倡导抵制，而是实实在在地看到公民的税金被政府用于残暴的行径。

（二）对政府的抵制

民众认可并珍视革命的权利，这是美国的传统。可是，梭罗对于引发一七七五年革命的民怨却表示不屑，因为从他的立场看，如果为废奴而发动革命，则就其意义和重要性而言，没有任何事业可以跟它相提并论，而一七七五年革命的根源在于政府对抵港的国外货物征税。他指出，在美国六分之一的民众沦身为奴的情况下，一个人纵然并非直接受害者，他若跟现政府存在瓜葛就在取辱自玷。梭罗反对英国哲学家和神学家威廉·佩利的观点，其人倡言，若要抵制政府，则须权衡此举所致的怨怼多寡和重建的可能与代价。

梭罗接着对马萨诸塞的人们进行了批评，他们声称反对南方的奴隶制度，却又通过跟对方进行商贸和农业往来而予以实际的支持。对蓄奴真实切用的反对需要真正的行动，仅仅持反对意见并不能让个人免于合谋为恶的道德指控。然后，他讨论了通过民主方式推进废奴的问题，说明了为废奴进行投票无济于事，也不能视为高尚的情怀，因为此举仅仅表达了某种愿望，并不意味着实际行动。梭罗指出，虽然大众的立场从民主程序而言合法有效，却经不起道德层面的审视和衡量。

梭罗认为，阻止美国变革求新的障碍是那些虽不认同政府举措，但又实实在在为政府提供支持的人。如果不义的政府难以直接抵制，则信念坚定的人至少可以通过抗税进行间接反对。梭罗呼吁读者采取“基于原则的行动”，但又对“疗救”（以抵制为名的不合作行为）和“罪恶”（需要整治的不义不公）做了权衡。他的结论是，如果某项法律需要人们代而为恶，那么，人们可以秉持公义置之不理，不必理会由此所致的后果。梭罗呼吁同胞冒着坐牢的风险切实收回对马萨诸塞的支持，这样，政府很快会财源枯竭，而在将所有人收监和废奴之间，它势必会选择后者。赋税纳捐会让政府的暴虐行径得以持续。

金钱通常具有腐化人心的力量，因为它会将人跟奉行不义的体制和政府捆绑起来。梭罗发现，金钱跟自由之间存在某种颇为荒诞而相反相成的关系。穷人有抵制政府的最大自由，因为他对政府的福利和保护依赖最小，富人则不然，抵制的代价对他们过于高昂。梭罗举例说明，他尽最大可能解除了跟政府的外在关系，比如说，让自己跟地方教会毫无干系。

【简评】本文的焦点是反对美国的蓄奴制度，而其中的论证逻辑却适用于对政府的各种批评。梭罗为了避免他的主张被不加甄别地引证利用，于是尽可能做了一种区分：政府的不义行为在哪种情况下应予抵制，而在哪种情况下是“政府这部机器不可或缺的摩擦要素”。

梭罗批驳了佩利鼓吹的权宜原则，他说，尽管反抗政府会导致不便，个人所付的代价可能比意欲疗救不义所致的损失要大，但他依然坚持个人的良知要比群体认可的实用态度重要。可是，进行抵制有两个前提：其一，不动用暴力（不过，梭罗往后的作品却改变了看法）；其二，仅仅针对不义行为和恶法。抵制某些特别法令并不意味着违抗所有的法律。

梭罗反对通过代议方式体现的大众意识，但是不必将这种态度误解为对民主制度的否定，因为他珍爱自由，而投票这一方式严重地限制了个人优先表述立场的可能。

（三）监狱之夜

梭罗因连续六年拒纳人头税而被捕入狱关了一个晚上，牢墙让他陷入了沉思，进而使他思考人的肉体和精神疏离的现象。政府认为人身拘禁足以惩戒违法行为，并以为入狱者最大的愿望是"站到石墙的那边"，梭罗却认为这种处罚对他毫无意义，因为较之他在狱外可能从事的任何行为，自由思想更是对政府构成了无可挑战的威慑。政府唯一的优势是"强大的武装"，它在道德和智识方面没有任何权威可言，政府尽管动用了暴力，却不能迫使他的思维遵照某种特定的方式进行。梭罗拿橡实和栗子"遵从各自的天性"来说明个人良知跟政府的关系，它们须"遵从各自的天性"生活，要不就会死亡。他随后详述了狱中的细节。

梭罗反复申说了他拒交人头税的原因：他愿意支持政府的某些举措，诸如修路，兴办学校等等，但是，他不愿“附逆为恶甚于政府起初的预期”。如果政府征纳了税金却用于纳税者反对的事情，则向政府全额纳税就跟输诚效忠没有两样。

【简评】第一人称的视角能让他讲述的狱中经历取信于读者，跟富有思辨和论理色彩的文字形成了鲜明对照。梭罗选择了自己的切身经历，使其真实性不容置疑。这种讲述方式达到了特定的修辞效果，让他免于自视甚高和道德招摇的批评嫌疑。他意在说明，他已经将自己的主张付之于行动。

梭罗尽管在阐述复杂抽象的政治观点，但第一人称的视角不仅使文字有了人情意味，也成了本人遭受政府压迫的直接佐证，这样，也为读者坦露了自己的矛盾心态，以及他身体力行并鼓励读者体验的自检和反省。他尽管断言蓄奴是道德的堕落，但在叙述时避免了武断语气和居高临下的声腔，而采用了一种商讨式的口吻与平和的第一人称视角，以免火药味过浓的权威语气使读者产生反感。

他不但屡次把政府比作机器，还将它看成一个“手握银汤匙的孤身妇人”。在他的笔下，政府不是机械的非正义化身，而成了让人怜悯的女性形象。梭罗通过直面政府得出结论：武力施暴不及个人的良知强健有力，人身可以遭受拘禁，但精神永远自由。狱中体验让他明白，政府非但没有让人恐惧的兽性强力，反倒因为缺乏道德底气而虚弱不堪，处境凄凉。他在文中将政府拟为女性，而又始终强调抵制政府的个人具有男子气概，两相对照，使他倡导的抵制行为别有意味。

（四）政治人物和普罗大众

为什么要将自己的道德标准强加于别人？梭罗最终开始思考这一问题。他认为身边的人从本质上来说并不算坏，也不能因为他们对政府的不义行径默然不问而遭受道德谴责。总体而论，唤醒他们的良知并非没有可能，因为事关道义的重要性，他们有能力审视自我和上帝。他并不希望这些人认同自己的信仰，也无意改变人的本性。不过，现状让他无法容忍。

他进一步说明，自己持反对立场并不意味着占据了道德制高点。他虽然在蓄奴和墨西哥战事方面采取了抵制态度，但对于美国政府及其制度所追求的理想表达了敬意和认同。他并非因一己之私而跟政府背道而驰，相反，他乐于遵守好多法令。他甚至说明，他从本能深处始终是个遵守法制的人。

政治家、立法者和政客对政府认识不清，因为站在体制内说话势必意味着进入了观察盲点。他固然认同这些人物对社会的贡献，敬佩他们的务实作风和处事能力，但是他强调，只有站在政府之外的人才能洞悉真相。如果在政治和法律的视角下观察社会问题，则基于道德良知的思考就难以发挥作用（有时乃至被有意排除）。丹尼尔·韦伯斯特是出身马萨诸塞的优秀议员，梭罗在文中援引了此人的言论，指出他对奴隶问题中的道德关怀全然不顾。韦伯斯特的结论是，“基于人道情怀”“的任何社团均无权过问此事”。

在梭罗看来，《宪法》和《圣经》是真理最纯粹的源泉，可是政客从未留意这些神圣文献提供的教益。梭罗一本正经，但又轻描淡写地提到，“美国从未诞生过立法天才”。美国如果不理睬民众补弊救偏的指导意见，则很快会在世界列国中衰落。

梭罗在最后一段又重述政府的权力和范围，它们实则源于“被统治者”的“允准”。他重申，跟政府相对的个人至高无上。他在文末进一步申明现行民主体制并非完善政府管理的终点，因为尚待政府认可的个人自由和权益空间依然很大。他最后以一个乌托邦式的前景结束全文，但他说明，那种政府虽然“同样见于想象，但是迄今不曾在哪里见过”。

【简评】梭罗不仅从美国历史的角度搜集论据，还以宗教典籍为源汲取材料以为抵制的佐证。他在整篇文章里援引《圣经》使之跟自己的政治异见和抵制倡导有机融合，他引证《哥林多前书》以强调个人良知的重要意义，接着，又援引《马太福音》申说他关于政府和金钱对人的束缚与腐蚀。

梭罗笔下陈示的《圣经》充满了博物学者式的浪漫形象，真理是一道“涓涓而至，汇入这方池沼或那片湖泊”的溪流，那是智者“取饮”的地方。这一喻象体现了梭罗超验主义者的信仰：我们最终能在自然中找到上帝。他在末段又做了另一个比喻：个人一经培养并走向成熟，政府应该允许他“瓜熟蒂落”，允许他保持独立和自由。他接着对政府做了一番更富历史意味的总览，借以对民众、管理者及立法者不断变迁的关系做出评论。这一变迁的动力在于对个人权益和自主行为的热衷和认同：“从绝对王权到君主限权，从君主限权到民主制度”，是个人真正获得尊重的一个过程，甚而人类文明的一个缩影。通过对个人价值的尊重，以使自我和他人获得更大的自由与平等，梭罗关于非暴力抵制的思想跟人类解放的历史进程达到了高度的统一和融合，获得了一个更为广阔的背景和富于昭示的深远前景。

后记

本书收入梭罗作品十二篇，题材涉及自然、人生和社会，如此编选意在通过有限的篇幅尽最大可能地展现这位作家，这位“高尚清教徒”的精神全貌。

本书导言采自一九三七年版《梭罗全集》，作者亨利·赛德尔·坎比系文艺批评家，耶鲁大学教授。这篇文章在很大程度上矫正了爱默生、洛威尔和史蒂文森等人对梭罗负面评价的不良影响。

书末所附述评对梭罗那篇名文做了题旨剔发和文脉梳理，以便读者理解。

本书的翻译得到了兰州文理学院的大力支持，也得到了梭罗专家安妮·伍德丽芙教授的热情帮助，谢庆庆和常晓军先生对《非暴力抵制》提出了极有价值的修改意见，梭罗读者曹秀慧女士详读全稿并指出了若许错误，谨此深致谢忱！

译者　二〇一三年于兰州